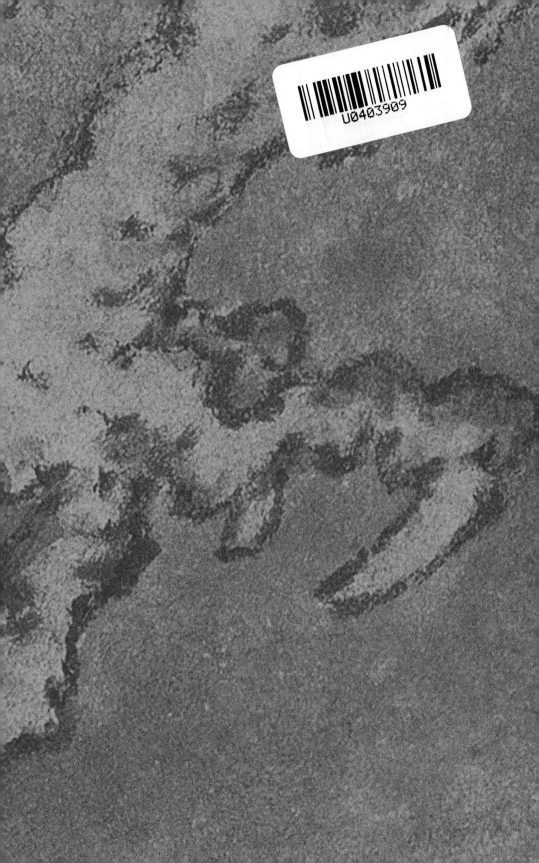

# 十八家诗钞

◎经典普及版◎
第七册

曾国藩 纂

上海大学出版社
上海

# 目　录

卷十八 / 1979

杜工部五律上・二百九十七首 / 1981

登兖州城楼 / 1983
题张氏隐居 / 1983
刘九法曹郑瑕邱石门宴
　集 / 1984
与任城许主簿游南池 / 1984
对雨书怀走邀许主簿 / 1985
巳上人茅斋 / 1985
房兵曹胡马 / 1986
画鹰 / 1986
过宋员外之问旧庄 / 1987
天宝初，南曹小司寇舅，
　于我太夫人堂下垒土
　为山，一匮盈尺，以
　代彼朽木承诸焚香瓷
　瓯，瓯甚安矣。旁植
　慈竹盖兹数峰。欹岑
　婵娟宛有尘外数致。
　乃不知兴之所至，而
　作是诗 / 1987
龙门 / 1988
夜宴左氏庄 / 1988
重题郑氏东亭 / 1988
暂如临邑，至峄山湖亭
　奉怀李员外，率尔成
　兴 / 1989
冬日有怀李白 / 1989
春日忆李白 / 1990

杜位宅守岁 / 1990
李监宅二首 / 1991
送韦书记赴安西 / 1992
奉陪郑驸马韦曲二首 / 1992
陪郑广文游何将军山林
　十首 / 1993
重过何氏五首 / 1996
陪李金吾花下饮 / 1997
陪诸贵公子丈八沟携妓
　纳凉晚际遇雨二首 / 1998
与鄠县源大少府宴渼陂
　得寒字 / 1998
送裴二虬尉永嘉 / 1999
崔驸马山亭宴集 / 1999
九日曲江 / 2000
寄高三十五书记 / 2000
送张二十参军赴蜀州因
　呈杨五侍御 / 2000
赠陈二补阙 / 2001
故武卫将军挽词三首 / 2001
白水明府舅宅喜雨 / 2002
九日杨奉先会白水崔明
　府 / 2003
官定后戏赠 / 2003
避地 / 2004
送灵州李判官 / 2004
月夜 / 2005

对雪 / 2005
元日寄韦氏妹 / 2005
得舍弟消息二首 / 2006
忆幼子 / 2007
一百五日夜对月 / 2007
春望 / 2008
喜达行在所三首 / 2008
月 / 2009
哭长生侍御 / 2009
奉赠严八阁老 / 2010
留别贾严二阁老两院遗
　　补阙诸公得闻字 / 2010
晚行口号 / 2011
独酌成诗 / 2011
收京三首 / 2012
奉赠王中允维 / 2013
春宿左省 / 2013
晚出左掖 / 2014
送贾阁老出汝州 / 2014
送翰林张司马南海勒碑 / 2015
奉答岑参补阙见赠 / 2015
赠毕四曜 / 2016
端午日赐衣 / 2016
酬孟云卿 / 2016
至德二载，甫自京金光
　　门出，间道归凤翔。
　　乾元初，从左拾遗移
　　华州掾，与亲故别，
　　因出此门，有悲往事 / 2017
独立 / 2018
寄高三十五詹事 / 2018
赠高式颜 / 2019
观安西兵过赴关中待命
　　二首 / 2019
观兵 / 2020

路逢襄阳杨少府入城戏
　　题四韵附呈杨四员外
　　绾 / 2020
忆弟二首 / 2021
得舍弟消息 / 2021
不归 / 2022
秦州杂诗二十首 / 2022
送人从军 / 2028
示侄佐 / 2029
佐还山后寄三首 / 2029
宿赞公房 / 2030
秋日阮隐居致薤三十束 / 2030
从人觅小胡孙许寄 / 2031
遣怀 / 2031
寓目 / 2032
野望 / 2032
雨晴 / 2032
日暮 / 2033
东楼 / 2033
山寺 / 2034
天河 / 2034
初月 / 2035
捣衣 / 2035
归燕 / 2035
促织 / 2036
萤火 / 2036
蒹葭 / 2037
苦竹 / 2037
除架 / 2037
废畦 / 2038
夕烽 / 2038
秋笛 / 2039
空囊 / 2039
病马 / 2039
蕃剑 / 2040

铜瓶 / 2040
月夜忆舍弟 / 2040
天末怀李白 / 2041
所思 / 2041
即事 / 2042
送远 / 2042
酬高使君相赠 / 2042
王十五司马弟出郭相访遗营草堂赀 / 2043
梅雨 / 2043
江涨 / 2044
为农 / 2044
宾至 / 2045
田舍 / 2045
云山 / 2046
遣兴 / 2046
遣愁 / 2046
北邻 / 2047
过南邻朱山人水亭 / 2047
出郭 / 2048
散愁二首 / 2048
奉简高三十五使君 / 2049
和裴迪登新津寺寄王侍郎 / 2049
村夜 / 2049
西郊 / 2050
寄杨五桂州谭 / 2050
寄赠王十将军承俊 / 2051
奉酬李都督表丈早春作 / 2051
题新津北桥楼得郊字 / 2052
游修觉寺 / 2052
后游 / 2052
遣意二首 / 2053
漫成二首 / 2054
春夜喜雨 / 2054

春水 / 2055
江亭 / 2055
早起 / 2055
落日 / 2056
可惜 / 2056
独酌 / 2057
徐步 / 2057
寒食 / 2057
赠别何邕 / 2058
石镜 / 2058
琴台 / 2059
水槛遣心二首 / 2059
朝雨 / 2060
晚晴 / 2060
高柟 / 2060
恶树 / 2061
一室 / 2061
闻斛斯六官未归 / 2062
赴青城县出成都寄陶王二少尹 / 2062
野望因过常少仙 / 2062
送裴五赴东川 / 2063
逢唐兴刘主簿弟 / 2063
敬简王明府 / 2064
重简王明府 / 2064
不见 / 2064
草堂即事 / 2065
徐九少尹见过 / 2065
范二员外邈、吴十侍御郁特枉驾，阙展待，聊寄此作 / 2066
王竟携酒高亦同过 / 2066
观作桥成月夜舟中有述还呈李司马 / 2067
得广州张判官叔卿书使

1967

还以诗代意 / 2067
魏十四侍御就敞庐相别 / 2067
赠别郑炼赴襄阳 / 2068
广州段功曹到，得杨五
　　长史谭书。功曹却归，
　　聊寄此诗 / 2068
送段功曹归广州 / 2069
江头五咏 / 2069
畏人 / 2071
屏迹三首 / 2071
严公厅宴同咏蜀道画图
　　得空字 / 2072
奉济驿重送严公四韵 / 2072
题玄武禅师屋壁 / 2073
悲秋 / 2073
客夜 / 2074
客亭 / 2074
九日登梓州城 / 2074
九日奉寄严大夫 / 2075
戏题寄上汉中王三首 / 2075
玩月呈汉中王 / 2076
陪王侍御宴通泉东山野亭 / 2077
舍弟占归草堂检校聊示
　　此诗 / 2077
春日梓州登楼二首 / 2078
送司马入京 / 2078
远游 / 2079
郪城西原送李判官兄武
　　判官弟赴成都府 / 2079
涪江泛舟送韦班归京得
　　山字 / 2080
泛舟送魏十八仓曹还京
　　因寄岑中允参范郎中
　　季明 / 2080
泛江送客 / 2081

双燕 / 2081
百舌 / 2081
登牛头山亭子 / 2082
上牛头寺 / 2082
望牛头寺 / 2082
上兜率寺 / 2083
望兜率寺 / 2083
甘园 / 2084
陪李梓州、王阆州、苏
　　遂州、李果州四使君
　　登惠义寺 / 2084
数陪李梓州泛江有女乐
　　在诸舫戏为艳曲二首
　　赠李 / 2084
送何侍御归朝 / 2085
江亭送眉州辛别驾升之
　　得芜字 / 2085
行次盐亭县聊题四韵奉
　　简严遂州蓬州两使君
　　咨议诸昆季 / 2086
倚杖 / 2086
陪王汉州留杜绵州泛房
　　公西湖 / 2087
舟前小鹅儿 / 2087
送韦郎司直归成都 / 2088
台上得凉字 / 2088
章梓州水亭 / 2088
有感五首 / 2089
送元二适江左 / 2091
薄游 / 2092
薄暮 / 2092
放船 / 2093
赠韦赞善别 / 2093
警急 / 2093
王命 / 2094

征夫 / 2094
西山三首 / 2095
对酒 / 2096
岁暮 / 2096
送李卿晔 / 2097
城上 / 2097
江亭王闽州筵饯萧遂州 / 2098
陪王使君晦日泛江就黄
　　家亭子二首 / 2098
泛江 / 2099
暮寒 / 2099
游子 / 2100
滕王亭子 / 2100
玉台观 / 2100

## 卷十九 / 2103

### 杜工部五律下·三百四首 / 2105

渡江 / 2107
寄贺兰铦 / 2107
别房太尉墓 / 2107
自阆州领妻子却赴蜀山
　　行三首 / 2108
归来 / 2109
过故斛斯校书庄二首 / 2109
寄邛州崔录事 / 2110
严郑公阶下新松得沾字 / 2110
严郑公宅同咏竹得香字 / 2111
军中醉歌寄沈八刘叟 / 2111
村雨 / 2112
独坐 / 2112
倦夜 / 2112
晚秋陪严郑公摩诃池泛
　　舟得溪字 / 2113
送舍弟颖赴齐州三首 / 2113
怀旧 / 2114
初冬 / 2115
观李固请司马弟山水图
　　三首 / 2115
送王侍御往东川放生池
　　祖席 / 2116
正月三日归溪上有作简
　　院内诸公 / 2117
春日江村五首 / 2117
春远 / 2119
承闻故房相公灵榇自阆
　　州启殡，归葬东都，
　　有作二首 / 2119
宴戎州杨使君东楼 / 2120
喜雨 / 2120
渝州候严六侍御不到先
　　下峡 / 2121
宴忠州使君侄宅 / 2121
闻高常侍亡 / 2122
禹庙 / 2122
题忠州龙兴寺所居院壁 / 2123
哭严仆射归榇 / 2123
旅夜书怀 / 2124
云安九日，郑十八携酒
　　陪诸公宴 / 2124
别常征君 / 2124
长江二首 / 2125
怀锦水居止二首 / 2125
将晓二首 / 2126

遣愤 / 2127
又雪 / 2127
雨 / 2128
南楚 / 2128
子规 / 2129
船下夔州郭宿雨湿不得
　上岸别王十二判官 / 2129
移居夔州郭 / 2129
晓望白帝城盐山 / 2130
上白帝城 / 2130
滟滪堆 / 2131
忆郑南 / 2131
奉寄李十五秘书文嶷二首 / 2132
热三首 / 2133
晚晴 / 2134
雨 / 2134
白盐山 / 2134
送十五弟侍御使蜀 / 2135
中宵 / 2135
不寐 / 2136
中夜 / 2136
垂白 / 2137
草阁 / 2137
江月 / 2137
月圆 / 2138
宿江边阁 / 2138
西阁雨望 / 2139
雨四首 / 2139
江上 / 2140
雨晴 / 2141
西阁夜 / 2141
月 / 2142
西阁三度期大昌严明府
　同宿不到 / 2142
巫峡敞庐奉赠侍御四舅
　别之澧朗 / 2142
第五弟丰独在江左，近
　三四载寂无消息，觅
　使寄此二首 / 2143
九日诸人集于林 / 2144
洞房 / 2144
宿昔 / 2145
能画 / 2145
斗鸡 / 2145
历历 / 2146
洛阳 / 2147
骊山 / 2147
提封 / 2148
覆舟二首 / 2148
送李功曹之荆州充郑侍
　御判官重赠 / 2149
夜宿西阁晓呈元二十一
　曹长 / 2149
西阁口号呈元二十一 / 2150
不离西阁二首 / 2150
览镜呈柏中丞 / 2151
陪柏中丞观宴将士二首 / 2151
峡口二首 / 2152
瞿塘两崖 / 2153
送鲜于万州迁巴州 / 2153
奉送十七舅下邵桂 / 2153
寄杜位 / 2154
瀼西寒望 / 2154
江梅 / 2155
庭草 / 2155
鹦鹉 / 2156
孤雁 / 2156
鸥 / 2156
猿 / 2157
麂 / 2157

鸡 / 2158
黄鱼 / 2158
白小 / 2158
老病 / 2159
雨 / 2159
晴二首 / 2160
奉送韦中丞之晋赴湖南 / 2160
别崔潩因寄薛据孟云卿 / 2161
送王十六判官 / 2161
王十五前阁会 / 2162
怀灞上游 / 2162
熟食日示宗文宗武 / 2163
又示两儿 / 2163
入宅三首 / 2164
卜居 / 2164
暮春题瀼西新赁草屋五首 / 2165
过客相寻 / 2166
竖子至 / 2167
得舍弟观书,自中都已达
　江陵。今兹暮春,月末
　行李合到夔州,悲喜相
　兼,团圆可待,赋诗即
　事,情见乎词 / 2167
喜观即到复题短篇二首 / 2168
舍弟观归蓝田迎新妇送
　示两篇 / 2169
园 / 2169
归 / 2170
闻惠二过东溪特一送 / 2170
月三首 / 2171
晨雨 / 2171
夜雨 / 2172
更题 / 2172
溪上 / 2173
树间 / 2173

白露 / 2173
吾宗 / 2174
秋日寄题郑监湖上亭三首 / 2174
社日两篇 / 2175
八月十五夜月二首 / 2176
十六夜玩月 / 2177
十七夜对月 / 2177
九月一日过孟十二仓曹
　十四主簿兄弟 / 2177
孟氏 / 2178
孟仓曹步趾领新酒酱二
　物满器见遗老夫 / 2178
送孟十二仓曹赴东京选 / 2179
凭孟仓曹将书觅土娄旧庄 / 2179
秋野五首 / 2179
课小竖锄斫舍北果林,
　枝蔓荒秽,净讫移床
　三首 / 2181
季秋苏五弟缨江楼夜宴
　崔十三评事、韦少府
　侄三首 / 2182
戏寄崔评事表侄、苏五
　表弟、韦大少府诸侄 / 2183
季秋江村 / 2183
小园 / 2184
指自瀼西荆扉且移居东
　屯茅屋四首 / 2184
东屯北崦 / 2185
从驿次草堂复至东屯茅
　屋二首 / 2186
暂往白帝复还东屯 / 2186
茅堂检校收稻二首 / 2187
刈稻了咏怀 / 2187
晚晴吴郎见过北舍 / 2188
九日二首 / 2188

秋峡 / 2189
秋清 / 2189
峡隘 / 2190
晓望 / 2190
摇落 / 2191
日暮 / 2191
耳聋 / 2191
大历二年九月三十日 / 2192
十月一日 / 2192
孟冬 / 2193
独坐二首 / 2193
冈 / 2194
反照 / 2194
向夕 / 2195
晚 / 2195
暝 / 2196
夜 / 2196
云 / 2196
雷 / 2197
朝二首 / 2197
夜二首 / 2198
戏作俳谐体遣闷二首 / 2199
谒真谛寺禅师 / 2200
奉送卿二翁统节度镇军
　还江陵 / 2200
送田四弟将军将夔州，
　柏中丞命起居江陵节
　度使阳城郡王卫公幕 / 2200
玉腕骝 / 2201
题柏大兄弟山居屋壁二首 / 2201
白帝楼 / 2202
白帝城楼 / 2202
有叹 / 2203
江涨 / 2203
人日 / 2204

巫山县汾州唐使君十八
　弟宴别兼诸公携酒乐
　相送率题小诗留于屋
　壁 / 2204
远游 / 2204
归雁 / 2205
春夜峡州田侍御长史津
　亭留宴得筵字 / 2205
泊松滋江亭 / 2206
乘雨入行军六弟宅 / 2206
上巳日徐司录林园宴集 / 2206
宴胡侍御书堂 / 2207
和江陵宋大少府暮春雨
　后同诸公及舍弟宴书
　斋 / 2207
暮春陪李尚书李中丞过
　郑监湖亭泛舟得过字 / 2208
夏日杨长宁宅送崔侍御
　常正字入京得深字 / 2208
江边星月二首 / 2209
舟月对驿近寺 / 2209
舟中 / 2210
江汉 / 2210
地隅 / 2210
移居公安山馆 / 2211
重题 / 2211
哭李常侍峄二首 / 2212
官亭夕坐戏简颜十少府 / 2213
公安县怀古 / 2213
宴王使君宅题二首 / 2214
公安送李二十九弟晋肃
　入蜀余下沔鄂 / 2214
久客 / 2215
冬深 / 2215
泊岳阳城下 / 2215

缆船苦风戏题四韵奉简
　　郑十三判官泛 / 2216
登岳阳楼 / 2216
陪裴使君登岳阳楼 / 2217
登白马潭 / 2217
南征 / 2217
归梦 / 2218
宿青草湖 / 2218
宿白沙驿 / 2219
湘夫人祠 / 2219
祠南夕望 / 2219
野望 / 2220
发潭州 / 2220
双枫浦 / 2221
入乔口 / 2221
铜官渚守风 / 2221
衡州送李大夫七丈勉赴
　　广州 / 2222

江阁对雨有怀行营裴二
　　端公 / 2222
江阁卧病走笔寄呈崔卢
　　两侍御 / 2222
潭州送韦员外迢牧韶州 / 2223
酬韦韶州见寄 / 2223
楼上 / 2224
晚秋长沙蔡五侍御饮筵送
　　殷六参军归澧州觐省 / 2224
北风 / 2225
舟中夜雪有怀卢十四侍
　　御弟 / 2225
对雪 / 2225
归雁二首 / 2226
送赵十七明府之县 / 2227
奉酬寇十侍御锡见寄四
　　韵复寄寇 / 2227
暮秋将归秦留别湖南亲友 / 2227

卷二十 / 2229

**杜工部七律・一百五十首** / 2231

郑驸马宅宴洞中 / 2233
题张氏隐居 / 2233
城西陂泛舟 / 2234
赠田九判官梁丘 / 2234
赠献纳使起居田舍人澄 / 2235
送郑十八虔贬台州司户,
　　伤其临老,陷贼之故
　　阙为面别,情见于诗 / 2235
腊日 / 2236
奉和贾至舍人早朝大明宫 / 2236
宣政殿退朝晚出左掖 / 2237
紫宸殿退朝口号 / 2237

题省中壁 / 2238
曲江陪郑八丈南史饮 / 2238
曲江二首 / 2239
曲江对酒 / 2240
曲江对雨 / 2240
因许八奉寄江宁旻上人 / 2241
题郑县亭子 / 2241
望岳 / 2241
九日蓝田崔氏庄 / 2242
崔氏东山草堂 / 2242
至日遣兴奉寄北省旧阁
　　老两院故人二首 / 2243

卜居 / 2244
蜀相 / 2244
有客 / 2245
狂夫 / 2245
江村 / 2246
恨别 / 2246
野老 / 2247
南邻 / 2247
至后 / 2248
和裴迪登蜀州东亭送客
　　逢早梅相忆见寄 / 2248
暮登四安寺钟楼寄裴十
　　迪 / 2249
客至 / 2249
江上值水如海势聊短述 / 2250
进艇 / 2250
所思 / 2251
寄杜位 / 2251
送韩十四江东省觐 / 2251
王十七侍御抡许携酒至
　　草堂，奉寄此诗，便
　　请邀高三十五使君同
　　到 / 2252
陪李七司马皂江上观造
　　竹桥，即日成，往来
　　之人免冬寒入水，聊
　　题短作简李公 / 2253
野望 / 2253
堂成 / 2254
奉酬严公寄题野亭之作 / 2254
严中丞枉驾见过 / 2255
野人送朱樱 / 2255
严公仲夏枉驾草堂兼携
　　酒馔得寒字 / 2256
秋尽 / 2256

野望 / 2257
闻官军收河南河北 / 2257
送路六侍御入朝 / 2258
涪城县香积寺官阁 / 2258
又送 / 2258
送王十五判官扶侍还黔
　　中得开字 / 2259
章梓州橘亭饯成都窦少
　　尹得凉字 / 2259
九日 / 2260
滕王亭子 / 2260
玉台观 / 2261
奉寄章十侍御 / 2261
奉寄别马巴州 / 2262
将赴荆南寄别李剑州 / 2262
奉待严大夫 / 2263
将赴成都草堂途中有作
　　先寄严郑公五首 / 2263
题桃树 / 2265
奉寄高常侍 / 2266
登楼 / 2266
宿府 / 2267
院中晚晴怀西郭茅舍 / 2267
拨闷 / 2267
十二月一日三首 / 2268
寄常征君 / 2269
示獠奴阿段 / 2269
白帝城最高楼 / 2270
峡中览物 / 2270
返照 / 2271
白帝 / 2271
黄草 / 2272
诸将五首 / 2272
夜 / 2275
秋兴八首 / 2275

吹笛 / 2278
咏怀古迹五首 / 2279
阁夜 / 2281
见王监兵马使说近山有黑白二鹰，罗者久取，竟未能得。王以为毛骨有异他鹰，恐腊后春生骞飞避暖，劲翮思秋之甚，眇不可见，请余赋诗二首 / 2281
冬至 / 2282
小至 / 2283
奉送蜀州柏二别驾将中丞命赴江陵，起居卫尚书太夫人，因示从弟行军司马位 / 2283
立春 / 2284
愁 / 2284
崔评事弟许相迎不到，应虑老夫见泥雨怯出，必愆佳期走笔戏简 / 2285
遣闷戏呈路十九曹长 / 2285
昼梦 / 2286
暮春 / 2286
即事 / 2286
赤甲 / 2287
江雨有怀郑典设 / 2287
雨不绝 / 2288
滟滪 / 2288
季夏送乡弟韶陪黄门从叔朝谒 / 2289

七月一日题终明府水楼二首 / 2289
见萤火 / 2290
送李八秘书赴杜相公幕 / 2291
简吴郎司法 / 2291
又呈吴郎 / 2291
九日 / 2292
登高 / 2292
覃山人隐居 / 2293
即事 / 2293
题柏学士茅屋 / 2294
舍弟观赴蓝田取妻子到江陵喜寄三首 / 2294
人日 / 2295
宇文晁尚书之甥、崔彧司业之孙、尚书之子重泛郑监前湖 / 2296
多病执热奉怀李尚书 / 2296
江陵节度使阳城郡王新楼成，王请严侍御判官赋七字句同作 / 2297
又作此奉卫王 / 2297
暮归 / 2298
公安送韦二少府匡赞 / 2298
留别公安太易沙门 / 2298
晓发公安 / 2299
酬郭十五判官 / 2299
赠韦七赞善 / 2300
燕子来舟中作 / 2300
小寒食舟中作 / 2301
长沙送李十一 / 2301

## 李义山七律·一百十七首 / 2303

锦瑟 / 2305
重过圣女祠 / 2305
题僧壁 / 2306
潭州 / 2306

赠司户刘蕡 / 2307
南朝 / 2307
送崔珏往西川 / 2308
饮席戏赠同舍 / 2308
令狐八拾遗见招送裴十
　　四归华州 / 2309
寄令狐学士 / 2309
哭刘蕡 / 2310
荆门西下 / 2310
少年 / 2311
药转 / 2311
隋宫 / 2312
二月二日 / 2312
杜工部蜀中离席 / 2313
梓州罢吟寄同舍 / 2314
无题二首 / 2314
昨日 / 2315
汴上送李郢之苏州 / 2315
赠郑谠处士 / 2316
复至裴明府所居 / 2316
览古 / 2317
子初郊墅 / 2317
汉南书事 / 2318
当句有对 / 2318
井络 / 2319
写意 / 2319
随师东 / 2320
宋玉 / 2320
韩同年新居饯韩西迎家
　　室戏赠 / 2321
奉和太原公送前杨秀才
　　戴兼招杨正字戎 / 2321
圣女祠 / 2322
临发崇让宅紫薇 / 2322
及第东归次灞上却寄同年 / 2323

野菊 / 2323
过伊仆射旧宅 / 2324
中元作 / 2325
银河吹笙 / 2325
与同年李定言曲水闲话
　　戏作 / 2326
闻歌 / 2326
赠华阳宋真人兼寄清都
　　刘先生 / 2327
楚宫 / 2327
和友人戏赠二首 / 2328
题二首后重有戏赠任秀才 / 2328
重有感 / 2329
春雨 / 2330
楚宫 / 2330
宿晋昌亭闻惊禽 / 2331
深宫 / 2331
题白石莲花寄楚公 / 2332
安定城楼 / 2332
隋宫守岁 / 2333
利州江潭作 / 2333
茂陵 / 2334
泪 / 2334
十字水期韦潘侍御同年
　　不至，时韦寓居水次
　　故郭汾宁宅 / 2335
流莺 / 2335
出关宿盘豆馆对丛芦有
　　感 / 2336
和韩录事送宫人入道 / 2336
七月二十九日崇让宅宴
　　作 / 2337
赠从兄阆之 / 2337
行至金牛驿寄兴元渤海
　　尚书 / 2338

筹笔驿 / 2338
即日 / 2339
九成宫 / 2339
咏史 / 2340
无题 / 2341
无题二首 / 2341
赴职梓潼留别畏之员外
　　同年 / 2342
王十二兄与畏之员外相
　　访见招小饮,时予以
　　悼亡日近不去,因寄 / 2343
曲池 / 2343
留赠畏之 / 2344
无题 / 2344
碧城三首 / 2345
对雪二首 / 2346
蜂 / 2347
辛未七夕 / 2347
玉山 / 2348
牡丹 / 2348
一片 / 2349
酬崔八早梅有赠兼示之
　　作 / 2349
促漏 / 2350
马嵬 / 2350
可叹 / 2351
富平少侯 / 2352
赠赵协律晳 / 2352
正月崇让宅 / 2353
曲江 / 2353

柳 / 2354
九日 / 2354
赠司勋杜十三员外 / 2355
天平公座中呈令狐令公,
　　时蔡京在坐,京曾为僧
　　徒,故有第五句 / 2355
题道静院,院在中条山,
　　故王颜中丞所置。虢
　　州刺史舍官居此,今
　　写真存焉 / 2356
题小松 / 2356
行次昭应县道上,送户
　　部李郎中充昭义攻讨 / 2357
水斋 / 2358
奉同诸公题河中任中丞
　　新创河亭四韵之作 / 2358
过故府中武威公交城旧
　　庄感事 / 2359
赠田叟 / 2359
赠别前蔚州契苾使君 / 2360
和人题真娘墓 / 2360
人日即事 / 2361
春日寄怀 / 2361
和刘评事永乐闲居见寄 / 2362
和马郎中移白菊见示 / 2362
喜闻太原同院崔侍御台
　　拜,兼寄在台三二同
　　年之什 / 2363
无题 / 2363
回中牡丹为雨所败二首 / 2364

## 杜牧之七律·五十五首 / 2365

长安杂题长句六首 / 2367
河湟 / 2369
李给事中敏 / 2369

今皇帝陛下一诏征兵,
　　不日功集,河湟诸郡
　　次第归降,臣获睹圣

功,辄献歌咏 / 2370
奉和白相公圣德和平,致
　　滋休运,岁终功就,合
　　咏盛明,呈上三相公长
　　句四韵 / 2371
闻庆州赵纵使君与党项战,
　　中箭身死,辄书长句 / 2371
街西长句 / 2372
李侍郎于阳羡里富有泉石,
　　牧亦于阳羡粗有薄产,
　　叙旧述怀,因献长句四
　　韵 / 2372
赠李处士长句四韵 / 2373
送国棋王逢 / 2373
道一大尹、存之学士、庭
　　美学士简于圣明,自致
　　霄汉,皆与舍弟昔年还
　　往。牧支离穷悴,窃于
　　一麾书美歌诗,兼自言
　　志,因成长句四韵,呈
　　上三君子 / 2374
洛阳长句二首 / 2374
洛中监察病假满送韦楚
　　老拾遗归朝 / 2375
故洛阳城有感 / 2376
润州二首 / 2376
西江怀古 / 2377
题宣州开元寺水阁,阁
　　下宛溪、夹溪居人 / 2378
宣州送裴坦判官往舒州
　　时牧欲赴官归京 / 2378
自宣城赴官上京 / 2378
登池州九峰楼寄张祜 / 2379
齐安郡晚秋 / 2379

九日齐安登高 / 2380
池州李使君没后十一日,
　　处州新命始到,后见
　　归妓感而成诗 / 2380
见刘秀才与池州妓别 / 2381
即事 / 2381
寄李起居四韵 / 2382
八月十二日得替后移居
　　霅溪馆,因题长句四
　　韵 / 2382
柳长句 / 2383
早雁 / 2383
送刘秀才归江陵 / 2384
湖南正初招李郢秀才 / 2384
怀钟陵旧游四首 / 2385
商山麻涧 / 2387
商山富水驿 / 2387
题武关 / 2388
咏歌圣德远怀天宝,因
　　题关亭长句四韵 / 2388
寄浙东韩乂评事 / 2389
书怀寄中朝往还 / 2389
初春雨中,舟次和州横
　　江,裴使君见迎,李
　　赵二秀才同来,因书
　　四韵兼寄江南许浑先
　　辈 / 2390
寄澧州张舍人笛 / 2390
酬张祜处士见寄长句四
　　韵 / 2391
寄宣州郑谏议 / 2391
寄题甘露寺北轩 / 2392
题青云馆 / 2392
正初奉酬歙州刺史邢群 / 2393

卷十八

杜工部五律上

二百九十七首

## 登兖州①城楼

东郡②趋庭日〔一〕，南楼纵目初。
浮云连海岱〔二〕③，平野入青徐④。
孤嶂秦碑⑤在，荒城鲁殿⑥余。
从来多古意，临眺独踌躇。

〔一〕钱注：甫父闲尝为兖州司马。黄鹤曰：天宝九载改兖州为鲁郡，乾元元年复为兖州。　〔二〕岱：一作岳。

① 兖（yǎn）州：唐代州名，属河南道，在今山东一带。② 东郡：即兖州。③ 海岱：指渤海和泰山。④ 青徐：指青州和徐州。⑤ 秦碑：指当年秦始皇登泰山封禅所刻的记功碑文。⑥ 鲁殿：指鲁灵光殿，由汉景帝之子鲁共王刘余所建。

## 题张氏隐居〔一〕

之子时相见，邀人晚兴留。
霁潭①鱣②发发〔二〕③，春草鹿呦呦④。
杜酒⑤偏劳劝，张梨⑥不外求。
前村山路险，归醉每无愁。

〔一〕前一首七律另抄。　〔二〕霁：一作济，非。

① 霁潭：指济水，河南境内的一条古河流。② 鱣（zhān）：一说是鲤鱼。③ 发发：形容盛多。④ 呦呦：鹿鸣拟声。⑤ 杜酒：杜康酒，史载上古夏朝时杜康发明酿酒。此指杜甫自己酿的酒。

⑥梨：指张公梨，为名梨。

## 刘九法曹郑瑕邱石门宴集

秋水清无底，萧然净客心。
掾①曹乘逸兴，鞍马②去相寻。
能吏逢联璧③，华筵直一金。
晚来横吹④好，泓下亦龙吟。

① 掾（yuàn）曹：掾史，古代分曹治事。② 鞍马：指骑乘出行。③ 联璧：指二者互相媲美。此指刘九和郑瑕邱相会。④ 横吹：一种短箫。

## 与任城①许主簿游南池

秋水通沟洫②，城隅③进小船〔一〕。
晚凉看洗马，森木乱鸣蝉。
菱④熟经时雨，蒲荒八月天。
晨朝降白露，遥忆旧青毡。

〔一〕进：一作集。

① 任城：在今山东济宁。② 沟洫（xù）：河渠，田间水道。③ 城隅：城墙角空旷的地方。④ 菱：菱角，一种水生植物，果肉可食用。

## 对雨书怀走邀许主簿〔一〕

东岳云峰起,溶溶①满太虚②。
震雷翻幕燕,骤雨落河鱼。
座对贤人酒③,门听长者车④。
相邀愧泥泞,骑马到阶除⑤。

〔一〕钱本题作走邀许十一簿公。

①溶溶:广阔的样子。②太虚:太空。③贤人酒:即浊酒。《三国志·魏书·徐邈传》载,酒浊者为贤人,酒清者为圣人。④长者车:显贵者乘的车。《史记·陈丞相世家》载,陈平居陋巷,"然门外多有长者车辙"。⑤阶除:台阶。

## 巳上人①茅斋

巳公茅屋下,可以赋新诗。
枕簟②入林僻,茶瓜留客迟。
江莲摇白羽,天棘③蔓青丝〔一〕。
空忝④许询辈,难酬支遁词。

〔一〕蔓:旧作梦。

①上人:指隐士。②枕簟(diàn):供人坐卧的家具。③天棘:天门冬,一种藤蔓植物,块根部位可以入药。④忝(tiǎn):谦辞,表示辱没他人而惭愧。

## 房兵曹胡马

胡马大宛①名,锋棱②瘦骨成。
竹批双耳峻③,风入四蹄轻。
所向无空阔,直堪托死生。
骁腾④有如此,万里可横行。

① 大宛(dà yuān):汉代西域诸国之一,在今乌兹别克斯坦境内,盛产好马。② 锋棱(léng):形容马匹强壮有力。③ 竹批:指马耳朵尖如竹尖,一般尖耳朵是好马的象征。④ 骁腾:健步腾飞,形容马儿跑得极快。

## 画鹰

素练①风霜起,苍鹰画作殊。
㧐身②思狡兔,侧目似愁胡③。
绦镟④光堪摘,轩楹⑤势可呼。
何当击凡鸟,毛血洒平芜⑥。

① 素练:作画的白绢。② 㧐(sǒng)身:耸身,收缩身体准备搏斗。③ "侧目"句:斜眼凝视好像愁悲的胡人。胡人深目,有愁思状,故称。④ 绦镟(xuàn):指系鹰绳子另一端的金属环。⑤ 轩楹:堂前廊柱。指画老鹰的场所。⑥ 平芜:原野。

## 过宋员外之问旧庄〔一〕

宋公旧池馆，零落首阳阿①。
枉道②只从入，吟诗许更过。
淹留③问耆旧，寂寞向山河。
更识将军树，悲风日暮多。

〔一〕员外季弟执金吾见知于代，故有下句。

①首阳阿：即首阳山，在河南洛阳偃师西北。②枉道：绕道赶路。③淹留：停留。

**天宝初，南曹①小司寇舅，于我太夫人堂下垒〔一〕土为山，一匮〔二〕②盈尺，以代彼朽木承诸焚香瓷瓯③，瓯甚安矣。旁植慈竹④盖兹数峰。嶔岑⑤婵娟宛有尘外数〔三〕致。乃不知兴之所至，而作是诗〔四〕①**

一匮功盈尺，三峰意出群。
望中疑在野，幽处欲生云。
慈竹春阴覆，香炉晓势分。
惟南将献寿，佳气日氤氲〔五〕。

〔一〕垒：一作累。　〔二〕匮：一作篑。　〔三〕一本无数字。　〔四〕钱注：范阳太君卢氏，审言之继室，天宝三载五月卒于陈留郡之私第，公作墓志。　〔五〕氲：一作氛。

①南曹：吏部的属官。②匮（kuì）：泛指盛土的器具。③瓷瓯（ōu）：用于盛物的瓷器。④慈竹：竹子的一种，顶端细长，弧形，弯曲下垂如钓丝状。⑤嶔岑（qīn cén）：指高峻的山峰。

## 龙门①

龙门横野断,驿树出城来。
气色皇居近,金银佛寺开。
往来时屡改,川陆②日悠哉。
相阅征途上,生涯尽几回。

① 龙门:在今山西河津西北。② 川陆:指水陆。

## 夜宴左氏庄

风林纤月①落,衣露静琴张〔一〕。
暗水流花径,春星带草堂。
检书②烧烛短,看剑引杯长。
诗罢闻吴咏,扁舟意③不忘。

〔一〕静:一作净。

① 纤月:新月。② 检书:翻阅书籍。③ 扁舟意:指春秋时越国范蠡泛舟隐退,后以此表示隐遁避世。

## 重题郑氏东亭〔一〕

华亭入翠微,秋日乱清晖〔二〕。
崩石欹①山树,晴涟曳水衣〔三〕②。

紫鳞冲岸跃,苍隼③护巢归。
向晚寻征路,残云傍马飞。
〔一〕在新安界。　〔二〕晖:一作辉。　〔三〕晴:旧作清。

① 攲(qī):倚斜。② 水衣:指浮藻一类的水生植物。③ 苍隼(sǔn):类似老鹰一样的猛禽。

## 暂如临邑①,至㟙山湖②亭奉怀李员外,率尔成兴

野亭③逼湖水,歇马高林间。
鼍④吼风奔浪,鱼跳日映山。
暂游阻词伯⑤,却望怀青关。
霭霭生云雾,惟应促驾还。

① 临邑:地名,隶属于山东省德州市。② 㟙(lǎo)山湖:在齐州(今济南一带)北二十里处。③ 野亭:野外供人休息的凉亭。④ 鼍(tuó):鳄鱼。⑤ 词伯:指文学大家,具有文坛领袖级别的人物。

## 冬日有怀李白

寂寞书斋里,终朝独尔思①。
更寻嘉树传,不忘角弓诗②。
短褐③风霜入,还丹④日月迟。

未因乘兴去,空有鹿门⑤期。

① 尔思:即"思尔",想念你。②"更寻""不忘"二句:"嘉树传""角弓诗"均是李白赠杜甫的诗。③ 裋褐(shù hè):指粗布制成的简陋短衣。④ 还丹:指道教修炼。⑤ 鹿门:相传庞德公至鹿门山采药不还。后指代隐居之所。

## 春日忆李白

白也诗无敌,飘然思不群。
清新庾开府①,俊逸鲍参军②。
渭北春天树,江东日暮云。
何时一樽酒,重与细论文。

① 庾开府:即庾信,官至开府仪同三司,故称"庾开府"。② 鲍参军:即鲍照,曾任荆州前军参军,故称"鲍参军"。

## 杜位宅守岁〔一〕

守岁阿戎〔二〕①家,椒盘已颂花②。
盍簪③喧枥马,列炬散林鸦。
四十明朝过,飞腾暮景斜。
谁能更拘束,烂醉是生涯。

〔一〕钱笺:杜位,公之从弟。《宰相世系表》:位考功郎中,湖州刺史。《困学纪闻》：位，林甫诸婿也。"四十明朝过"，《年谱》谓天宝十载，时林甫在相位。"盍簪"、"列炬"，其炙手之徒欤？又寄位诗："近闻宽法离新州"，其流贬盖以林甫故，《林甫传》云：诸婿杜位等皆贬官。　〔二〕戎：一作咸。

① 阿戎：即堂弟。唐时对堂弟的称呼，晋、宋有之，至唐沿袭。② 颂花：晋时，刘臻之妻陈氏曾作《椒花颂》，后用作新年祝词。③ 盍簪：朋友欢聚。


## 李监宅二首〔一〕

尚觉王孙①贵，豪家意颇浓。
屏开金孔雀②，褥隐绣芙蓉。
且食双鱼美，谁看异味重。
门阑③多喜色，女婿近乘龙。

〔一〕一作李盐铁。

① 王孙：指李监，为唐宗室弟子，故称王孙。②"屏开"句：指李监难以选择称心的女婿。③ 门阑：指家门。

华馆春风起，高城烟雾开。
杂花分户映，娇燕入帘回。
一见能倾座①，虚怀只爱才。
盐车②虽绊骥③，名是汉庭来。

〇钱本无后一首。

① 倾座：指倾倒在座的人。② 盐车：比喻贤才屈尊在下。③ 绊骥（jì）：指束缚贤才。

## 送韦书记赴安西

夫子欻①通贵,云泥②相望悬。
白头无籍在,朱绂③有哀怜。
书记赴三捷,公车留二年。
欲浮江海去,此别意茫然。

①欻(xū):忽然。②云泥:指地位差别大,犹如天和地一般。
③朱绂(fú):代表官职。

## 奉陪郑驸马①韦曲②二首

韦曲花无赖③,家家恼杀人。
绿樽④须尽日,白发好禁春。
石角钩衣破,藤梢刺〔一〕眼新。
何时占丛竹,头戴小乌巾⑤。

〔一〕刺:音七。

① 郑驸马:即郑潜曜,玄宗女儿临晋公主的丈夫。② 韦曲:在长安城南,曾是大族韦氏聚居的地方。③ 无赖:形容花开艳丽,似乎在挑逗他人。④ 绿樽:酒杯。⑤ 小乌巾:一种隐士常佩戴的头巾。

野寺垂杨里,春畦①乱水间。
美花多映竹,好鸟不归山。
城郭②终何事,风尘③岂驻颜。
谁能共公子,薄暮欲俱还。

①春畦（qí）：指春日的原野。②城郭：指长安城。③风尘：此指官宦生活。

## 陪郑广文游何将军山林十首

不识南塘路，今知第五桥。
名园依绿水，野竹上青霄。
谷口旧相得，濠梁①同见招。
平生为幽兴，未惜马蹄遥②。

①濠梁：指庄子和惠子同游濠梁一事，此指杜甫和郑广文二人。②马蹄遥：指路途遥远。

百顷风潭①上，千章夏木清。
卑枝②低结子，接叶③暗巢莺。
鲜鲫银丝脍④，香芹碧涧羹⑤。
翻疑柁楼⑥底，晚饭越中行。

①风潭：指广济潭，在今江西上饶。②卑枝：指低矮的枝叶。③接叶：形容枝叶茂盛，一片连着一片。④银丝脍（kuài）：切成丝的生鱼肉。⑤碧涧羹：用山泉水熬成的羹。⑥柁（duò）楼：大船后舱上的楼。

万里戎王子[一]①，何年别月支②。
异花来绝域，滋蔓匝清池。
汉使徒空到，神农竟不知。
露翻兼雨打，开坼日[二]离披。

〔一〕《本草》曰华子云：独活，一名戎王使者，此花当是其类。　〔二〕日：一作渐。

① 戎王子：一种花草，应当是从西域传来中原。② 月支：即大月氏，先秦时生活在中国西北地区的游牧民族。

旁舍连高竹，疏篱带晚花。
碾涡〔一〕深没马，藤蔓曲藏〔二〕蛇。
词赋工何〔三〕益，山林迹未赊①。
尽捻②书籍卖，来问尔东家。

〔一〕碾涡当是旧时水磨，今碾硙未必尚存，而其涡漩之水，犹深可没马也。　〔二〕藏：一作垂。　〔三〕何：一作无。

① "山林"句：指要隐居山林。② 捻（niǎn）：拿。

賸〔一〕水沧江破，残山①碣石开。
绿垂风折笋，红绽雨肥梅。
银甲弹筝用，金鱼②换酒来。
兴移无洒扫，随意坐莓苔。

〔一〕賸：同剩。

① 残山：指园林里的假山。② 金鱼：指金制的鱼型小装饰品。

风磴①吹阴雪，云门吼瀑泉。
酒醒思卧簟②，衣冷欲装绵。
野老③来看客，河鱼不取钱。
只疑淳朴处，自有一山川。

① 风磴（dèng）：山岩上的石级。② 簟（diàn）：竹席。③ 野

老：山野老人。

棘树寒云色[一]，茵蔯①春藕香。
脆添生菜美，阴益食单凉。
野鹤清晨出[二]，山精白日藏。
石林蟠水府，百里独苍苍。

〔一〕钱笺：吴若本注刊作栜。《尔雅》云：栜，赤栜，白者栜。山厄切。注云：赤栜好丛生山中，白栜圆叶而歧，为大木。国藩按，本句云"寒云色"，下云"阴益食单凉"，自当作栜树，非棘树也。　〔二〕出：一作至。

①茵蔯（chén）：即茵陈，一种蒿草，可入药。

忆过杨柳渚，走马定昆池①。
醉把青荷叶，狂遗白接䍦②。
刺船③思郢客，解水乞吴儿。
坐对秦山晚，江湖兴颇随。

①昆池：即昆明池，位于今陕西西安，为汉武帝所建。②䍦（lí）：一种头巾。③刺船：撑船。

床上书连屋，阶前树拂云。
将军不好武，稚子总能文。
醒酒微风入，听诗静夜分。
绤衣①挂萝薜②，凉月白纷纷。

①绤衣：细葛衣服。②萝薜（luó bì）：攀爬的蔓生植物。

幽意忽不惬①，归期无奈何。
出门流水住[一]，回首白云多。

自笑灯前舞,谁怜醉后歌。
祇应与朋好,风雨亦来过。

〔一〕住:一作注。

① 不惬:不高兴。

## 重过何氏五首

问讯东桥竹,将军有报书。
倒衣①还命驾,高枕乃吾庐。
花妥②莺捎蝶③,溪喧獭趁④鱼。
重来休沐地,真作野人居⑤。

① 倒衣:颠倒衣服,形容热情待客。② 妥:通"堕",落下。③ 莺捎蝶:黄莺追逐蝴蝶。④ 趁:追赶。⑤ 野人居:指隐士的居所。

山雨樽①仍在,沙沉榻未移。
犬迎曾宿客,鸦护落巢儿。
云薄翠微寺②,天清皇子陂③。
向来幽兴极,步屧过东篱〔一〕。

〔一〕屧:一作屐,一作履。过:一作到。

① 樽(zūn):酒杯。② 翠微寺:原名翠微宫,位于今陕西西安,原是唐太宗李世民避暑养病的离宫,后改为寺庙。③ 皇子陂:在今陕西西安南。

落日平台上,春风啜茗①时。
石栏斜点笔,桐叶坐题诗。

翡翠鸣衣桁②，蜻蜓立钓丝。
自今幽兴熟，来往亦无期。

① 啜茗：品茶。② 衣桁（háng）：衣架。

颇怪朝参懒，应耽野趣长。
雨抛金锁甲，苔卧绿沈枪。
手自移蒲柳，家才足稻粱。
看君用幽意，白日到羲皇。

到此应尝陋〔一〕，相留可判年。
蹉跎暮容色〔二〕，怅望好林泉。
何日沾微禄，归山买薄田。
斯游恐不遂，把酒意茫然。

〔一〕尝陋：一作常宿。　〔二〕色：一作鬓。


## 陪李金吾花下饮

胜地初相引，徐行得自娱。
见轻吹鸟毳①，随意数花须②。
细草偏称坐，香醪③懒再沽。
醉归应犯夜，可怕李〔一〕金吾④。

〔一〕李：张远作执。

① 毳（cuì）：鸟兽的细毛。② 须（xū）：通"须"，花须指花蕊的细须。③ 香醪（láo）：美酒。④ 李金吾：指巡夜执法的官员。

## 陪诸贵公子丈八沟①携妓纳凉晚际遇雨二首

落日放船好，轻风生浪迟。
竹深留客处，荷净纳凉时。
公子调冰水，佳人雪②藕丝。
片云头上黑，应是雨催诗。

① 丈八沟：唐长安城的一处地名，原本是人工沟渠，后居民沿渠而居。② 雪：同"削"。

雨来沾席上，风急〔一〕打船头。
越女红裙湿，燕姬翠黛愁①。
缆侵堤柳系，幔卷浪花浮。
归路翻萧飒，陂塘②五月秋。
〔一〕急：一作恶。

①"越女""燕姬"二句：越女、燕姬，指越地、燕地的美女，代指歌姬。翠黛，眉毛的美称，古代女性常用黛（青黑色颜料）画眉。② 陂（bēi）塘：池塘。

## 与鄠县源大少府宴渼陂得寒字

应为西陂好，金钱罄①一餐。
饭抄云子白，瓜嚼水精寒。
无计回船下，空愁避酒难。
主人情烂漫，持答翠琅玕②。

① 罄（qìng）：用光，用尽。② 翠琅玕（láng gān）：一种青绿色的玉石。

## 送裴二虬尉永嘉①

孤屿亭何处，天涯水气中。
故人官就此，绝境与谁同。
隐吏逢梅福②，游山忆谢公③。
扁舟吾已具〔一〕，把钓待秋风。
〔一〕具：一作就。

① 永嘉：即今浙江温州的永嘉县。② 梅福：西汉末年人物，九江郡寿春（今安徽寿县）人，因上书劝谏不行，辞官归隐。③ 谢公：谢灵运。

## 崔驸马山亭宴集

萧史①幽栖地，林间踏凤毛。
洑流②何处入，乱石闭门高。
客醉挥金碗，诗成得绣袍。
清秋多宴会〔一〕，终日困香醪。
〔一〕宴会：一云赏乐。

① 萧史：《列仙传·弄玉吹箫》："萧史者，秦穆公时人也，善吹箫……穆公有女，字弄玉，好之。公遂以女妻焉。"此处代指崔驸马。② 洑（fú）流：回旋的河流。

## 九日曲江

缀席茱萸①好,浮舟菡萏②衰。
百年秋已半,九日意兼悲。
江水清源曲,荆门此路疑。
晚来高兴尽,摇荡菊花期。

① 茱萸(zhū yú):一种常绿带香气的植物,常在重阳节佩戴。② 菡萏(hàn dàn):即荷花。

## 寄高三十五书记

叹息高生老,新诗日又多。
美名人不及,佳句法如何。
主将①收才子,崆峒②足凯歌。
闻君已朱绂③,且得慰蹉跎。

① 主将:指唐代大将哥舒翰。② 崆峒:即崆峒山,在今甘肃平凉。③ 朱绂:指得到官职。

## 送张二十参军赴蜀州因呈杨五侍御

好去①张公子,通家别恨添。
两行秦树直,万点蜀山尖。

御史青骢马②,参军旧紫髯③。
皇华吾善处,于汝定无嫌。

① 好去:路途顺利。② 青骢(cōng)马:指东汉御史桓典骑乘的马,此处将杨五比作桓典。③ 参军:即东晋人郗超,晋代官员、书法家。此处将张二十比作郗超。


## 赠陈二补阙

世儒多汩没①,夫子独声名。
献纳开东观,君王问长卿②。
皂雕③寒始急,天马老能行。
自到青冥里,休看白发生。

① 汩(mì)没:埋没,隐藏。②"君王"句:相传汉武帝读完《子虚赋》而大悦,询问司马相如的所在。长卿,指司马相如。③ 皂雕:指黑色的大雕。


## 故武卫将军挽词三首

严警①当寒夜,前军落大星。
壮夫思敢决,哀诏惜精灵②。
王者今无战,书生已勒铭③。
封侯意疏阔,编简④为谁青。

①严警：即宫廷的警卫。②精灵：指亡故的魂灵。③勒铭：勒石纪功，表示取得大捷。④编简：指史册。

舞剑过人绝①，鸣弓射兽能。
铦锋②行悒顺，猛噬失蹻腾③。
赤羽千夫膳，黄河十月冰。
横行沙漠外，神速至今称。

① 绝：指舞剑的艺术非凡卓越，超过普通人很多。② 铦（xiān）锋：刚锐的锋芒。③ 蹻（qiāo）腾：迅猛腾空的样子。

哀挽青门①去，新阡绛水遥。
路人纷雨泣，天意飒风飚②。
部曲③精仍锐，匈奴气不骄。
无由睹雄略，大树日萧萧。

① 青门：长安城的一座城门，即霸城门，因门青色而称为青城门。② 风飚（biāo）：即飚风，暴风。③ 部曲：指军队。

## 白水明府舅宅喜雨

吾舅政如此，古人谁复过。
碧山晴又湿，白水雨添多。
精祷①既不昧，欢娱将谓何。
汤年②旱颇甚，今日醉弦歌。

① 精祷：诚挚的祷告。② 汤年：指成汤时期大旱，成汤便亲自去桑林祷告祈雨。

## 九日杨奉先会白水崔明府

今日潘怀县①，同时陆浚仪②。
坐开桑落酒③，来把菊花枝。
天宇清霜净，公堂宿雾④披。
晚酣留客舞，凫舄⑤共差池。

① 潘怀县：指西晋潘岳曾任怀县县令。② 陆浚仪：即西晋文学家陆云，曾出补浚仪令。③ 桑落酒：酒名，出产于山东济宁。④ 宿雾：晨雾。⑤ 凫舄（fú xì）：相传东汉叶县县令王乔曾化两鞋子为大雁，乘雁到京师。后以此比喻地方官。舄，鞋子。

## 官定后戏赠〔一〕①

不作河西尉，凄凉为折腰②。
老夫怕趋走，率府且逍遥。
耽酒须微禄，狂歌托圣朝。
故山③归兴尽，回首向风飚。

〔一〕时免河西尉为右卫率府兵曹。　○自此以上皆为天宝未乱以前之诗。

①戏赠：指杜甫自己赠送给自己。②折腰：指屈身侍奉他人。③故山：指家乡。

## 避地<sup>〔一〕</sup>

避地<sup>①</sup>岁时晚，窜身<sup>②</sup>筋骨劳。
诗书遂墙壁，奴仆且旌旄。
行在<sup>③</sup>仅闻信，此生随所遭。
神尧旧天下，会见出腥臊<sup>④</sup>。

〔一〕此下皆安史乱后之诗。

①避地：指迁徙躲避战乱。②窜身：藏身。③行在：指皇帝的临时住所。④腥臊：指安禄山。

## 送灵州李判官<sup>〔一〕</sup>

羯胡<sup>①</sup>腥<sup>②</sup>四海，回首一茫茫。
血战乾坤赤，氛迷日月黄。
将军专策略，幕府盛才良。
近贺中兴主，神兵<sup>③</sup>动朔方<sup>④</sup>。

〔一〕此及上首皆集外诗。

①羯（jié）胡：此指安禄山、史思明。②腥：祸乱。③神兵：指唐代政府军。④朔方：即朔方郡，汉代边郡之一，在陕西、山西北部。

## 月夜

今夜鄜州①月,闺中只独看。
遥怜小儿女,未解忆长安。
香雾云鬟湿,清辉玉臂寒。
何时〔一〕倚虚幌②,双照泪痕干。

〔一〕时:一作当。

① 鄜(fū)州:在今陕西富县。② 虚幌(huǎng):透明的窗布。

## 对雪

战哭多新鬼①,愁吟独老翁。
乱云低薄暮,急雪舞回风。
瓢弃樽无绿②,炉存火似红。
数州消息断,愁坐正书空。

① 新鬼:指阵亡的士兵。② 绿:指代酒。

## 元日寄韦氏妹

近闻韦氏妹,迎在汉钟离①。
郎伯殊方②镇,京华旧国移。

秦〔一〕城回北斗③，郢树发南枝。

不见朝正使，啼痕满面垂。

〔一〕秦：一作春。　　○此至德二载元日作。妹嫁韦氏，即《同谷七歌》所云"有妹有妹在钟离"者也。钟离即今之凤阳府，战国时属楚地。诗中"郢树"句，指妹在楚境也。妇人称其夫曰郎曰伯，《诗》：自伯之东。

① 钟离：即钟离县，在今安徽凤阳。② 殊方：远方，远处。③ 回北斗：指北斗星的斗柄朝向东，表示春天快到了。

## 得舍弟消息二首

近有平阴①信，遥怜舍弟存。

侧身②千里道，寄食一家村③。

烽举④新酣战，啼垂旧血痕。

不知临老日，招得几人〔一〕魂。

〔一〕人：一作时。

① 平阴：在今山东济南。② 侧身：指为了避开敌寇而不敢走大道。③ 家村：指荒凉偏僻的村子。④ 烽举：表示有敌情。

汝儒归无计，吾衰往未期①。

浪传②乌鹊喜，深负鹡鸰诗③。

生理④何颜面，忧端且岁时。

两京三十口，虽在命如丝。

① 未期：不知道期限。② 浪传：空传。③ 鹡鸰（jí líng）诗：

语出《诗经·小雅·常棣》,指为兄弟的境况而担心。④ 生理:生计。

## 忆幼子

骥子①春犹隔,莺歌②暖正繁。
别离惊节换,聪慧与谁论。
涧水空山道,柴门老树村。
忆渠③愁只〔一〕睡,炙背俯晴轩。
〔一〕只:一作即,一作正。

① 骥子:此指代诗人的小儿子。② 莺歌:比拟小儿子正在咿呀学语。③ 渠:第三人称代词,他。

## 一百五日①夜对月

无家对寒食,有泪如金波。
斫却②月中桂,清光应更多。
仳离③放红蕊,想像颦〔一〕④青蛾⑤。
牛女⑥漫愁思,秋期犹渡河。
〔一〕颦:旧作嚬。

① 一百五日:寒食节。② 斫却:砍掉。③ 仳(pǐ)离:分别,离开。④ 颦(pín):皱眉。⑤ 青蛾:指用青黛颜料涂画的眉毛,此指代女子。⑥ 牛女:指牛郎和织女。

## 春望

国破山河在,城春〔一〕草木深①。

感时花溅泪,恨别鸟惊心。

烽火连三月,家书抵万金。

白头搔更短,浑欲不胜簪。

〔一〕春:一作荒。

①"国破""城春"二句:都城陷落,春来山河依旧,荒草疏木,绿满都城。"国"和"城"都是指长安城。

## 喜达行在所①三首

西忆岐阳②信,无人遂却回。

眼穿当落日,心死著寒灰③。

雾〔一〕树行相引,连山〔二〕望忽开。

所亲惊老瘦④,辛苦贼中来。

〔一〕雾:一作茂。　〔二〕连山:一作莲峰。

① 行在所:指中央朝廷临时所在。② 岐阳:即今陕西宝鸡的凤翔区。③ "眼穿""心死"二句:形容杜甫拼命逃难的景象。④ 老瘦:即老叟,诗人自称。

愁思胡笳夕,凄凉汉苑①春。

生还今日事,问道暂时人。

司隶章初睹②,南阳气已新。

喜心翻倒③极,呜咽泪沾巾。

① 汉苑：以汉苑借指唐代的林苑。②"司隶"句：意谓中央政府开始正常运作起来。司隶，原指中央直辖的州域，相当于直隶，此借指中央政府。章，规章制度。③ 翻倒：形容高兴到极致。

死去凭谁报，归来始自怜。
犹瞻太白雪①，喜遇武功天②。
影静千官里，心苏七校前。
今朝汉社稷，新数中兴年。

① 太白雪：指凤翔府眉县附近的太白山，终年积雪。② 武功天：武功山，今称鳌山，属于秦岭的主脉。

## 月

天上秋期近，人间月影清。
入河蟾不没，捣药兔长生。
只益丹心苦，能添白发明。
干戈知满地，休照国西营。

## 哭长生侍御

道为诗书重，名因赋颂雄。
礼闱①曾擢桂②，宪府③屡乘骢④。

流水生涯尽，浮云世事空。
惟余旧台柏⑤，萧瑟九原中。

① 礼闱（wéi）：指古代科举考试之会试。② 擢（zhuó）桂：即科举及第。③ 宪府：指御史台。④ 乘骢：指担任侍御史之职，为御史大夫的佐官。⑤ 台柏：指御史台，比喻物是人非。


## 奉赠严八阁老

扈圣〔一〕①登黄阁②，明公独妙年。
蛟龙得云雨，雕鹗在秋天。
客礼容疏放，官曹③可〔二〕接联。
新诗句句好，应任老夫传。
〔一〕扈圣：一作今日。　〔二〕可：一作许。

① 扈（hù）圣：指跟随皇帝出行。② 黄阁：即门下省。③ 官曹：指官吏的办事场所。


## 留别贾严二阁老两院遗补诸公得闻字〔一〕

田园须暂往，戎马惜离群①。
去远留诗别，愁多任酒醺。
一秋常苦雨，今日始无云。
山路时〔二〕吹角，那堪处处闻。
〔一〕二阁老，贾至、严武也。杜公家寓鄜州，弥年艰窘，诏许自往视,此将北征之时所作。 〔二〕时:一作晴。

①"戎马"句:指过上隐居生活。


## 晚行口号①

三山不可到,归路晚山稠②。
落雁浮寒水,饥乌集戍楼。
市朝今日异,丧乱几时休。
远愧梁江总,还家尚黑头③。

① 口号:指即兴赋诗。② 晚山稠:指山林茂盛。③ "远愧""还家"二句:指南朝文学家江总因避侯景之乱离开建康,直至四十五岁时才得以返回,当时还是黑发。杜甫以此说自己年事已高,依旧在外漂泊。


## 独酌成诗

灯花何太喜①,酒绿正相亲。
醉里从为客,诗成觉有神。
兵戈②犹在眼,儒术岂谋身。
苦被微官缚,低头愧野人③。

①"灯花"句:借指大街上到处张灯结彩。② 兵戈:指战争灾祸。③ 野人:指村居之人。

## 收京三首

仙仗①离丹极②,妖星③照〔一〕玉除④。
须为下殿走,不可好楼居。
暂屈汾阳驾⑤,聊飞燕将书。
依然七庙略⑥,更与万方初。

〔一〕照:一作带。

① 仙仗:指皇帝的仪仗。② 丹极:宫殿中的红色栋宇,借指皇帝的宫城。③ 妖星:指带着恶兆的彗星,此指安史之乱。④ 玉除:宫殿前的阶梯。⑤ 汾阳驾:指郭子仪,唐代中兴名将,因功获封汾阳郡王。⑥ 七庙略:治国安邦的重大谋略。

生意①甘衰白,天涯正寂寥。
忽闻哀痛诏,又下圣明朝。
羽翼②怀商老③,文思忆帝尧。
叨逢罪己日,沾洒〔一〕④望青霄。

〔一〕沾洒:一作洒涕。

① 生意:指生机。② 羽翼:指辅佐的能臣。③ 商老:指秦末汉初的商山四皓。④ 沾洒:指流泪。

汗马收宫阙,春城铲贼壕。
赏应歌杕杜①,归及荐樱桃②。
杂虏横戈数,功臣甲第高。
万方频送喜,无乃圣躬劳。

① 杕(dì)杜:即《诗经·唐风·杕杜》,是一首妻子思念长年在外服役的丈夫的诗歌。② 荐樱桃:语出《礼记》"含桃可荐",指用樱桃作祭祀的贡品,暗示朝廷应该节俭从事。

## 奉赠王中允维

中允①声名久,如今契阔②深。
共传收庾信③,不比得陈琳④。
一病缘明主,三年独此心。
穷愁应有作,试诵白头吟⑤。

① 中允:太子属官,掌管侍从礼仪、驳正启奏等事。② 契阔:指交往、交情。③ 庾信:南朝诗人,历经南梁、南陈、北周三朝。④ 陈琳:东汉末年文学家,"建安七子"之一。⑤ 白头吟:一首乐府名歌曲,属《相和歌辞》,相传为西汉才女卓文君所作。

## 春宿①左省②

花隐掖垣③暮,啾啾栖鸟过。
星临万户动,月傍九霄④多。
不寝〔一〕听金钥〔二〕⑤,因风想玉珂⑥。
明朝有封事⑦,数问夜如何。

〔一〕寝:一作寐。　〔二〕钥:一作锁。

① 宿:值夜班。② 左省:即门下省。③ 掖垣:中书省和门下省位于宫墙的两侧,犹如人的双腋一样。④ 九霄:指高大的宫殿。⑤ "不寝"句:睡不着觉听着宫门门锁的动静。⑥ "因风"句:风吹铃响,想着是马络头上饰物的振动声。⑦ 封事:上书奏事。因奏书密封,故称。

## 晚出左掖

昼刻①传呼浅，春旗簇仗齐。
退朝花底散，归院柳边迷。
楼雪融城湿，宫云去殿低。
避人焚谏草②，骑马欲鸡栖③。

① 昼刻：记载时间的石刻。② 谏草：上书给皇帝的谏章草稿。③ 鸡栖：语出《诗经·王风·君子于役》："鸡栖于埘（shí），日之夕矣，羊牛下来。"代指黄昏。

## 送贾阁老①出汝州

西掖②梧桐树，空留一院阴。
艰难归故里，去住损春心。
宫殿青门③隔，云山紫逻④深〔一〕。
人生五马⑤贵，莫受二毛⑥侵。

〔一〕钱笺：《寰宇记》：废临汝县。在汝州西南六十里，本汉梁县地，唐先天二年割置县，于今县西二十里紫逻川置。

① 贾阁老：贾至。此指贾至由中书舍人出任汝州刺史。② 西掖：宫殿西侧，指中书省。③ 青门：即霸城门，长安城城门，因门青而得名。④ 紫逻：即紫逻山，在今河南汝阳东十里。此指贾至所去地方。⑤ 五马：古代太守出行的车驾规格，此指汝州刺史。⑥ 二毛：斑白的头发，头白发有二色。比喻年老。

## 送翰林张司马〔一〕南海勒碑〔二〕

冠冕通南极，文章落上台①。
诏从三殿②去，碑到百蛮开。
野馆浓花发，春帆细雨来。
不知沧海上〔三〕，天遣几时回。

〔一〕司马：一云学士。　〔二〕自注：相国制文。　〔三〕上：一作使。

① 上台：比喻身居要职的高官。② 三殿：指唐代皇宫大明宫的麟德殿，是皇帝举行宴会和接待外国使节、宾客的地方。


## 奉答岑参补阙见赠

窈窕①清禁闼②，罢朝归不同。
君随丞相后，我往〔一〕日华③东。
冉冉柳枝碧，娟娟花蕊红。
故人得佳句，独赠白头翁。

〔一〕往：一作住，非。　钱笺：《雍录》：《唐六典》：宣政殿前有两庑，两廊，各有门。其东曰日华，日华之东则门下省也，居殿庑之左，故曰左省。西廊有门曰月华，月华之西即中书省也。凡两省官，系衔以左右者，皆分属焉。"罢朝归不同"，言分东西班各归本省也。"君随丞相后"，宰相罢朝，由月华门出而入中书，凡西省官亦随丞相出西也。若左省官，仍自东出，故云"我往日华东"也。

① 窈窕：形容宫室幽深。② 禁闼：指宫城。③ 日华：唐代的宫殿门名。

## 赠毕四曜

才大今诗伯①,家贫苦宦卑②。
饥寒奴仆贱,颜状老翁为。
同调③嗟谁惜,论文④笑自知。
流传江鲍体⑤,相顾免无儿。

① 诗伯:诗坛领袖,夸赞之语。② 宦卑:指官位卑小。③ 同调:指志趣相同。④ 论文:讨论文章。⑤ 江鲍体:南朝文学家江淹、鲍照的合称。

## 端午日赐衣

宫衣①亦有名,端午被恩荣。
细葛含风软,香罗叠雪轻。
自天题处湿,当暑着来清。
意内称〔一〕长短,终身荷②圣情。
〔一〕称:音平,义仄。

① 宫衣:指官服。② 荷:充满。

## 酬孟云卿

乐极伤头白,更长〔一〕爱烛红。
相逢虽衮衮①,告别莫匆匆。

但恐天河落②，宁辞酒盏空。

明朝牵世务，挥泪各西东。

〔一〕长：一作深。

① 衮衮（gǔn）：说话滔滔不绝的样子，此处形容相逢时有说不完的话。② 天河落：银河下隐，表示天快亮时，两人就要分别。

## 至德二载，甫自京金光门①出，间道归凤翔。乾元初，从左拾遗②移③华州④掾，与亲故别，因出此门，有悲往事

此道昔归顺，西郊胡正〔一〕烦。

至今犹〔二〕破胆，应有未招魂。

近侍⑤归京邑，移官岂至尊〔三〕。

无才日衰老，驻马望千门⑥。

〔一〕正：一作骑。　〔二〕犹：一作残。　〔三〕公以至德二载疏救房琯获咎，赖张镐救全之。至次年，出为华州司功，或为当事者所排挤，非肃宗意也，故曰"移官岂至尊"。

① 京光门：长安城外城中间的城门。② 左拾遗：官职名，专门向君主规劝进言。③ 移：贬职。④ 华州：在今陕西华县，杜甫当时降为华州司功参军。⑤ 近侍：指官拜左拾遗。⑥ 千门：指官城。

## 独立

空外一鸷鸟①,河间双白鸥。
飘飖②搏击便,容易往来游。
草露亦多湿,蛛丝仍未收。
天机近人事,独立万端忧。

○草露喻谗谤污染也,蛛丝喻网罟罩也;天机虽自淡泊,无奈与人事日日相近,动辄得咎,故因有所见而感叹。

① 鸷(zhì)鸟:一种凶猛的鸟,如鹰、雕等。② 飘飖(yáo):形容举止轻盈、洒脱。

## 寄高三十五詹事①

安稳②高詹事,兵戈久索居③。
时来知〔一〕宦达,岁晚莫情疏。
天上多鸿雁,池中足鲤鱼④。
相看过半百,不寄一行书。

〔一〕知:一作如。

① 詹(zhān)事:官职名,主管皇后、太子的事。此指高适在至德二载授太子少詹事。② 安稳:无恙。③ "兵戈"句:指高适围剿永王李璘起兵,兵罢后被任詹事闲职。索居,独自居住。④ "天上""池中"二句:指鸿雁传书、鲤鱼传书的典故。

## 赠高式颜

昔别是何处,相逢皆老夫。
故人还寂寞,削迹①共艰虞②。
自失论文友,空知卖酒垆③。
平生飞动意,见尔不能无。

① 削迹:比喻不和人来往,独自居住。② 艰虞:指灾荒多、战乱频发的年代。③ 卖酒垆:指卖酒的店肆。

## 观安西①兵过赴关中待命二首

四镇②富精锐,摧锋③皆绝伦。
还闻献士卒,足以静风尘④。
老马夜知道,苍鹰饥〔一〕著人。
临危经久战,用急始如神。
〔一〕饥:一作秋。

① 安西:即安西都护府,治所在今新疆吐鲁番附近。② 四镇:指龟兹(qiū cí)、于阗(tián)、碎叶、疏勒四都督府,归安西都护府管辖。③ 摧锋:冲锋陷阵。④ 静风尘:平定叛乱。

奇兵不在众,万马救中原。
谈笑无河北,心肝①奉至尊。
孤云随杀气,飞鸟避辕门。
竟日留欢乐,城池未觉喧。

①心肝：指竭尽忠诚。

## 观兵

北庭①送壮士，貔虎②数尤多。
精锐旧无敌，边隅今若何。
妖氛拥白马③，元帅待雕戈④。
莫守邺城下，斩鲸辽海⑤波。
○末二句言不宜老师于邺下，当直取燕蓟贼巢也。

①北庭：指北庭都护府，治所在今新疆吉木萨尔北破城子。②貔（pí）虎：比喻勇猛的将士。③"妖氛"句：指安禄山、史思明的叛军。④雕戈：刻镂之戈，此指出兵。

## 路逢襄阳杨少府入城戏题四韵附〔一〕呈杨四员外绾

寄语杨员外，山寒少茯苓。
归来稍暄暖，当为劚①青冥。
翻动神仙〔二〕窟，封题②鸟兽形。
兼将老藤杖，扶汝醉初醒。
〔一〕一无此四字。　〔二〕神仙：一作龙蛇。

①劚（zhú）：削砍、铲除。②封题：在物品封装后，在封口处题签。

## 忆弟二首

丧乱闻吾弟,饥寒傍①济州②。
人稀书不到,兵在见何由。
忆昨狂催走③,无时病去忧。
即今千种恨,惟共水东流。

①傍:依附。②济州:在今山东茌平西南。③催走:指为躲避战乱而逃命。

且喜河南定,不问邺城围①。
百战今谁在?三年望汝归。
故园花自发,春日鸟还飞。
断绝人烟久,东西②消息稀。

①邺城围:即759年官军围攻邺城,后指挥失当,官军大败。邺城,在今河北邯郸的临漳县。②东西:指杜甫在西边而杜甫弟在东边,二人相隔距离远。

## 得舍弟消息

乱后谁归得,他乡胜故乡。
直为心厄苦,久念与〔一〕存亡。
汝书犹在壁,汝妾已辞房。
旧犬知愁恨①,垂头傍我床。

〔一〕与:一作汝。

① "旧犬"句：化用陆机故事。相传陆机在洛阳时，因思念家乡，对自己的狗儿说能否带送到家里书信，狗儿果真跑回家乡，带着书信返回。

## 不归

河间①尚征〔一〕伐，汝骨在空城。
从弟人皆有，终身恨不平。
数金怜俊迈②，总角③爱聪明。
面上三年土，春风草又生。

〔一〕征：一作战。

① 河间：在今河北南部一带。② 俊迈：秀美出众。③ 总角：指八岁到十三岁之间的少年时期，头发分作左右两半，在头顶各扎成一个结，形如两个羊角，故称"总角"。

## 秦州①杂诗二十首

满目悲生事，因人作远游。
迟回度陇②怯，浩荡及关愁。
水落鱼龙夜，山空鸟鼠秋③。
西征问烽火，心折此淹留。

① 秦州：在今甘肃天水。② 陇（lǒng）：即陇山，位于甘肃和陕西交界的地方。③ 鱼龙、鸟鼠：秦州境内的山川名。

秦州城〔一〕北寺，胜迹〔二〕隗嚣宫①。

苔藓山门古，丹青野殿空。

月明垂叶露，云逐度溪风。

清渭②无情极，愁时独向东。

〔一〕城：一作山。　　〔二〕胜迹：一作传是。

① 隗嚣（wěi xiāo）宫：隗嚣的宫室。隗嚣（？—33），字季孟，甘肃人，在新朝王莽末年曾割据西北一带。② 清渭：指渭河，主要流经关中平原，汇入黄河。

州图领同谷〔一〕①，驿道出流沙。

降虏兼千帐，居人有万家。

马骄朱〔二〕汗落，胡舞白题〔三〕②斜。

年少临洮③子，西来亦自夸。

〔一〕同谷在今甘肃阶州之城县境，去秦州约二百里。　　〔二〕朱：一作珠。　　〔三〕题：旧作蹄。

① 州图：指秦州管辖的三军郡，包括天水、陇西、同谷。② 白题：指古代匈奴所带的毛制帽子。③ 临洮（táo）：在今甘肃省定西县境内，民风好勇剽悍。

鼓角缘边郡，川原欲夜时。

秋听殷①地发，风散入云悲。

抱叶寒蝉静，归山独鸟迟。

万方声一概，吾道欲何之。

① 殷：震动。

南使①宜天马，由来万匹强。

浮云连阵没,秋草遍山长。
闻说真龙种②,仍残老骕骦③。
哀鸣思战斗,迥立向苍苍。

① 南使:指唐代在甘肃南部地区管理养马的官员。② 龙种:指骏马。③ 骕骦(sù shuāng):古书中记载的一种良马。

城上胡笳奏,山边汉节归。
防河赴沧海,奉诏发金微①。
士苦形骸黑,林疏鸟兽稀。
那堪往来戍,恨解邺城围。

① 金微:即今阿尔泰山,在新疆北部,唐代曾设置金微都护府。

莽莽万重山,孤城石谷间。
无风云出塞,不夜月临关。
属国①归何晚,楼兰②斩未还。
烟尘一〔一〕长望,衰飒正摧颜。
〔一〕一:一作独。

① 属国:即典属国,唐代官职,专门处理少数民族事务。② 楼兰:汉代西域国名。

闻道寻源使①,从天此路回。
牵牛去几许,宛马②至今来。
一望幽燕隔,何时郡国开。
东征健儿尽,羌笛暮吹哀。

①寻源使：指张骞曾奉汉武帝之命寻找黄河的源头。②宛马：指大宛国出产的宝马。

今日明人眼，临池好驿亭①。
丛篁②低地碧，高柳半天青。
稠叠多幽事，喧呼阅使星。
老夫如有此，不异在郊坰③。

①驿亭：古代官府机构设置在路边供役差休息的场所。②丛篁：即竹林。③郊坰（jiōng）：偏远的郊野。

云气接昆仑，涔涔①塞雨繁。
羌童②看渭水，使〔一〕客向河源。
烟火军中幕，牛羊岭上村。
所居秋草静，正闭小蓬门。
〔一〕使：一作估。

①涔涔（cén）：雨下得不停歇。②羌童：此指吐蕃的军队。安史之乱爆发后，吐蕃便不断向唐代西北边境发动进攻。

萧萧古塞冷，漠漠秋云低。
黄鹄①翅垂雨，苍鹰饥啄泥。
蓟门②谁自北，汉将独征西。
不意书生耳〔一〕，临衰厌鼓鼙③。
〔一〕耳：一作眼。

①黄鹄（hú）：一种大鸟，传说能飞举千里。②蓟（jì）门：泛指蓟州，在今河北蓟县一带，当时被安史叛军所据。③鼓鼙（pí）：泛指战鼓。

山头南〔一〕郭寺①,水号北流泉。

老树空庭得,清渠一邑传。

秋花危石底,晚景卧钟边。

俛仰②悲身世,溪风为飒然。

〔一〕南:一作东。

① 南郭寺:寺院名,位于今甘肃天水的慧音山北坡。② 俛(fǔ)仰:即"俯仰",低头和抬头,此处指沉思默想。

传道东柯谷,深藏数十家。

对门藤盖瓦,映竹水穿沙。

瘦地翻宜粟,阳坡可种瓜。

船人近相报,但恐失桃花①。

① 失桃花:指杜甫将东柯谷比作陶渊明笔下的桃花源。

万古仇池①穴,潜通小有天。

神鱼人不见,福地语真传。

近接西南境,长怀十九泉。

何当〔一〕一茅屋,送老白云边。

〔一〕当:一作时。

① 仇池:山名,在今甘肃成县西。

未暇泛沧海,悠悠兵马闲。

塞门风〔一〕落木,客舍雨连山。

阮籍①行多兴,庞公②隐不还。

东柯遂疏懒,休镊鬓毛斑③。

〔一〕门风:一作风寒。

①阮籍：魏晋时名士、文学家，"竹林七贤"之一。②庞公：即庞德公，东汉时襄阳人，拒绝官府征引，隐逸而终。③"休镊"句：不要拔掉头上的白发。

东柯好崖谷，不与众峰群。
落日邀双鸟，晴天卷〔一〕片云。
野人矜〔二〕①险绝，水竹会平分。
采药吾将老，儿童未遣闻②。

〔一〕卷：吴作养。　〔二〕矜：一作吟。

①矜：警惕。②遣闻：听说，知晓。

边秋阴易夕〔一〕①，不复辨晨光。
檐雨乱淋幔，山云低度墙。
鸬鹚②窥浅井，蚯蚓上深堂。
车马何萧索，门前百草长。

〔一〕夕：一作久。

①阴易夕：指连绵阴雨，天阴沉得像黄昏。②鸬鹚（lú cí）：鱼鹰，善于捕鱼。

地僻秋将尽，山高客未归。
塞云多断续，边日少光辉。
警急烽常报，传闻檄①屡飞。
西戎②外甥国③，何得迕天威④。

①檄（xí）：即檄文，用来通报军情、外交事务的官方文书。②西戎：指吐蕃。③外甥国：唐太宗时文成公主曾往吐蕃和亲，因此说唐朝是吐蕃的舅国。④迕天威：违背唐朝的威严。

凤林①戈未息,鱼海②路常难〔一〕。
候火③云峰〔二〕峻,悬军④暮〔三〕井干。
风连西极动,月过北庭寒。
故老思飞将⑤,何时议筑坛。

〔一〕钱笺:天宝元年,河西节度使王倕奏破吐蕃鱼海及游奕等军。　〔二〕峰:一作烽。　〔三〕暮:一作幕。

① 凤林:地名,在今甘肃临夏东北。② 鱼海:地名,在吐蕃境内。③ 候火:指烽火。④ 悬军:指深入敌境的孤军。⑤ 飞将:指西汉"飞将军"李广。此句指希望有大将挂帅。

唐尧①真自圣,野老复何知。
晒药能无妇,应门亦有儿。
藏书闻禹穴,读记忆仇池。
为报鹪鹩旧,鹪鹩②在一枝。

① 唐尧:指唐肃宗。② 鹪鹩(jiāo liáo):一种小鸟。鹪鹩一枝,此处比喻有意觅地栖隐。

## 送人从军

弱水应无地,阳关已近天。
今君度砂碛,累月断人烟。
好武宁论命,封侯不计年。
马寒防失道,雪没锦鞍鞯。

## 示侄佐〔一〕

多病秋风落,君来慰眼前。
自闻茅屋趣,只想竹林眠。
满谷山云起,侵篱涧水悬。
嗣宗①诸子侄,早觉仲容②贤。

〔一〕佐草堂在东柯谷。

① 嗣宗:即阮籍,字嗣宗,魏晋时期著名文学家,"竹林七贤"之一。② 仲容:即阮咸,字仲容,和阮籍一样都是"竹林七贤"之一。此处为杜甫夸赞其侄子杜佐如阮咸一样贤能。

## 佐还山后寄三首

山晚黄云合,归时恐路迷。
涧寒人欲到,林〔一〕黑鸟应栖。
野客茅茨①小,田家树木低。
旧谙②疏懒叔,须汝故相携。

〔一〕林:一作村。

① 茅茨(cí):茅草盖的屋顶,指茅屋。② 谙:熟悉,懂得。

白露黄粱熟,分张①素有期。
已应春得细,颇觉寄来迟。
味岂同金菊,香宜配绿葵②。
老人他日爱,正想滑流匙。

①分张：分开，分别。②绿葵：蔬菜名。

几道泉浇圃，交横幔落坡⁽一⁾。
葳蕤①秋叶少，隐映野云多。
隔沼连香芰②，通林带女萝③。
甚闻霜薤白④，重惠意如何。

〔一〕幔落：一作落幔，非。

① 葳蕤（wēi ruí）：形容枝叶茂盛。② 香芰（jì）：指荷花。③ 女萝：即松萝，一种地衣类植物。④ 薤（xiè）白：一种百合科植物，根部外形如蒜，是常见的一味中药。

## 宿赞公房

杖锡何来此，秋风已飒然。
雨荒深院菊，霜倒半池莲。
放逐宁违性，虚空不离禅。
相逢成夜宿，陇月向人圆。

## 秋日阮隐居致薤三十束

隐者柴门内，畦蔬绕舍秋。
盈筐承露薤，不待致书求。
束比青刍①色，圆齐玉箸头。
衰年关鬲②冷，味暖复⁽一⁾无忧。

〔一〕复：一作腹。

① 青刍：指鲜嫩的草料色。② 鬲（lì）：古代炊具，像鼎，足部中空。

## 从人觅小胡孙许寄

人说南州路，山猿树树悬。
举家闻若咳〔一〕①，为寄小如拳。
预哂②愁胡面，初调见马鞭。
许求聪慧者，童稚捧应癫。
〔一〕咳：旧作骇。

① 咳（hāi）：叹气，表示伤感。② 哂（shěn）：讥笑。

## 遣怀

愁眼看霜露，寒城菊自花。
天风随断柳，客泪堕清笳①。
水静楼〔一〕阴直，山昏塞日斜。
夜来归鸟尽，啼杀后栖鸦。
〔一〕楼：一作城。

① 清笳（jiā）：凄清的胡笳声。

## 寓目

一县葡萄熟，秋山苜蓿①多。
关云常带雨，塞水不成河。
羌女轻〔一〕烽燧②，胡儿掣〔二〕③骆驼。
自伤迟暮眼，丧乱饱经过。

〔一〕轻：一作摇。　〔二〕掣：一作制。

① 苜蓿（mù xu）：一种豆科类植物，从西域传入。② 烽燧：指边境上的烽火台，用以警报敌情。③ 掣（chè）：拽拉，牵引。

## 野望

清秋望不极，迢递①起层阴。
远水兼天净，孤城隐雾深。
叶稀风更落，山迥日初沉。
独鹤归何晚，昏鸦②已满林。

① 迢递：渺茫遥远的样子。② 昏鸦：黄昏归林的乌鸦。

## 雨晴〔一〕

天外秋云薄，从西万里风。
今朝好晴景，久雨不妨农。

塞柳行疏翠，山梨结小红。

胡笳楼上发，一雁入高空。

〔一〕一作秋霁。

## 日暮

日落风亦起，城头乌尾①讹②。

黄云高未动，白水已扬波。

羌妇语还笑〔一〕，胡儿行且歌。

将军别换〔二〕马，夜出拥雕戈。

〔一〕笑：一作哭。　〔二〕换：一作上。

① 乌尾：指太阳落山时天边被照耀的晚霞。② 讹：像火烧一样，指晚霞艳耀。

## 东楼〔一〕

万里流沙①道，西征过此〔二〕门。

但添新〔三〕战骨，不返旧征〔四〕魂。

楼角凌风迥，城阴带水〔五〕昏。

传声看驿使，送节向河源。

〔一〕《镜铨》本题下有"楼跨府城上"五字，钱笺本无之。
〔二〕此：一作北。　〔三〕新：一作征。　〔四〕旧征：一作死生。　〔五〕水：一作雨。

① 流沙：沙漠，此指吐蕃所在地。

## 山寺

野寺残僧少，山园细路①高。
麝香眠石竹，鹦鹉啄金桃。
乱水通人过，悬崖置屋牢。
上方重阁②晚，百里见秋毫③。

① 细路：指山间的小路。② 重阁：指高耸层叠的阁楼。③ 秋毫，指极细微的事物。

## 天河

常时任显晦①，秋至转〔一〕分明。
纵被微云掩，终能永夜清。
含星动双阙②，伴月落边城。
牛女年年渡，何曾风浪生③。
〔一〕转：一作最。

① 显晦：明暗。② 双阙：古代宫殿、祠庙、陵墓前两边高台上的楼观。此指京城。③ "何曾"句：无波浪阻碍牛郎织女七夕银河相会。此句寓意杜甫身虽处冷落而心忠于朝廷。

## 初月

光细弦③欲〔一〕上,影斜轮未安。
微升古塞外,已隐暮云端。
河汉②不改色,关山空自寒。
庭前有白露③,暗满菊花团。

〔一〕欲:一作初。

① 光细弦:指细长的新月。② 河汉:银河。③ 白露:秋天的露水,表示已入秋。


## 捣衣

亦知戍不返,秋至拭清砧①。
已近苦〔一〕寒月,况经〔二〕长别心。
宁辞捣衣倦,一寄塞垣②深。
用尽闺中力,君听空外音。

〔一〕苦:一作暮。　〔二〕经:一作惊。

① 清砧(zhēn):即捶衣服的石头。② 塞垣:指边塞、边境关隘。


## 归燕

不独避霜雪,其如侣伴①稀。
四时无失序,八月自知归。

春色岂相访，众雏还识机。
故巢傥未毁，会傍主人飞。

① 俦（chóu）侣：朋友，伴侣。

## 促织①

促织甚微细，哀音何动人。
草根吟不稳②，床下夜相亲。
久客得无泪，故妻难及晨。
悲丝〔一〕与急管，感激异天真。

〔一〕丝：一作弦。

① 促织：即蟋蟀。② 吟不稳：指蟋蟀的叫声断断续续。

## 萤火

幸因腐草出①，敢近太阳飞。
未足临②书卷，时能点③客衣。
随风隔幔小，带雨傍林微。
十月清霜重，飘零何处归？

①"幸因"句：古人迷信说法，《礼·月令》载，"腐草化为萤"。② 临：照临。③ 点：玷污。

## 蒹葭①

摧折不自守，秋风吹若何。
暂时花带〔一〕雪②，几处叶沉波。
体弱春苗〔二〕早，丛长夜露多。
江湖后摇落，亦〔三〕恐岁蹉跎。

〔一〕带：一作戴。　〔二〕苗：一作风。　〔三〕亦：一作只。

① 蒹葭（jiān jiā）：生长于水中的类似芦苇的植物。② 雪：指风吹起芦花像雪花一样飞荡。

## 苦竹

青冥亦自守，软弱强扶持。
味苦夏虫避，丛卑①春鸟疑。
轩墀②曾不重，剪伐欲无辞。
幸近幽人屋，霜根结在兹。

① 丛卑：指竹丛低矮。② 轩墀（chí）：指殿堂前的台阶。

## 除架

束薪已零落，瓠叶①转萧疏。
幸结白花了，宁辞青蔓除。

秋虫声不去,暮雀意何如?
寒事今牢落②,人生亦有初。

① 瓠(hù)叶:指瓠瓜的叶子。瓠,即葫芦。② 牢落:指稀疏零落。

## 废畦

秋蔬拥霜露,岂敢惜凋残。
暮景数枝叶,天风吹汝寒。
绿沾泥滓尽,香与岁时阑①。
生意春如昨,悲君白玉盘。

① 阑(lán):结束。

## 夕烽

夕烽来不近,每日报平安。
塞上传光小,云边落点残。
照秦通警①急,过陇自艰难。
闻道蓬莱殿,千门立马看。

① 通警:通告敌情。

## 秋笛

清商<sup>①</sup>欲尽奏，奏苦血沾衣。
他日伤心极，征人<sup>②</sup>白骨归。
相逢恐恨过，故作发声微。
不见秋云动，悲风稍稍飞。

① 清商：古代五音中的商音音调，声音凄清悲切。② 征人：此指征戍的士兵。

## 空囊<sup>①</sup>

翠柏苦犹食，明霞高可餐。
世人共卤莽，吾道属艰难。
不爨<sup>②</sup>井晨冻，无衣床夜寒。
囊空恐羞涩，留得一钱看。

① 空囊：空空的钱袋，谓生计艰难。② 爨（cuàn）：烧火做饭。

## 病马

乘尔亦已久，天寒关塞深。
尘中老尽力，岁晚病伤心。
毛骨岂殊众，驯良犹至今。
物微意不浅，感动一沉吟。

## 蕃剑

致此自僻远,又非珠玉装。
如何有奇怪,每夜吐光芒。
虎气必腾上〔一〕,龙身宁久藏。
风尘苦未息,持汝奉明王。
〔一〕上:一作趁。

## 铜瓶

乱后碧井废,时清瑶殿深。
铜瓶未失水,百丈有哀音。
侧想美人意,应悲寒鹙①沉。
蛟龙半缺落,犹得折黄金。

① 鹙(qiū):一种水鸟,头和颈上都没有羽毛,性凶猛。

## 月夜忆舍弟

戍鼓①断人行②,边秋〔一〕一雁声。
露从今夜白③,月是故乡明。
有弟皆分散,无家问死生。
寄书长不达,况乃④未休兵。
〔一〕边秋:一作秋边。

① 戍鼓：指城楼上报更点的鼓声。② 断人行：古代有宵禁，过时间后禁止人上街。③ 今夜白：指到了白露气节。④ 况乃：何况是。

## 天末①怀李白

凉风起天末，君子②意如何？
鸿雁几时到，江湖秋水多。
文章憎命达，魑魅喜人过。
应共冤魂语，投诗赠汨罗。

① 天末：指杜甫处于秦州，属于唐代的边陲地带，故称天末。② 君子：指李白。

## 所思〔一〕

郑老身仍窜，台州信始传。
为农山涧曲，卧病海云边。
世已疏儒素①，人犹乞〔二〕酒钱。
徒劳望牛斗②，无计斸龙泉③。

〔一〕自注：得台州郑司户虔消息。　〔二〕乞：音气。

① 儒素：泛指儒士、读书人。② 牛斗：指牛宿和斗宿，天上的星宿名。③ 斸（zhú）龙泉：仗剑征伐。斸，砍。龙泉：宝剑名。

## 即事

闻道花门破,和亲事却非。
人怜汉公主,生得渡河归[一]。
秋思抛云髻,腰支剩宝衣。
群凶犹索战,回首意多违。

〔一〕钱笺:乾元二年,回纥从郭子仪战于相州城下,不利,奔于西京。四月,可汗死,其牙官都督等欲以宁国公主殉葬,公主亦依回纥法,劓面大哭,竟以无子得归。八月,诏百官于明凤门外迎之。

## 送远

带甲①满天地,胡为君远行。
亲朋尽一哭,鞍马去孤城。
草木岁月晚,关河霜雪清。
别离已昨日,因见古[一]人情。

〔一〕古:一作故。

① 带甲:指全副武装的士兵。

## 酬高使君相赠[一]

古寺僧牢落[二],空房客[三]寓居。
故人供禄米,邻舍与园蔬。

双树①容听法，三车肯载书。
草玄吾岂敢，赋或似相如。

〔一〕此下皆自秦陇至成都以后之诗。　〔二〕钱笺：公所居草堂寺，时寓寺中，故高诗云"传道招提客"也。　〔三〕客：一作得。

① 双树：佛经记载，娑罗树在东西南北四方各双，故曰"双树"。

## 王十五司马弟出郭相访遗营草堂赀①

客里何迁次②，江边正寂寥。
肯来寻一老，愁破是今朝。
忧我营茅栋③，携钱过野桥。
他乡惟表弟，还往莫辞遥。

① 赀（zī）：同"资"，钱财。② 迁次：指迁居其他的住处。③ 茅栋：茅草屋。

## 梅雨

南京犀浦道〔一〕①，四月熟黄梅。
湛湛②长江去，冥冥③细雨来。
茅茨疏易湿，云雾密难开。

竟日蛟龙喜，盘涡④与岸回。

〔一〕钱笺：至德二载，以蜀郡为南京。《寰宇记》：犀浦县，周垂拱二年割成都之西鄙置。杜甫宅地属犀浦县。

① 犀浦道：唐代属成都府，治所在今四川成都犀浦镇，时为杜甫居住的地方。② 黤黤（yǎn）：晦暗。形容水深而远。③ 冥冥：昏暗，形容雨密。④ 盘涡：急水旋涡。

## 江涨

江涨柴门外，儿童报急流。
下床高数尺，倚杖没中洲。
细动迎风燕，轻摇逐浪鸥。
渔人萦小楫，容易拔〔一〕船头。
〔一〕拔：一作捩。

## 为农

锦里烟尘外①，江村八九家。
圆荷浮小叶，细麦落〔一〕轻花。
卜宅②从兹老，为农去国赊③。
远惭勾漏令④，不得问丹砂。
〔一〕落：一作堕。

①"锦里"句：指成都。成都别称"锦官城"。烟尘外：指没有受到战乱波及。②卜宅：选择居住的场所。③去国赊：远离国都长安。国，指长安。赊：远。④勾漏令：指晋代的葛洪。葛洪想要炼丹长生，听说勾漏产丹砂，就请求为勾漏令。勾漏，山名，在今广西北流县东北。

## 宾至

患气①经时久，临江卜宅新。
喧卑方避俗，疏快颇宜人。
有客过茅宇，呼儿正葛巾。
自锄稀菜甲，小摘为情亲。

① 患气：指呼吸道疾病。

## 田舍

田舍清江曲，柴门古道旁。
草深迷市井，地僻懒衣裳。
榉〔一〕柳①枝枝弱，枇杷树树〔二〕香。
鸬鹚西日照，晒翅满渔梁。
〔一〕榉：同柜，或作杨。　〔二〕树树：一作对对。

① 榉（jǔ）柳：一种落叶乔木。

## 云山

京洛①云山外,音书静不来。
神交作赋客,力尽望乡台。
衰疾江边卧,亲朋日暮回。
白鸥元水宿,何事有余哀?

① 京洛:指长安和洛阳。

## 遣兴

干戈犹未定,弟妹各何之。
拭泪沾襟血,梳头满面丝。
地卑荒野大,天远暮江迟。
衰疾那能久,应无见汝期。

## 遣愁

养拙①蓬为户,茫茫何所开。
江通神女馆,地隔望乡台。
渐惜容颜老,无由弟妹来。
兵戈与人事,回首一悲哀。

① 养拙：自谦词，指不才而闲居度日。

## 北邻

明府岂辞满①，藏身方告劳。
青钱买野竹，白帻岸江皋。
爱酒晋山简②，能诗何水曹③。
时来访老疾，步屟④到蓬蒿。

① 辞满：指官吏因任期满而自求解退。② 晋山简：即山简，河内怀县（今河南武陟西）人，西晋名士，"竹林七贤"之一山涛的第五子。③ 何水曹：即何逊，东海郯（今山东郯城）人，南朝梁著名山水诗人，曾任建安王水曹。④ 步屟（xiè）：漫步。

## 过南邻朱山人水亭

相近竹参差，相过人不知。
幽花欹①满树，细〔一〕水曲〔二〕通池。
归客村非远，残樽席更移。
看君多道气，从此数追随。
〔一〕细：一作小。〔二〕曲：一作细。

① 欹（qī）：倾斜。

## 出郭

霜露晚凄凄,高天逐望低。
远烟盐井上,斜景雪峰西。
故国犹兵马,他乡亦鼓鼙。
江城今夜客,还与旧乌啼。


## 散愁二首

久客宜旋旆①,兴王未息戈。
蜀是阴见少,江雨夜闻多。
百万传深入,寰区望匪他。
司徒〔一〕下燕赵,收取旧山河②。

〔一〕司徒:光弼。

① 旆(pèi):指旌旗。②"收取"句:指上元元年(760),李光弼大破安庆绪、史思明的叛军,收复失地。

闻道并州①镇,尚书〔一〕训士齐。
几时通蓟北②,当日报关西。
恋阙③丹心破,沾衣皓首啼。
老魂招不得,归路恐长迷。

〔一〕尚书:王思礼。

① 并州:古州名,包括今天陕西北部、山西一带。② 蓟北:河北北部,安史叛军大本营所在。③ 恋阙:指怀念君主。

## 奉简高三十五使君

当代论才子,如公复几人?
骅骝<sup>①</sup>开道路,鹰隼<sup>②</sup>出风尘。
行色秋将晚,交情老更亲。
天涯喜相见,披豁<sup>③</sup>对吾真。

① 骅骝(huá liú):外表赤色的骏马,后为骏马的代称。② 鹰隼(sǔn):老鹰一类的猛禽。③ 披豁:敞开心扉。


## 和裴迪登新津寺<sup>①</sup>寄王侍郎〔一〕

何恨〔二〕倚山木,吟诗秋叶黄。
蝉声集古寺,鸟影度寒塘。
风物<sup>②</sup>悲游子,登临忆侍郎。
老夫贪佛日,随意宿僧房。
〔一〕王时牧蜀。　〔二〕恨:一作限。

① 新津寺:寺名,在今四川成都的新津区。② 风物:自然风光。


## 村夜

风色萧萧暮,江头人不行。
村舂<sup>①</sup>雨外急,邻火夜深明。

胡羯何多难,樵渔②寄此生。
中原有兄弟,万里正含情。

① 村春:指乡村内舂米的碓(duì)声。② 樵渔:打柴,捕鱼,泛指隐居生活。

## 西郊

时出碧鸡坊,西郊向草堂。
市桥官柳细,江路野梅香。
傍架齐书帙①,看题检〔一〕药囊。
无人觉〔二〕来往,疏懒意何长。
〔一〕检:一作减。　〔二〕觉:一作与。

① 书帙(zhì):泛指书籍。帙,书的封套。

## 寄杨五桂州谭〔一〕

五岭①皆炎热,宜人独桂林。
梅花万里外,雪片一冬深。
闻此宽相忆,为邦复好音。
江边送孙楚,远附白头吟②。
〔一〕原注:因州参军段子之任。

① 五岭：指越城岭、都庞岭、萌渚岭、骑田岭、大庾岭，后指江西、湖南和两广之间的广大区域。② 白头吟：汉乐府民歌，属于《相和歌辞》一种。


## 寄赠王十将军承俊

将军胆气雄，臂悬两角弓。
缠结青骢马，出入锦城中。
时危未授钺①，势屈难为功。
宾客满堂上，何人高义同。

① 授钺（yuè）：古代将领出征，君王授予斧钺，表示给予兵权。


## 奉酬李都督表丈早春作

力疾①坐清晓，来诗悲早春。
转添愁伴客，更觉老随人〔一〕。
红入桃花嫩，青归柳叶新。
望乡应未已，四海尚风尘。
〔一〕人：一作身，非。

① 力疾：指卧病强起。

## 题新津北桥楼得郊字

望极①春城上,开筵近鸟巢。
白花檐外朵,青柳槛前梢。
池水观为政,厨烟觉远庖②。
西川供客眼,偏爱〔一〕此江郊。

〔一〕偏爱:一作惟有。

① 望极:极目远眺。② 庖(páo):厨房。

## 游修觉寺

野寺江天豁①,山扉②花竹幽。
诗应有神助,吾得及春游。
径石深〔一〕萦带③,川云自〔二〕去留。
禅枝宿众鸟,漂转暮归愁。

〔一〕深:一作相。 〔二〕自:一作晚。

① 豁:开阔明亮。② 山扉:山野人家的柴门。③ 萦带:旋曲的带子,形容山势起伏。

## 后游

寺忆曾游处,桥怜再渡时。
江山如有待,花柳更无私。

野润烟光薄,沙暄①日色迟。
客愁全为减②,舍此复何之。

①暄:温暖。②"客愁"句:游子的愁思都被消减。

## 遣意二首

啭①枝黄鸟近,泛渚白鸥轻。
一径野花落,孤村春水生。
衰年催酿黍②,细雨更移橙。
渐喜交游绝,幽居不用名③。

①啭:鸟鸣声。②酿黍:指酿酒。黍,俗称黄米,一种粮食作物,可以酿酒。③名:为人所熟知。

檐影微微落,津流①脉脉斜。
野船明细火,宿鹭②起〔一〕圆沙③。
云掩初弦月,香传小树花。
邻人有美酒,稚子夜能赊④。
〔一〕鹭起:旧作雁聚。

①津流:水流。津,渡口。②宿鹭:栖息的水鸟。③圆沙:指江边的沙滩。④赊:卖物延期收款。

## 漫成二首

野日荒荒〔一〕白，春〔二〕流泯泯①清。
渚蒲②随地有，村径逐门成。
只作披衣惯，常从漉酒③生。
眼边无俗物，多病也身轻。

〔一〕荒荒：一作茫茫。　〔二〕春：一作江。

① 泯泯：形容水清。② 渚蒲：指水中的一小块陆地。③ 漉（lù）酒：新酿的酒进行去除杂质的工序。

江皋①已仲春，花下复清晨。
仰面贪看鸟，回头错应人。
读书难字过，对酒满壶频。
近识峨嵋老，知余懒是真。

① 江皋（gāo）：指江边的高地。

## 春夜喜雨

好雨知时节，当春乃①发生。
随风潜入夜，润物细无声。
野径②云俱黑，江船火独明。
晓看红湿处③，花重锦官城。

① 乃：就。② 野径：乡间的小路。③ 红湿处：雨水湿润的花丛。

## 春水

三月桃花浪〔一〕，江流复旧痕①。
朝来没沙尾②，碧色动柴门。
接缕垂芳饵③，连筒④灌小园。
已添无数鸟，争浴故相喧。

〔一〕浪：一作水。

① 复旧痕：指冰雪消融、河流解冻。②"朝来"句，指春天潮水上涨。朝，即"潮"，江潮。沙尾：江边沙滩的边缘。③"接缕"句，指在水边放渔竿垂钓。缕，钓鱼的鱼线。饵，鱼饵。④ 连筒：连接竹筒，用以引水。

## 江亭

坦腹江亭暖，长吟野望时。
水流心不竞，云在意俱迟。
寂寂春将晚，欣欣物自私。
江东犹苦战，回首一颦眉〔一〕。

〔一〕钱本作：故林归未得，排闷强裁诗。

## 早起

春来常早起，幽事颇相关。
帖①石防隤②岸，开林出远山。

一丘藏曲折，缓步有跻攀③。
童仆来城市，瓶中得酒还。

① 帖：粘附。② 隤（tuí）：倒下，坍塌。③ 跻（jī）攀：向上登攀。

## 落日

落日在帘钩，溪边春事幽。
芳菲缘岸圃，樵爨①倚滩舟②。
啅③雀争枝坠，飞虫满院游。
浊醪④谁造汝，一酌散千忧。

① 樵爨（cuàn）：打柴和生火做饭，泛指农家生活。② 滩舟：停泊在江边的渡船。③ 啅（zhuó）：鸟鸣声。④ 浊醪（láo）：浊酒。

## 可惜

花飞有底急，老去愿春迟。
可惜欢娱地，都非少壮时。
宽心应是酒，遣兴莫过诗。
此意陶潜解，吾生后汝期。

## 独酌

步屧〔一〕深林晚,开樽独酌迟。
仰蜂粘落絮〔二〕,行〔三〕蚁上枯梨。
薄劣惭真隐,幽偏得自怡。
本无轩冕意,不是傲当时。

〔一〕步屧:一作倚杖。 〔二〕絮:一作蕊。 〔三〕行:户郎切。


## 徐步

整履〔一〕步青芜①,荒庭日欲晡②。
芹泥随燕觜③,蕊粉〔二〕上蜂须。
把酒从衣湿,吟诗信④杖扶。
敢论才见忌,实有醉如愚。

〔一〕履:一作屦,一作𫏋。 〔二〕蕊粉:一作花蕊。

① 青芜:杂草丛生的草地。② 晡:申时,下午3时至5时。③ "芹泥"句:燕子衔泥筑巢。芹泥,草泥。觜(zuǐ),同"嘴"。④ 信:随意,听任。


## 寒食

寒食江村路,风花高下飞。
汀烟①轻冉冉,竹日净晖晖。

田父要皆去,邻家问不违②。
　　地偏相识尽,鸡犬亦忘归[一]。
　〔一〕归:一作机。

　①汀(tīng)烟:原野上升起的烟雾。②不违:顺从心意。


## 赠别何邕

　　生死论交地,何由见一人。
　　悲君随燕雀①,薄宦②走风尘。
　　绵谷③元通汉,沱江④不向秦。
　　五陵花满眼,传语故乡春。

　①燕雀:比喻浅薄庸俗的人。②薄宦:指卑微的官职。③绵谷:地名,今属四川广元。④沱(tuó)江:位于四川中部,发源于川西北九顶山南麓,后汇入长江。


## 石镜

　　蜀土将此镜,送死置空山。
　　冥寞怜香骨,提携近玉颜。
　　众妃无复叹,千骑亦虚还。
　　独有伤心石,埋轮月宇间。

## 琴台①

茂陵②多病③后,尚爱卓文君。
酒肆人间世,琴台日暮云。
野花留宝靥④,蔓草见罗裙。
归凤求凰意,寥寥不复闻。

① 琴台:地名,在今四川成都城外浣花溪畔。② 茂陵:司马相如曾居住茂陵,此处以地名指其人。③ 多病:指司马相如曾患有消渴疾。④ 宝靥(yè):古代妇女脸颊上涂的装饰物。

## 水槛遣心二首

去郭轩楹敞,无村眺望赊①。
澄江平少岸,幽树晚多花。
细雨鱼儿出,微风燕子斜。
城中十万户,此地两三家。

蜀天常夜雨,江槛已朝晴。
叶润林塘密,衣干枕席清。
不堪只老病,何得尚浮名。
浅把涓涓酒,深凭送此生。

① 赊:遥远。

## 朝雨

凉气晓萧萧,江云乱眼飘。
风鸢〔一〕藏近渚,雨燕集深条。
黄绮终辞〔二〕汉,巢由不见尧①。
草堂樽酒在,幸得过清朝。

〔一〕鸢:一作鸳。　〔二〕辞:一作投。

① "黄绮""巢由"二句:指隐士退居山林,不受征辟。黄绮,指商山四皓里的夏黄公、绮里季。巢由,即巢父和许由。

## 晚晴

村晚惊风渡,庭幽过雨沾。
夕阳薰①细草,江色映疏帘。
书乱谁能帙②,杯干自可添。
时闻有余论,未怪老夫潜。

① 薰(xūn):指阳光笼罩在草上。② 帙:书的封套。这里引申为整理。

## 高柟〔一〕

楠树色冥冥,江边一盖青。
近根开药圃,接叶制茅亭。

落景阴犹合，微风韵可听。

寻常绝醉困，卧此片时醒。

〔一〕柟：俗作楠。




## 恶树

独绕虚斋径，常持小斧柯①。

幽阴成颇杂，恶木剪还多。

枸杞因〔一〕吾有，鸡栖②奈汝〔二〕何。

方知不材者，生长漫婆娑③。

〔一〕因：一作固。　〔二〕汝：一作尔。

① 斧柯：即斧头。② 鸡栖：皂角树的别称，一种落叶乔木。③ 婆娑（pó suō）：枝叶纷披的样子。




## 一室

一室他乡远〔一〕，空林暮景悬。

正愁闻塞笛，独立见江船。

巴蜀来多病，荆蛮去几千〔二〕。

应同王粲宅①，留井②岘山前。

〔一〕远：一作老。　〔二〕千：一作年。

① 王粲宅：在湖北襄阳岘山。王粲，东汉末年著名文学家，"建安七子"之一。② 留井：王粲宅前井，人呼为仲宣井。

## 闻斛斯六官未归

故人南郡去,去索作碑钱。
本卖文为活,翻令石倒悬。
荆扉深蔓草,土锉①冷疏烟。
老罢②休无赖,归来看醉眠。

① 土锉(cuò):一种炊具,即现在的砂锅。② 老罢:衰老疲惫。

## 赴青城县出成都寄陶王二少尹

老耻妻孥①笑,贫嗟出入劳。
客情投异县,诗态忆吾曹。
东郭沧江合,西山白雪高。
文章差底病,回首兴滔滔。

① 妻孥(nú):妻子和儿女。

## 野望因过常少仙

野桥齐度马,秋望转幽哉。
竹覆青城合,江从灌口①来。
入村樵径②引,尝果栗皱[一]开。

落尽高天日,幽人未遣回。

〔一〕皱:一作园。

① 灌口:即灌口山,在彭州导江县西北二十六里,即都江堰市附近。② 樵径:砍柴人走的小路。


## 送裴五赴东川

故人亦流落,高义动乾坤。
何日通燕塞,相看老蜀门。
东行应暂别,北望苦销魂。
凛凛悲秋意,非君谁与论。


## 逢唐兴刘主簿弟〔一〕

分手开元末,连年绝尺书①。
江山且相见,戎马未安居。
剑外官人冷,关中驿骑②疏。
轻舟下吴会,主簿意何如?

〔一〕钱笺:《寰宇记》:遂州蓬溪县,本汉广汉县地,唐永淳元年置唐兴县,天宝元年改为蓬溪。公此诗及《唐兴县客馆记》俱循旧名。

① 尺书:即书信。② 驿骑:乘马送信,传递公文的人。

## 敬简王明府

叶县郎官宰,周南太史公。
神仙才有数,流落意无穷。
骥病思偏秣,鹰秋〔一〕怕苦笼。
看君用高义,耻与万人同。
〔一〕秋:一作愁。


## 重简王明府

甲子西南异,冬来只薄寒。
江云何夜尽〔一〕,蜀雨几时干。
行李须相问,穷愁岂自〔二〕宽。
君听鸿雁响,恐致稻粱①难。
〔一〕尽:一作静。　〔二〕自:一作有。

① 稻粱:谷物的总称,此指谋生、生计。


## 不见〔一〕

不见李生久,佯狂①真可哀。
世人皆欲杀,吾意独怜才。
敏捷诗千首,飘零酒一杯。

匡山②读书处，头白好归来。

〔一〕自注：近无李白消息。

① 佯狂：假装疯癫。② 匡山：即大匡山，位于四川江油的大康镇西北，曾是李白读书的地方。


## 草堂即事

荒村建子月①，独树老夫家。
雾〔一〕里江船渡，风前径竹斜。
寒鱼依密藻，宿雁〔二〕聚圆沙。
蜀酒禁愁得，无钱何处赊②。

〔一〕雾：一作雪。　〔二〕雁：一作鹭。

① 建子月：夏历十一月。以十一月为岁首，即农历十一月与十二地支中"子"对应。② 赊：买货延期交款。


## 徐九少尹见过

晚景孤村僻，行军数骑来。
交新徒有喜，礼厚愧无才。
赏静怜云竹，忘归步月台。
何当看花蕊，欲发照江梅。

## 范二员外邈、吴十侍御郁特枉驾,阙展待,聊寄此作

暂往比邻①去,空闻二妙②归。
幽栖③诚简略,衰白已光辉。
野外贫家远,村中好客稀。
论文或不愧,重肯款④柴扉。

①比邻:邻居家。②二妙:指范邈和吴郁二人。③幽栖:幽静的居所。④款:到。

## 王竟携酒高亦同过〔一〕

卧疾荒郊远,通行小径难。
故人能领客,携酒重相看。
自愧无鲑〔二〕菜①,空烦卸马鞍。
移樽劝山简,头白恐风寒〔三〕。

〔一〕前有七律一首,题云:王十七侍御抡许携酒至草堂,奉寄此诗,便请邀高三十五使君同到。故此一首题云:王竟携酒高亦同过。前诗云:老夫卧稳朝慵起,白屋寒多暖始开。江鹳巧当幽径浴,邻鸡还过短墙来。绣衣屡许携家酝,皂盖能忘折野梅。戏假霜威促山简,须成一醉习池回。 〔二〕鲑:一作虾。 〔三〕自注:高每云"汝年几不必小于我",故此句戏之。

①鲑(xié)菜:古代鱼类、菜肴的总称。

## 观作桥成月夜舟中有述还呈李司马[一]

把烛桥成夜,回舟客坐时。
天高云去尽,江迥月来迟。
衰谢多扶病,招邀屡有期。
异方乘此兴,乐罢不无悲。

〔一〕此题本有七律一首,五律一首,题作:陪李七司马皂江上观造竹桥云云,此所题者,草堂本也。


## 得广州张判官叔卿书使还以诗代意

乡关胡骑满[一],宇宙蜀城偏。
忽得炎州信,遥从月峡传。
云深骠骑幕,夜隔孝廉船。
却寄双愁眼,相思泪点悬。

〔一〕满:一作远。


## 魏十四侍御就敝庐相别

有客骑骢马,江边问草堂。
远寻留药价,惜别倒[一]文场。
入幕旌旗动,归轩锦绣香。
时应念衰疾,书疏及沧浪。

〔一〕倒:一作到。

## 赠别郑炼赴襄阳

戎马交驰①际,柴门老病身。
把君诗过日〔一〕,念此别惊神②。
地阔峨眉晚〔二〕,天高岘首③春。
为于耆旧④内,试觅姓庞人⑤。

〔一〕日:一作目,非。 〔二〕晚:一作晓。

① 戎马交驰:指战争频发,祸乱边境。② 惊神:惊心伤神。③ 岘首:岘山,在湖北襄阳东南,此指郑炼将要去往的地方。④ 耆(qí)旧:故交,旧友。此指襄阳的老年人。⑤ 姓庞人:指东汉庞德公,湖北襄阳人。善知人,后隐居鹿门山。此指如庞德公的人。

## 广州段功曹到,得杨五长史谭书。功曹却归,聊寄此诗

卫青①开幕府,杨仆将楼船②。
汉节梅花外,春城海水边。
铜梁③书远及,珠浦使将旋。
贫病他乡老,烦君万里传。

① 卫青:汉武帝时期著名将领,汉对匈奴战争中作出重要贡献。② 杨仆:汉武帝时著名将领,平定了东越、南越等国。③ 铜梁:在今重庆西部。

## 送段功曹归广州

南海春天外,功曹几月程〔一〕。
峡云笼树小,湖日落〔二〕船明。
交趾丹砂重,韶州白葛轻。
幸君因旅客,时寄锦官城。
〔一〕程:一作行。　〔二〕落:一作荡。

## 江头五咏

### 丁香

丁香体柔弱,乱结枝犹垫①。
细叶带浮毛,疏花披素艳。
深栽小斋后,庶近②幽人占。
晚堕兰麝③中,休怀粉身念。

①垫:指树枝支撑。②庶近:接近。③兰麝(shè):兰与麝香,名贵的香料。

### 丽春①

百草竞春华,丽春应最胜。
少须〔一〕好颜色〔二〕,多漫枝条剩。
纷纷桃李枝,处处总能移。
如何贵此重〔三〕,却怕有人知。
〔一〕须:晋作顷。　〔二〕好颜色:草堂作颜色好。
〔三〕晋作稀如可贵重。

① 丽春：花名，外观红艳。

## 栀子

栀子比众木，人间诚未多。
于身色有用，与道气伤〔一〕和。
红取风霜实，青看雨露柯。
无情移得汝，贵在映江波。

〔一〕伤：一作相，非。

## 鸂鶒①

故使笼宽织，须知动损毛。
看云犹〔一〕怅望，失水任呼号。
六翮曾经剪，孤飞卒〔二〕未高。
且无鹰隼虑，留滞莫辞劳。

〔一〕犹：一作莫。　〔二〕卒：猝通。

① 鸂鶒（xī chì）：一种水鸟，外形大于鸳鸯，俗称紫鸳鸯。

## 花鸭

花鸭无泥滓，阶前〔一〕每缓行。
羽毛知独立，黑白太分明。
不觉群心妒，休牵众眼惊。
稻梁沾汝在，作意①莫先鸣。

〔一〕阶前：一作中庭。

① 作意：蓄意，用心。

## 畏人

早花随处发〔一〕，春鸟异方啼。
万里清江上，三年〔二〕落日低。
畏人成小筑①，褊性②合幽栖。
门径〔三〕从榛草③，无心待马啼。

〔一〕处发：一作发处。　〔二〕年：一作峰。　〔三〕门径：一作径没。

① 小筑：一种规模小且较雅致的建筑。② 褊（biǎn）性：指气量狭小。③ 榛（zhēn）草：丛生的杂草。


## 屏迹①三首

用拙存〔一〕吾道，幽居近物情。
桑麻深雨露，燕雀半生成。
村鼓时时急，渔舟个个轻。
杖藜②从白首，心迹喜双清。

〔一〕存：一作诚。

① 屏迹：指避世、隐居。② 杖藜：拄着拐杖行走。


晚起家何事，无营①地转幽。
竹光团②野色，舍〔一〕影漾江流。
失学从儿懒，长贫任妇愁。
百年浑得醉，一月不梳头。

〔一〕舍：一作山。

①无营：无所谋求、追求。②团：融合，聚合。

衰颜〔一〕甘屏迹，幽事供高卧。
鸟下竹根行，龟开萍叶过。
年荒酒价乏，日并园蔬课。
犹酌甘泉歌〔二〕，歌长击樽破。

〔一〕颜：一作年。　〔二〕一云独酌酣且歌；一云独酌酌甘泉。

## 严公厅宴同咏蜀道画图得空字

日临公馆静，画列〔一〕地图雄。
剑阁①星桥②北，松州③雪岭东。
华夷山不断，吴蜀水相通。
兴与烟霞会，清樽幸不空。

〔一〕列：一作满。

①剑阁：剑阁县，现隶属于四川广元。②星桥：即七星桥，在成都市内，相传是秦国李冰所造。③松州：现位于四川省阿坝藏族羌族自治州东北部的古城松潘县，为当时的西部边陲重镇。

## 奉济驿重送严公四韵

远送从此别，青山空复情。
几时杯重把，昨夜月同行。

列郡①讴歌惜,三朝②出入荣。
江村独归处〔一〕,寂寞养残生。

〔一〕处:一作去。

① 列郡:指东西两川城邑。② 三朝:指唐玄宗、唐肃宗、唐代宗三朝。


## 题玄武禅师屋壁

何年顾虎头①,满壁画沧〔一〕洲。
赤日石林气,青天江海〔二〕流。
锡飞常近鹤,杯渡不惊鸥。
似得庐山路,真随惠远游。

〔一〕沧:一作瀛。　〔二〕海:一作水。

① 顾虎头:即晋代画家顾恺之。


## 悲秋

凉风动万里,群盗尚纵横。
家远待〔一〕书日,秋来为客情。
愁窥高鸟过,老逐众人行。
始欲投山峡,何由见两京。

〔一〕待:一作传。

## 客夜

客睡何曾著①？秋天不肯明。
卷帘残月影,高枕远〔一〕江声。
计拙②无衣食,途穷仗友生。
老妻书数纸,应悉未归情。

〔一〕远:一作送。

① 著(zhuó):入睡。② 计拙:指缺少谋生之道。


## 客亭

秋窗犹曙色①,落木更高〔一〕风。
日出寒山外,江流宿雾中。
圣朝无弃物,衰〔二〕病已成翁。
多少残生事,飘零任转蓬②。

〔一〕高:一作天。　〔二〕衰:一作老。

① 曙色:指天亮。② 转蓬:比喻自己如漂泊不定的飞蓬。


## 九日登梓州城①

伊昔黄花酒②,如今白发翁。
追欢筋力异,望远岁时同。

弟妹悲歌里,乾坤〔一〕醉眼中。
兵戈与关塞,此日意无穷。

〔一〕乾坤:一作朝廷。

① 梓州城:即今四川绵阳东南部。② 黄花酒:菊花酒的别称。

## 九日奉寄严大夫

九日应愁思,经时冒险艰。
不眠持汉节①,何路出巴山②?
小驿香醪③嫩,重岩细菊斑。
遥知簇鞍马,回首白云间。

① 持汉节:指使臣所拿的符节。此以苏武代指严武,严武即将还朝觐见代宗。② 巴山:即大巴山脉,为陕西、四川、湖北三省交界地区山地的总称。③ 香醪(láo):美酒。

## 戏题寄上汉中王①三首〔一〕

西汉亲王子,成都老客星。
百年双白鬓,一别五秋萤。
忍断杯中物,只看座右铭。
不能随皂盖②,自醉逐浮萍。

〔一〕自注:时王在梓州,初至,断酒不饮,篇中戏述。

① 汉中王：即李瑀（yǔ），是唐玄宗长兄李宪的第六子，跟随李隆基逃亡蜀地，被封为汉中王。② 皂盖：古代官员所用的黑色蓬伞。

策杖时能出，王门异昔游。
已知嗟不起，未许醉相留。
蜀酒浓无敌，江鱼美可求。
终思一酩酊①，净扫雁池头②。

① 酩酊（mǐng dǐng）：酒醉。② 雁池头：一道川菜，用鱼制成。

群盗无归路，衰颜会远方。
尚怜诗警策，犹记酒颠狂。
鲁卫弥尊重，徐陈①略丧亡。
空余枚叟②在，应念早升堂。

① 徐陈：指徐干、陈琳，东汉末年文学家，都是"建安七子"的成员。② 枚叟：指枚乘，西汉辞赋家，此是杜甫自谓。

## 玩月①呈汉中王

夜深露气清，江月满江城。
浮客②转危坐③，归舟应独行。
关山同一照〔一〕，乌鹊自多惊。
欲得淮王术〔二〕，风吹晕已生。
〔一〕照：一作点。　〔二〕钱笺：《淮南子》：画随灰而月晕阙。许慎注曰：有军士相围守则月晕，以芦灰环，阙其一面，则月晕亦阙于上。周王褒《关山月》诗："天寒光转白，风多晕欲生。"庾肩吾《望月》诗："圆随汉东蚌，晕逐淮南灰。"

① 玩月：赏月。② 浮客：四处漂泊的人。③ 危坐：直起身体，恭敬地端坐。

## 陪王侍御宴通泉东山野亭

江水东流去，清樽日复斜。
异方①同宴赏，何处是京华？
亭景临山水，村烟对浦沙。
狂歌遇形胜〔一〕，得醉即为家。

〔一〕形：一作于。

① 异方：异地，他乡。

## 舍弟占归草堂检校聊示此诗

久客应吾道，相随独尔来。
熟〔一〕知江路近，频为草堂回。
鹅鸭宜长数②，柴荆莫浪开②。
东林竹影薄，腊月更须栽。

〔一〕熟：旧作孰。

①长数：经常查点数量。②浪开：随便开门。

## 春日梓州登楼二首

行路难①如此，登楼望欲迷。
身无却少壮，迹有但羁栖②。
江水流城郭，春风入鼓鼙③。
双双新燕子，依旧已衔泥。

① 行路难：借指生活艰难。② 羁栖：指背井离乡，流落他处。③ 鼓鼙（pí）：军中的大鼓和小鼓，借指军营。

天畔登楼眼，随春入故园。
战场今始定，移柳岂〔一〕能存。
厌蜀交游冷，思吴胜事繁。
应须理舟楫①，长啸下荆门②。
〔一〕岂：一作更。

① 理舟楫：准备出游。② 荆门：即今湖北荆门。

## 送司马入京〔一〕

群盗至今日，先朝忝①从臣。
叹君能恋主，久客羡归秦。

黄阁②〔二〕长司谏，丹墀③有故人。

向来论社稷，为话涕沾巾。

〔一〕钱笺本无此诗；《镜铨》本作巴西闻收京阙送班司马入京二首；玉几山人本作两题，前题同《镜铨》本，后题同此本。
〔二〕阁：一作阁。

① 忝（tiǎn）：自谦语表示辱没他人而有愧。② 黄阁：指宰相官署。③ 丹墀（chí）：宫殿前的红色台阶，代指宫殿。

## 远游

贱子①何人记，迷方著处家。
竹风连野色，江水拥春沙。
种药扶衰病，吟诗解叹嗟。
似闻胡骑走，失喜②问京华。

① 贱子：自己的谦称。② 失喜：表示喜悦到极致不能自制。

## 郪城①西原送李判官兄武判官弟赴成都府

凭高〔一〕送所亲，久坐惜芳辰②。
远水非无浪，他山自有春。
野花随处发，官柳著行新。
天际伤愁别，离筵何太频。

〔一〕高：一作登。

①郪（qī）城：即今四川三台。②芳辰：美好的时光，指春季。

## 涪江<sup>①</sup>泛舟送韦班归京得山字

追饯<sup>②</sup>同舟日，伤春〔一〕一水间。
飘零为客久，衰老羡君还。
花远〔二〕重重树，云轻处处山。
天涯故人少，更益鬓毛斑。

〔一〕春：一作心。　　〔二〕远：一作杂。

①涪（fú）江：嘉陵江的最大支流，发源于岷山主峰雪宝顶，流经四川、重庆等区域。②追饯：践行。

## 泛舟送魏十八仓曹还京因寄岑中允<sup>①</sup>参范郎中<sup>②</sup>季明

迟日深春水，轻舟送别筵。
帝乡愁绪外，春色泪痕边。
见酒须相忆，将诗莫浪传。
若逢岑与范，为报〔一〕各衰年。

〔一〕报：一作问。

①中允：官职名，太子属官。②郎中：官职名，掌管各部各司的事务，是尚书、侍郎之下的高级官员。

## 泛江送客

二月频送客,东津江欲平。
烟花山际重,舟楫浪前轻。
泪逐劝杯下,秋连吹笛生。
离筵不隔日,那得易为情。

## 双燕

旅食惊双〔一〕燕,衔泥入此〔二〕堂。
应同避燥湿,且复过炎凉。
养子风尘际①,来时道路长。
今秋天地在,吾亦离殊方。

〔一〕惊双:一作双飞。 〔二〕此:一作北。

① "养子"句:指燕子为了养育雏鸟不断往回觅食奔波。

## 百舌

百舌来何处,重重只报春。
知音兼众语,整翮①岂多身?
花密藏难见,枝高听转新②。
过时如发口,君侧有谗人。

① 整翮(hé):整理羽翼。 ② 转新:即"啭新",鸟鸣交替。

## 登牛头山①亭子

路出双林外,亭窥万井中。
江城孤照日,春〔一〕谷远含风。
兵革身将老,关河信不通。
犹残数行泪,忍对百花丛。

〔一〕春:一作山。

① 牛头山:在今四川广元,是一座巨石耸立的大山。

## 上牛头寺

青山意不尽,衮衮①上牛头。
无复能拘碍,真成浪出游。
花浓春寺静,竹细野池幽。
何处莺啼切,移时②独未休。

① 衮衮(gǔn):连续登山的样子。② 移时:过了好一会。

## 望牛头寺

牛头见鹤林,梯径绕幽深。
春色浮山外,天河宿殿阴。

传灯无白日,布地有黄金。
休作狂歌老,回看不住心。


## 上兜率〔一〕寺

兜率知名寺,真如会法堂。
江山有巴蜀,栋宇①自齐梁。
庚信哀虽久,周〔二〕颙②好不忘。
白牛车远近,且欲上慈航。
〔一〕率:如字。　〔二〕周:旧作何,误。

① 栋宇:泛指房屋。② 周颙(yóng):南朝齐、梁之间音韵学家、文学家,今河南汝南人。


## 望兜率寺

树密当山径,深江隔寺门。
霏霏云气动〔一〕,闪闪浪花翻。
不复知天大,空余见佛尊。
时应清盥①罢,随喜②给孤园。
〔一〕动:一作重。

① 盥(guàn):用水洗脸。② 随喜:佛家以随人行善为随喜,后世以游览佛寺亦称随喜。

## 甘园

春日清江岸,千甘二顷园。
青云羞叶密,白雪避花繁。
结子随边使,开筒近至尊。
后于桃李熟,终得献金门。

## 陪李〔一〕梓州、王阆州、苏遂州、李果州四使君登惠义寺

春日无人境,虚空不住天。
莺花随世界,楼阁倚〔二〕山巅。
迟暮身何得,登临意惘然。
谁能解金印,潇洒共安禅。

〔一〕李:尝作章。 〔二〕倚:一作寄。

## 数陪李〔一〕梓州泛江有女乐①在诸舫戏为艳曲二首赠李

上客回空骑,佳人满近船。
江清歌扇底,野旷舞衣前。
玉袖凌风并〔二〕,金壶隐浪偏。
竟将明媚色,偷眼艳阳天。

〔一〕李:尝作章,下同。 〔二〕凌:一作临。

① 女乐：指歌舞伎。

白日移歌褎<sup>〔一〕①</sup>，清宵近笛床。
翠眉萦度曲，云鬟俨分行。
立马千山暮，回舟一水香。
使君自有妇，莫学野鸳鸯。
〔一〕褎：同袖。

① 歌褎（xiù）：歌女衣袖，指歌女。


## 送何侍御归朝〔一〕

舟楫诸侯饯，车舆使者归。
山花相映发，水鸟自孤飞。
春日垂霜鬓，天隅把绣衣①。
故人从此去〔二〕，寥落寸心违。
〔一〕原注：李梓州泛舟筵上作。　〔二〕去：一作远。

① 绣衣：彩绣的丝绸衣服，代指达官贵人。


## 江亭送眉州辛别驾升之得芜字

柳影含云幕〔一〕，江波近酒壶。
异方惊会面，终宴惜征途。

沙晚低风蝶,天晴喜浴凫①。
别离伤老大②,意绪日荒芜。

〔一〕幕:一作重。

① 浴凫(fú):野鸭在水中嬉戏。② 老大:指老年人。


## 行次①盐亭县聊题四韵奉简严遂州蓬州②两使君谘议诸昆季③

马首见盐亭,高山拥县青。
云溪花淡淡〔一〕,春郭水泠泠。
全蜀多名士,严家聚德音④。
长歌意无极,好为老夫听。

〔一〕淡淡:一作漠漠。

① 行次:旅行达到。② 蓬州:即今四川营山。③ 昆季:指兄弟。④ 德音:好名声。


## 倚杖

看花虽郭内〔一〕,倚杖即溪边。
山县早休市,江桥春聚〔二〕船。
狎〔三〕①鸥轻白浪,归雁喜青天。
物色兼生意②,凄凉忆去年。

〔一〕内：一作外。　〔二〕聚：一作近。　〔三〕狎：一作野。

① 狎（xiá）：亲近。② 生意：富有生命力的气象。

## 陪王汉州留杜绵州泛房公西湖

旧相恩追后，春池赏不稀。
阙庭分未到，舟楫有光辉。
豉化莼丝①熟，刀鸣鲙缕②飞。
使君双皂盖，滩浅正相依。

① 豉（chǐ）化莼（chún）丝：一种用熟的黄豆或黑豆经发酵后制成的食品。② 鲙缕：鱼片，肉丝。

## 舟前小鹅儿

鹅儿黄似酒，对酒爱新鹅。
引颈瞋①船逼〔一〕，无行②乱眼多。
翅开遭宿雨③，力小困沧波。
客散层城暮，狐狸奈若何。

〔一〕逼：一作过。

① 瞋（chēn）：睁大眼睛。② 无行：没有行阵，不成行。③ 宿雨：经夜的雨水。

## 送韦郎司直①归成都

窜身来蜀地,同病得韦郎。
天下兵戈满,江边岁月长。
别筵花欲暮,春日鬓俱苍。
为问南溪竹〔一〕,抽梢②合过墙。

〔一〕竹:一作笋。

① 司直:官职名,唐太子官属。② 抽梢(shāo):指春季植物长出新的枝条。

## 台上得凉字

改席台能〔一〕迥①,留门月复光。
云霄遗暑湿②,山谷进风凉。
老去一杯足,谁怜屡舞长。
何烦把官烛③,似恼鬓毛苍。

〔一〕能:一作为。

①"改席"句:改换座席于高台,可以远眺。迥,远意。② 暑湿:炎热潮湿。③ 官烛:蜡烛,官方供给办公所用,故名。

## 章梓州水亭〔一〕

城晚通云雾,亭深到芰荷①。
吏人桥外少,秋水席边多。

近属淮王<sup>②</sup>至，高门蓟子<sup>③</sup>过。

荆州爱山简，吾醉亦长歌。

〔一〕原注：时汉中王兼道士席谦在会，同用荷字韵。

① 芰（jì）荷：菱叶与荷叶。② 淮王：指淮南王刘安。③ 蓟子：即蓟子训，东汉末年修仙得道的高士。

## 有感五首

将帅蒙恩泽，兵戈有岁年。

至今劳圣主，何以报皇天。

白骨新交战，云台<sup>①</sup>旧拓边〔一〕。

乘槎<sup>②</sup>断消息，无处觅张骞〔二〕。

〔一〕钱笺：唐自武德以来，开拓边境，地连西域，皆置都督府州县。开元中，置朔方等处节度使以统之。禄山反后数年间，西北数十州相继沦没，尽取河西、陇右之地，自凤翔以西，邠州以北，皆为左衽矣。　〔二〕钱笺：李之芳被留，次年始放还，故云。

① 云台：东汉开国时帮助光武帝刘秀立下最大功劳的二十八位将领，即"云台二十八将"。此处借指唐代开国以来开疆拓土的将领。② 乘槎：指张骞寻找黄河源，借指广德元年（763）御史大夫李之芳等出使吐蕃被扣留之事。

幽蓟<sup>①</sup>余蛇豕<sup>②</sup>，乾坤尚虎狼。

诸侯春不贡，使者日相望。

慎勿吞青海，无劳问越裳。

大君先息战，归马华山阳〔一〕。

〔一〕钱笺云：是时史朝义下诸降将奄有幽魏之地，骄恣不贡；代宗懦弱，不能致讨。此诗云："慎勿吞青海，无劳问越裳。"安有节镇之近不修职贡，而顾能从事远略者乎？盖叹之也。"息战""归马"，谓其不复能用兵，而婉辞以讥之也。

① 幽蓟：幽州和蓟州的并称，在今河北、辽宁一带。② 虵（shé）豕：指安史叛军。虵，同"蛇"。

洛下①舟车入，天中贡赋均。
日闻红粟腐②，寒待翠华春。
莫取金汤固，长令宇宙新。
不过行俭德，盗贼本王臣〔一〕。

〔一〕钱笺：自吐蕃入寇，车驾东幸，议者劝帝都洛阳，代宗然之。子仪上章奏谏，代宗省表垂涕，亟还京师。其略曰："东周之地，久陷贼中，宫室焚烧，十不存一。荆棘其土地狭陋，才数百里，东有成皋，南有二室，险不足恃，适为战场。明明天子，躬俭节用，苟能黜素餐之吏，去冗食之官，抑竖刁、易牙之权，任蘧瑗、史鳝之直，则黎元自理，盗贼自平。中兴之功，旬月可冀。"此诗后四句，正隐括汾阳论奏大意。

① 洛下：即洛阳。② 红粟腐：指积粮太多而导致腐烂。

丹桂风霜急，青梧日夜凋。
由来强干地，未有不臣朝。
受钺亲贤往，卑宫制诏遥。
终依古封建，岂独听箫韶〔一〕。

〔一〕钱笺：初，房琯建分镇讨贼之议。诏曰："令元子北略朔方，命诸王分守重镇。"诏下，远近相庆，咸思效忠于兴复。禄山抚膺曰："吾不得天下矣！"肃宗即位，恶琯，贬之，用其诸子统师，然皆不出京师，遥制而已。宗藩削弱，藩镇不臣。公追叹朝廷不用琯议，失强干弱枝之义，而有事则仓卒以亲贤授钺也。"丹桂"言王室,"青梧"言宗藩也。卑宫制诏,即天宝十五载七月丁卯,制置天下之诏也。谓其分封诸王,如禹之与子,故以卑宫言之。《壮游》诗"禹功亦命子",此其证也。落句言不依古封建,而欲坐听箫韶,不可得也。公之冒死救琯,岂独以交友之故哉!

胡〔一〕灭人还乱,兵残将自疑。
登坛名绝假,执玉尔何迟。
领郡辄无色,之官皆有词。
愿闻哀痛诏,端拱问疮痍〔二〕。

〔一〕胡:一作盗。 〔二〕钱笺:李肇《国史补》:开元以前,有事于外,则命使臣,否则止。自置八节度、十采访,始有坐而为使。其后名号益广,大抵生于置兵,盛于专利,普于衔命。于是为使则重,为官则轻。故天宝末,佩印有至四十者;大历中,请俸有至千贯者。宦官内外,悉属之使。旧为权臣所管,州县所理,今属中人者有之。此诗云"登坛名绝假",谓诸将兼官太多,所谓坐而为使也。"领郡辄无色",州郡皆权臣所管,不能自达,故曰无色也。"之官皆有词",所谓为使则重,为官则轻也。《送陵州路使君》诗云:"王室比多难,高官皆武臣。"与此正相发明。东坡谓唐郡县多不得人,由重内轻外者,此天宝以前事。以言乎广德之时,则迂矣。

## 送元二适江左①

乱后今相见,秋深复远行。
风尘为客日,江海送君情。
晋室丹阳尹,公孙白帝城。
经过自爱惜,取次莫论兵〔一〕。

〔一〕原注：元尝应孙吴科举。

① 江左：指长江中下游地方。

## 薄游

渐渐〔一〕风生砌，团团日〔二〕隐墙①。
遥空秋雁灭，半岭暮云长。
病叶多先坠，寒花只暂香。
巴城添泪眼，今夜复清〔三〕光。

〔一〕渐渐：一作浙浙。　〔二〕日：一作月。　〔三〕清：一作秋。

① 日隐墙：太阳在墙上的光影逐渐消失，指快要天黑。

## 薄暮

江水最深〔一〕地，山云薄暮时。
寒花隐乱草，宿鸟探〔二〕深枝。
故国见何日，高秋心苦悲。
人生不再好，鬓发自〔三〕成丝①。

〔一〕最深：一作长流。　〔二〕探：一作择。　〔三〕自：一作白。

① 自成丝：头发变白，指年老。

## 放船

送客苍溪县①,山寒雨不开。
直愁骑马滑,故作放舟回。
青惜峰峦过,黄知橘柚来。
江流大〔一〕自在,坐稳兴悠哉。

〔一〕大:一作天。

① 苍溪县:即今四川广元。


## 赠韦赞善别

扶病①送君发,自怜犹不归。
只应尽客泪,复作掩荆扉。
江汉②故人少,音书从此稀。
往还二十载,岁晚寸心违。

① 扶病:支撑病体行动。② 江汉:指长江、汉江交汇的地带,在今湖北中南部。


## 警急〔一〕

才名旧楚将,妙略拥兵机。
玉垒①虽传檄,松州②会解围。
和亲知拙计,公主漫无归。

青海今谁得,西戎实饱飞[二]③。

　　〔一〕原注:时高公适领西川节度。　　〔二〕钱笺:至德二载,永王璘反,适因陈江东利害,永王必败。上奇其对,以适为扬州左都督府长史、淮南节度使,故云旧楚将。《旧书》:代宗即位,吐蕃陷陇右,渐逼京畿。适练兵于蜀,临吐蕃南境以牵制之。师出无功,而松、维等州寻为蕃兵所陷,以黄门侍郎严武代还。此诗松州未陷时作也。

　　①玉垒:指玉垒山,在今四川理县。②松州:指松潘,乃四川阿坝藏族羌族自治州辖县。③饱飞:比喻欲望得到满足而离去。

## 王命

汉北豺狼满,巴西道路难。
血埋诸将甲,骨断使臣鞍[一]。
牢落新烧栈①,苍茫旧筑坛。
深怀喻蜀意,恸哭望王官。

〔一〕钱笺:广德元年,李之芳等使吐蕃,被留二年方得归。

①栈(zhàn):栈道,在山岩峭壁上凿孔架木,铺上竹木板而成的小窄路。

## 征夫

十室①几人在,千山空②自多。
路衢③唯见哭,城市不闻歌。

漂梗<sup>④</sup>无安地,衔枚<sup>⑤</sup>有荷戈。

官军未通蜀,吾道竟如何。

① 室:家。② 空:白白地,徒然。③ 路衢(qú):四通八达的道路。④ 漂梗:指代漂泊者。⑤ 衔枚:古代行军时口衔着小竹片,防止出声。

## 西山三首

夷界荒山顶,蕃州积雪边〔一〕。

筑城依〔二〕白帝,转粟上青天。

蜀将分旗鼓,羌兵助〔三〕铠鋋<sup>①</sup>。

西南背和好,杀气日相缠。

〔一〕钱笺:高适疏云:今所界吐蕃城堡,不过平戎以西数城,邈在穷山之巅,垂于险绝之木,运粮于束马之路,坐甲于无人之乡。李宗谔《图经》:维州,南界江城,岷山连岭而西,不知其极,北望高山,积雪如玉,东望成都若井底,一面孤峰,三面临江,是西蜀控吐蕃之要冲。 〔二〕依:一作连。 〔三〕助:一作动。

① 铠鋋(chán):铠甲和铁柄短矛,泛指武器装备。

辛苦三城戍,长防万里秋。

烟尘<sup>①</sup>侵火井,雨雪闭松州。

风动将军幕,天寒使者裘。

漫山贼营〔一〕垒,回首得无忧〔二〕。

〔一〕贼营:一作成壁。 〔二〕钱笺:广德元年,吐蕃陷松、维、保三城及云山、新筑二城,高适不能救,于是剑南、西山诸州亦入于吐蕃。

① 烟尘：烽烟和战场上的尘土，泛指战争。

子弟犹深入，关城未解围。
蚕崖①铁马瘦，灌口米船稀②。
辩士安边策，元戎③决胜威。
今朝乌鹊喜，欲报凯歌归。

① 蚕崖：关隘名，在今四川都江堰市西北。② 灌口：在都江堰市西北，江河的码头，运送粮草的要地。③ 元戎：主帅。

## 对酒

莽莽天涯雨，江边独立时。
不愁巴道路，恐湿汉旌旗。
雪岭防秋急，绳桥战胜迟。
西戎甥舅礼①，未敢背恩私。

① "西戎"句：西戎指吐蕃。唐代曾经和亲于吐蕃，因此称舅甥关系。

## 岁暮

岁暮远为客，边隅还用兵。
烟尘犯雪岭，鼓角动江城。

天地日流血,朝廷谁请缨①。
济时敢爱死②,寂寞壮心惊。

① 请缨:请求担当重任,领兵到前线作战。缨,长绳,带子。
②"济时"句:指为了报效国家不怕战死。

## 送李卿晔

王子思归日,长安已乱兵。
沾衣①问行在②,走马向承明。
暮景巴蜀僻,春风江汉清。
晋山虽自弃,魏阙尚含情。

① 沾衣:代指落泪。② 行在:指天子临时居住的地方。

## 城上

草满巴西绿,空城〔一〕白日长。
风吹花片片,春动水〔二〕茫茫。
八骏随天子①,群臣从武皇②。
遥闻出巡狩,早晚遍遐荒③。

〔一〕空城:一作城空。　〔二〕春动水:一作春送雨。

①"八骏"句:指周穆王的八匹骏马,即赤骥(jì)、盗骊(lí)、

白义、逾轮、山子、渠黄、华骝（liú）、绿耳。② 武皇：指汉武帝。③ 遐荒：边远荒僻之地。

## 江亭王阆州筵饯萧遂州

离亭①非旧国，春色是他乡。
老畏歌声断〔一〕，愁随舞曲长。
二天开宠饯，五马烂生光。
川路风烟②接，俱宜下凤凰。

〔一〕断：一作短。

① 离亭：践行送别的亭子。② 风烟：指远处朦胧的景物。

## 陪王使君晦日①泛江就黄家亭子二首

山豁何时断，江平不肯流。
稍知花改岸，始验鸟随舟。
结束②多红粉③，欢娱恨白头。
非君爱人客，晦日更添愁。

① 晦日：农历每月的最后一天。② 结束：装束，装扮。③ 红粉：女性，指舞女。

有径金沙软，无人碧草芳。

野畦连蛱蝶,江槛①俯鸳鸯。
日晚烟花乱,风生锦绣香。
不须吹急管,衰老是悲伤。

① 江槛:临江的栏杆。

## 泛江

方舟不用楫,极目总无波。
长日容杯酒,深江净绮罗①。
乱离还奏乐,飘泊且听歌。
故国流清渭②,如今花正多。

① 绮罗:华美的丝绸衣服。② 清渭:长安边上的渭水。

## 暮寒

雾隐平郊树,风寒广岸①波。
沉沉春色静,惨惨暮寒多。
戍鼓②犹长击,林莺遂不歌。
忽思高宴会,朱袖拂云和。

① 广岸:远岸。② 戍鼓:指边防驻军的鼓声。

## 游子

巴蜀愁谁语,吴门兴杳然。
九江春草外,三峡暮帆前。
厌就成都卜,休为吏部眠。
蓬莱如可到,衰白问群仙。

## 滕王亭子

寂寞春山路,君王不复行。
古墙犹竹色,虚阁自松声。
鸟鹊荒村暮,云霞过客情。
尚思歌吹入,千骑拥〔一〕霓旌①。

〔一〕拥:一作把。

① 霓旌:缀有五色羽毛的旗帜,为古代帝王仪仗之一,亦借指帝王。

## 玉台观〔一〕①

浩劫因王造,平台访古游。
彩云萧史②驻,文字鲁恭留③。
宫阙通群帝,乾坤到十洲。

人传有笙鹤,时过北山头。

〔一〕原注:滕王造。

① 玉台观:故址在四川阆中,相传是滕王李元婴所建造。② 萧史:相传先秦时萧史善于吹箫,秦穆公把女儿嫁给他,最后两人升仙而去。③ 鲁恭留:指鲁恭王刘余献古文经。

卷十九

# 杜工部五律下

三百四首

## 渡江

春江不可渡,二月已风涛。
舟楫欹斜疾,鱼龙偃卧①高。
渚花张〔一〕素锦,汀草乱青袍。
戏问垂纶客②,悠悠见〔二〕汝曹。

〔一〕张:一作兼。　〔二〕见:一作是。

① 偃卧:仰卧。② 垂纶客:指钓鱼的人。


## 寄贺兰铦①

朝野欢娱后,乾坤震荡中。
相随万里日,总作白头翁。
岁晚仍分袂②,江边更转蓬。
勿云俱异域,饮啄几回同。

① 贺兰铦(xiān):杜甫的朋友。② 分袂(mèi):分别,离开。袂,衣袖。


## 别房太尉①墓

他乡复行役,驻马别孤坟。
近泪无干土,低空〔一〕有断云。

对棋陪谢傅②,把剑觅徐君③。
唯见林花落,莺啼送客闻。

〔一〕低空:一作空山。

① 房太尉:即房琯(guǎn),河南缑氏(今河南偃师)人,唐代宰相,死后被追赠太尉。②"对棋"句:指谢安下棋。淝水之战时,谢安用下棋来表示镇定自若。这里指代房琯。③觅徐君:用季札与徐君的典故,徐君爱季札宝剑,未得而逝,季札以宝剑挂其墓而去。

## 自阆州领妻子却赴蜀山行三首

汩汩避群盗,悠悠经十年。
不成向南国,复作游西川。
物役水虚照,魂伤山寂然。
我生无倚着,尽室①畏途边。

① 尽室:指全家。

长林偃风色,回复〔一〕意犹迷。
衫裛①翠微润,马衔青草嘶。
栈〔二〕悬斜避石,桥断却寻溪。
何日干戈尽,飘飘愧老妻。

〔一〕复:一作首。 〔二〕栈:一作径。

① 衫裛(yì):衣衫被沾湿。裛,通"浥",沾湿。

行色递隐见,人烟时有无。
仆夫穿竹语,稚子入云呼。
转石惊魑魅,抨弓落狖鼯。
真供一笑乐,似欲慰穷途。


## 归来

客里有所适[一],归来知路难。
开门野鼠走,散帙壁鱼干①。
洗杓②开[二]新酝,低头着小冠。
凭谁给曲糵③,细酌老江干。

〔一〕适:一作过。　〔二〕开:一作斟。

①"散帙"句:打开书籍,蠹鱼已干枯。②杓(sháo):同勺,舀东西的工具。③曲糵(niè):酒曲。


## 过故斛斯校书庄二首[一]

此老已云没,邻人嗟未[二]休。
竟无宣室召①,徒有茂林求②。
妻子寄他食,园林非昔游。
空余[三]穗帷③在,淅淅野风秋。

〔一〕自注:老儒艰难,时病于庸蜀,叹其没后,方授一官。
〔二〕未:一作亦。　〔三〕余:一作堂。

① 宣室召：指西汉时贾谊被汉文帝召见，在宣室覲见皇帝之事。② 茂林求：司马相如死后，汉武帝派人去寻其遗作。茂林，即茂陵，是司马相如居住的地方。③ 穗（suì）帷：设于灵柩前的帷幕。

燕入非傍舍①，鸥归只故池。
断桥无复板，卧柳自生枝。
遂有山阳作②，多惭鲍叔知③。
素交零落尽，白首泪双垂。

① 傍舍：指他人的房舍。② 山阳作：山阳是西晋时嵇康的居所所在，向秀路过此地时，曾作《思旧赋》。③ "多惭"句：管仲曾说鲍叔牙是最了解他的知己。鲍叔，即鲍叔牙。

## 寄邛州崔录事

邛州崔录事，闻在果园坊。
久待无消息，终朝有底忙。
应愁江树远，怯见野亭荒。
浩荡风尘〔一〕外〔二〕，谁知酒熟香。
〔一〕尘：一作烟。　〔二〕外：一作际。

## 严郑公阶下新松得沾字

弱质岂自负，移根方尔瞻。
细声闻〔一〕玉帐，疏翠近珠帘。

未见紫烟集,虚蒙清露沾。
何当一百丈,欹盖①拥高檐。
〔一〕闻:一作侵。

① 欹盖:形容松树如同蓬盖。

## 严郑公宅同咏竹得香字

绿竹半含箨①,新梢才出墙。
色侵书帙晚,阴过酒樽凉。
雨洗涓涓净,风吹细细香。
但令无翦伐,会见拂云长。

① 箨(tuò):竹笋皮。

## 军中醉歌寄沈八刘叟

酒渴爱江清,余甘漱晚汀①。
软沙欹坐稳,冷石醉眠醒。
野膳随行帐,华音发从伶。
数杯君不见,都〔一〕已遣沉冥。
〔一〕都:一作醉。

① 汀(tīng):即汀州,水边平地。

## 村雨

雨声传两夜,寒事飐①高秋。
揽〔一〕带看朱绂②,开箱睹黑裘③。
世情只益睡,盗贼敢忘忧。
松菊新沾洗,茅斋慰远游。

〔一〕揽:一作挈。

① 飐:形容呼啸的风声。② 朱绂(fú):指官服。③ 黑裘:用紫貂皮制成的裘衣。

## 独坐

悲秋回白首,倚杖背孤城。
江敛洲渚出,天虚风物清。
沧溟恨〔一〕衰谢,朱绂负平生。
仰羡黄昏鸟,投林羽翮①轻。

〔一〕恨:一作服。

① 羽翮(hé):鸟羽,翅膀。

## 倦夜

竹凉侵卧内,野月满庭隅。
重露成涓滴,稀星乍有无。

暗飞萤自照,水宿鸟相呼。
万事干戈里,空悲清夜徂。

## 晚秋陪严郑公摩诃池泛舟得溪字

湍驶风醒酒,船回雾起堤。
高城秋自落,杂树晚相迷。
坐触鸳鸯起,巢倾翡翠低①。
莫须惊白鹭,为伴宿青〔一〕溪。

〔一〕青:一作清。

① "坐触""巢倾"二句:船行使鸳鸯双双飞起,鸟巢倾斜翡翠鸟看着低。

## 送舍弟颖赴齐州①三首

岷岭②南蛮北,徐关东海西。
此行何日到,送汝万行啼。
绝域惟高枕,清风独杖藜。
危时暂相见,衰白意都迷③。

① 齐州:在今山东济南一带。② 岷(mín)岭:即岷山,位于四川北部和甘肃南部边境的山脉。③ "衰白"句:指时危短暂相见,白发衰体,再见犹难,悲伤至极。

风尘①暗不开,汝去几时来。
兄弟分离苦,形容②老病催。
江通一柱观③,日落望乡台。
客意长东北,齐州安在哉。

① 风尘:比喻路途艰辛劳顿。② 形容:外观容貌。③ 一柱观:古迹名,在今湖北省松滋县东丘家湖中,是南朝宋临川王刘义庆所建。

诸姑今海畔〔一〕,两弟亦山东。
去傍干戈觅,来看道路通。
短衣①防战地,匹马逐秋风。
莫作俱流落,长瞻碣石鸿②。

〔一〕钱笺:公作《范阳太君卢氏墓志》:审言之女,薛氏所出者,适魏上瑜、裴荣期、卢正均,皆前卒。卢氏所出者,适京兆王佑、会稽贺扬,会稽濒于海也。

① 短衣:指戎服。② 碣石鸿:《淮南子·览冥训》:"遇归雁于碣石。"碣石,山名,借指山东。鸿,借指兄弟。

## 怀旧

地下苏司业,情亲独有君。
那因丧乱后,便作死生分。
老罢知明镜①,悲来望白云②。
自从失词伯,不复更论文〔一〕。

〔一〕原注:公前名预,因避御讳,改为源明。

① 知明镜：指年老发白。化用李白《秋浦歌》："不知明镜里，何处得秋霜。"② 望白云：指思念友人。陶渊明曾作《停云》，"思亲友也"。

## 初冬

垂老戎衣窄，归休①寒色深。
渔舟上急水，猎火着高林。
日有习池醉，愁来梁父吟②。
干戈未偃息，出处遂何心。

① 归休：归隐回乡。② 梁父吟：亦作梁甫吟，相传是诸葛亮作的一首乐府诗。

## 观李固请司马弟山水图三首

易简〔一〕高人意〔二〕，匡床①竹火炉。
寒天留远客，碧海挂新图。
虽对连山好，贪看绝岛孤。
群仙不愁思，冉冉下蓬壶。
〔一〕易简：一作简易。　〔二〕意：一作体。

① 匡床：用竹子、藤条编制的床。

方丈浑连水,天台总映云。
人间长见画,老去〔一〕恨空闻。
范蠡舟偏小①,王乔②鹤不群。
此生随万物,何路出尘氛?

〔一〕老去:一作身老。

①"范蠡"句:指范蠡帮助越王灭吴国后,扁舟泛湖隐居而去。小,指船狭窄。② 王乔:即王子乔,相传是蜀人,下洞八仙之一,传说他乘鹤仙去。

高浪垂翻屋,崩崖欲压床。
野桥分子细①,沙岸绕微茫。
红浸珊瑚短,青悬薜荔②长。
浮查③并坐得〔一〕,仙老暂相将。

〔一〕并坐得:一作相并坐。

① 子细:即仔细,指详细情形。② 薜(bì)荔:一种常绿的攀援或匍匐灌木。③ 浮查:即浮槎,漂浮在海上的木筏。

## 送王侍御往东川放生池祖席

东川诗友合,此赠怯轻为。
况复传宗匠,空然惜别离。
梅花交近野,草色向平池。
倘忆江边卧,归期愿早知。

## 正月三日归溪上有作简院内诸公

野外堂依竹，篱边水向城。
蚁浮①仍腊味，鸥泛已春声。
药许邻人劚②，书从稚子擎③。
白头趋幕府④，深觉负平生。

① 蚁浮：指酒面上的浮沫。② 劚（zhú）：切割。③ 擎（qíng）：举起，支撑。④ 幕府：官府办公的衙署。

## 春日江村五首

农务村村急，春流岸岸深。
乾坤万里眼，时序百年心。
茅屋还堪赋，桃源自可寻。
艰难昧〔一〕生理①，飘泊到如今。
〔一〕昧：一作贱。

① 生理：生活，生计。

迢递来三蜀，蹉跎有六年。
客身逢故旧，发兴自林泉。
过懒从衣结，频游任履穿。
藩篱颇无限〔一〕，恣意向〔二〕江天。
〔一〕颇无限：一作无限景。　〔二〕向：一作买。

种竹交加翠，栽桃烂漫红。

经心石镜月，到面雪山风。

赤管①随王命，银章②付老翁。

岂知齿牙落，名玷荐贤中。

① 赤管：笔的代称。汉代时朝廷每月给尚书省官员发一双赤管大笔。② 银章：唐代官员佩金银鱼袋等官服，以区别等级称章服，简称金章、银章。

扶病垂朱绂，归休步紫苔。

郊扉存晚计①，幕府愧群材。

燕外晴丝②卷，鸥边水叶开。

邻家送鱼鳖，问我数③能来。

① 晚计：晚年的隐居生活。② 晴丝：虫类吐出的、飘在空中的游丝。③ 数：多次。

群盗哀王粲①，中年召贾生②。

登楼初有作③，前席④竟为荣。

宅入先贤传，才高处士名。

异时怀二子，春日复含情。

①"群盗"句：王粲作《七哀》诗，有"西京乱无象，豺虎方遘患"句。写汉末战乱，生民涂炭的惨况。② 贾生：贾谊，此指汉文帝召见。③ 初有作：王粲曾写过《登楼赋》。④ 前席：《史记·屈原贾生列传》载，汉文帝召贾谊，问鬼神之事，"至夜半，文帝前席"。

## 春远[一]

肃肃花絮晚,菲菲红叶轻。
日长唯鸟雀,春远独柴荆。
数有关中乱,何曾剑外清。
故乡归不得,地入亚夫营①。

〔一〕自此以上皆入蜀居成都草堂中,间寓梓州、阆州及再至成都之诗。

① 亚夫营:指汉代名将周亚夫的军营,后以此指戒备森严的军营。

## 承闻故房相公①灵榇②自阆州启殡,归葬东都③,有作二首

远闻房太尉[一],归葬陆浑山④。
一德兴王后,孤魂久客间。
孔明⑤多故事,安石⑥竟崇班⑦。
他日嘉陵泪,仍沾楚水还。

〔一〕尉:一作守,非。

① 房相公:指房琯。② 灵榇(chèn):死者已经入殓的棺材。③ 东都:指洛阳。④ 陆浑山:在河南洛阳。⑤ 孔明:即诸葛亮,曾任蜀汉丞相,此处借指房琯。⑥ 安石:即东晋丞相谢安,字安石。⑦ 崇班:指高位,此处指房琯在高位去世。

丹旐①飞飞日,初传发阆州。

风尘终不解,江汉忽同流。
剑动亲身匣,书归故国楼②。
尽哀知有处,为客恐长休。

① 丹旐(zhào):指丧家用来题死者名衔的铭旌。②"剑动""书归"二句:房琯客死他乡,棺匣运归故土。书、剑是古代文人的随身之物,此指房琯归葬。


## 宴戎州杨使君东楼〔一〕

胜绝惊身老,情忘发兴奇。
座从歌妓密,乐任主人为。
重碧拈春酒〔二〕,轻红擘荔枝。
楼高欲愁思,横笛未休吹。

〔一〕以下皆过戎州、渝州及居云安、夔州之诗。 〔二〕拈:旧作酤,一作擎。春:一作筒。 钱笺:元稹《元日》诗:"羞看稚子先拈酒。"白乐天《岁假》诗:"岁酒先拈辞不得。"拈酒,唐人语也;作酤,非是。


## 喜雨

南国旱无雨,今朝江出云。
入空才漠漠①,洒迥已纷纷②。
巢燕高飞尽,林花润色分。
晚来声不绝,应得夜深闻。

①"入空"句:云气才把天空布满。漠漠,云气密集的样子。
②"洒迥"句:高空落下的雨点纷纷不停。纷纷,雨急的样子。

## 渝州①候严六侍御不到先下峡

闻道乘骢②发,沙边待至今。
不知云雨散,虚费短长吟。
山带乌蛮阔,江连白帝③深。
船经一柱观,留眼共登临。

① 渝州:即今重庆。② 乘骢:《后汉书·桓典传》:"拜侍御史,是时宦官秉权,典执政无所回避。常乘骢马,京师畏惮,为之语曰:'行行且止,避骢马御史。'"此处代指严侍御。③ 白帝:指白帝城,在今重庆奉节。

## 宴忠州①使君侄宅

出守吾家侄,殊方此日欢。
自须游阮舍〔一〕②,不是怕湖滩。
乐助长歌逸〔二〕,杯饶旅思宽。
昔曾如意舞,牵率强为看。
〔一〕舍:一作巷。　〔二〕逸:一作送。

① 忠州:即今重庆忠县。② 阮舍:《晋书·阮咸传》:"(咸)

与叔父籍为竹林之游……咸与籍居道南,诸阮居道北,北阮富而南阮贫。"后以阮舍指叔侄的居处。

## 闻高常侍①亡〔一〕

归朝不相见,蜀使忽传亡。
虚历金华省②,何殊地下郎③。
致君丹槛折④,哭友白云长。
独步诗名在,只令故旧伤。

〔一〕原注:忠州作。

① 高常侍:即高适,渤海蓨(今河北景县)人,盛唐著名的边塞诗人。②"虚历"句:高适曾任左拾遗、侍御史、谏议大夫等,身居要职,而才未施展而亡。虚历,徒然历职,指婉惜之情。金华省:即门下省。③ 地下郎:地下修文郎,有才而早逝之人。④ 丹槛折:汉朱云敢于直言进谏。《汉书·朱云传》:"云攀殿槛,槛折。"此处指高适直言进谏。《唐书·高适传》:"适负气敢言,权贵侧目。"⑤ 白云长:怀念亡友情长。

## 禹庙

禹庙空山里,秋风落日斜。
荒庭垂橘柚,古屋画龙蛇。
云气嘘青〔一〕壁,江声走白沙。
早知乘四载,疏凿控三巴。

〔一〕嘘青:一作生虚。

## 题忠州龙兴寺所居院壁

忠州三峡内,井邑聚云根①。
小市常争米,孤城早闭门。
空看过客泪,莫觅主人恩。
淹泊〔一〕仍愁虎,深居赖独园。

〔一〕泊:一作薄。

①"井邑"句:云雾缭绕人家庭院。井邑,乡村。

## 哭严仆射归榇①

素幔②随流水,归舟返旧京。
老亲如〔一〕宿昔,部曲异平生。
风逆〔二〕蛟龙匣〔三〕③,天长骠〔四〕骑营。
一哀三峡暮,遗后见君情。

〔一〕如:一作知。 〔二〕逆:一作送。 〔三〕匣:一作雨。 〔四〕骠:一作票。

① 归榇(chèn):将棺材送回老家。② 素幔:举办丧事时用的白色帷幔。③ 蛟龙匣:指达官贵胄的棺椁。

## 旅夜书怀①

细草微风岸，危樯②独夜舟。
星垂〔一〕平野阔，月涌大江流③。
名岂文章著，官应〔二〕老病休。
飘零〔三〕何所似？天地一沙鸥。

〔一〕星垂：俗本作星随。　〔二〕应：一作因，非。　〔三〕零：一作飘。

① 书怀：抒发内心的情感。② 危樯：指高耸的船桅杆。③ "月涌"句：指月光洒在奔涌的江流上。


## 云安九日，郑十八携酒陪诸公宴

寒花开已尽，菊蕊独盈枝。
旧摘人频异，轻香酒暂随。
地偏初衣袷〔一〕①，山拥更登危②。
万国皆戎马，酣歌泪欲垂。

〔一〕袷：同袷。

① 袷（jiá）：夹衣。② 登危：登高。


## 别常征君①

儿扶犹杖策，卧病一秋强。
白发少新洗，寒衣宽总长。

故人忧见及,此别泪相忘。
各逐萍流转②,来书细作行。

① 征君:古代受征召而不去做官的人。② 萍流转:指人如同浮萍一样漂泊无定。


## 长江二首

众水会涪万,瞿塘争一门。
朝宗人共挹,盗贼尔谁尊。
孤石隐如马,高萝垂饮猿。
归心异波浪,何事即飞翻。

浩浩终不息,乃知东极临。
众流归海意,万国奉君心。
色借潇湘阔,声驱滟滪①沉〔一〕。
未辞添雾雨,接上过〔二〕衣襟。

〔一〕沉:一作深。 〔二〕过:一作遇。

① 滟滪(yàn yù):险滩。滟滪滩,在长江瞿塘峡口。


## 怀锦水居止二首

军旅西征僻①,风尘战伐多。
犹闻蜀父老,不忘舜讴歌。

天险终难立，柴门岂重过〔一〕。
朝朝巫峡水，远逗〔二〕锦江波。

〔一〕谓此生不复能经过成都草堂也。　〔二〕远逗：一作远远。

① 征僻：征伐平民去服军役。

万里桥西〔一〕宅，百花潭北庄。
层轩皆面水，老树饱经霜。
雪岭界天①白，锦城曛②日黄。
惜哉形胜地，回首一茫茫。

〔一〕西：一作南。

① 界天：形容山势极高。② 曛（xūn）日：指黄昏、傍晚的太阳。

## 将晓二首

石城除击柝①，铁锁欲开关。
鼓角悲荒塞，星河落曙山。
巴人常小梗，蜀使动无还。
垂老孤帆色，飘飘犯百蛮〔一〕。

〔一〕"巴人"二句应作一气读，谓巴人之往成都者，常被梗阻，不得还归也。

① 击柝（tuò）：指敲打梆子巡夜。

军吏回官烛,舟人自楚歌。
寒沙蒙薄雾,落月去清波。
壮惜身名晚,衰惭应接多。
归朝日簪笏①,筋力②定如何。

① 簪笏(zān hù):官员上朝时的冠簪和手板,以指官位。
② 筋力:身体精力。


## 遣愤

闻道花门将,论功未尽归。
自从收帝里,谁复总戎机①。
蜂虿②终怀毒,雷霆可震威。
莫令鞭血地,再湿汉臣衣。

① 戎机:军机,战事。② 蜂虿(chài):毒蜂尾上的刺,比喻凶残的敌人。此处借指回纥,虽然一时帮了唐朝,但终究会对唐朝不利。


## 又雪

南雪不到地,青崖沾未消。
微微向日薄①,脉脉去人遥。
冬热鸳鸯病,峡深豺虎骄。

愁边有江水，焉得北之朝。

①"微微"句：描写雪在太阳的照射下融化而变得稀薄。

## 雨

冥冥甲子雨，已度立春时。
轻箑①烦〔一〕相向，纤绤②恐自疑。
烟添才有色，风引更如丝。
直觉巫山暮，兼催宋玉悲③。

〔一〕烦：一作须。

① 箑（shà）：扇子。② 纤绤（chī）：细葛布衣。③ 宋玉悲：宋玉曾作《悲秋赋》以表悲伤。宋玉，战国时楚国著名楚辞家，与屈原并称"屈宋"。

## 南楚

南楚青春异，暄寒①早早分。
无名江上草，随意岭头云。
正月蜂相见，非时鸟共闻。
杖藜妨跃马，不是故离群。

① 暄寒：指寒暑、年岁。

## 子规

峡里云安县①,江楼翼瓦②齐。
两边山木合,终日子规啼③。
眇眇春风见,萧萧夜色凄〔一〕。
客愁那听此,故作傍人低〔二〕。

〔一〕凄:一作栖。 〔二〕一作故傍旅人低。

① 云安县:唐属夔州,在今重庆云阳。② 翼瓦:指屋上的瓦片排列整齐,如同鸟羽毛一样。③ 子规啼:相传杜鹃鸟是古蜀国国王杜宇所化,声音凄切哀婉,常被诗人援引抒发哀伤之情。

## 船下夔州郭宿雨湿不得上岸别王十二判官

依沙宿舸船,石濑①月涓涓。
风起春灯乱,江鸣夜雨悬。
晨钟云岸〔一〕湿,胜地石堂烟〔二〕。
柔橹轻鸥外,含情〔三〕觉汝贤。

〔一〕岸:一作外。 〔二〕烟:一作偏。 〔三〕情:一作凄。

① 石濑(lài):水因石头阻碍而形成的急流。

## 移居夔州郭

伏枕云安县,迁居白帝城。
春知催柳别,江与放船清。

农事闻人说，山光见鸟情。
禹功①饶断石，且就土微平。

① 禹功：指大禹治水的功绩。

## 晓望白帝城盐山〔一〕

徐步携班杖①，看山仰白头。
翠深开断壁，红远结飞楼②。
日出清〔二〕江望，暄和散旅愁。
春城见松雪，始拟进归舟。

〔一〕钱笺：《水经注》：广溪峡，其间三十里，颓岩倚木，厥势殆交。北岸山上有神渊，渊北有白盐崖，高可千余丈。土人见其高白，因以名之。《方舆胜览》：在城东七十里，崖壁五十余里，其色炳耀，状若白盐。 〔二〕清：一作寒。

① 班杖：竹杖，以斑竹制成。斑，通"班"。② "红远"句：指悬崖峭壁上矗立着楼阁，仿佛是从山里生出的一样。

## 上白帝城

城峻随天壁，楼高更〔一〕女墙①。
江流思夏后，风至忆襄王。
老去闻悲角，人扶报夕阳。
公孙初恃险，跃马意何长②。

〔一〕更：一作望。

① 女墙：城墙上的凹凸短墙，用于防护御敌。②"跃马"句：指公孙述称帝于蜀。公孙述新莽时期割据巴蜀，称白帝。

## 滟滪堆

巨石水中央，江寒出水长。
沉牛①答云雨，如马②戒舟航。
天意存倾覆，神功接混茫。
干戈连解缆，行止忆垂堂③。

① 沉牛：古代祭祀江水，将牛投入水中作祭品。②"如马"句：民谚云"滟滪如象，瞿塘莫上；滟滪如马，瞿塘莫下"。形容滟滪险滩。③ 垂堂：近屋檐下。《汉书·司马相如传》："家累千金，坐不垂堂。"不近屋檐下坐，防瓦堕伤身。指不处于危险之地。

## 忆郑南〔一〕

郑南伏毒寺，潇洒到江心。
石影衔珠阁，泉声带玉琴。
风杉曾曙倚①，云峤②忆春临。
万里苍茫〔二〕水〔三〕，龙蛇只自深。

〔一〕钱笺：寺名伏毒，在华州郑南县。《刘禹锡别集》云：舅氏牧华州，前后由华觐谒，陪登伏毒寺，曾题诗于梁："今典冯翊，南望三峰，浩然生思"，寄诗云："曾作关中客，频经伏毒岩。晴烟沙苑树，晚日渭川帆。"　　〔二〕苍茫：一作苍浪。　　〔三〕水：一作外。

① 曙倚：即倚曙，迎接日出。② 云峤（qiáo）：高耸而险峻的大山。

## 奉寄李十五秘书文嶷二首

避暑云安县，秋风早下来。
暂留〔一〕鱼复浦①，同过楚王台②。
猿鸟千崖窄，江湖万里开。
竹枝歌〔二〕未好，画舸③莫迟回。

〔一〕留：一作之。　　〔二〕竹枝歌，巴渝之遗音，惟峡人善唱。

① 鱼复浦：地名，原在重庆奉节东南八阵图下之沙洲，现已没入三峡江底。② 楚王台：在重庆巫山，相传是楚襄王遇神女的地方。③ 画舸：装饰华美的船只。

行李千金赠，衣冠八尺身。
飞腾知有策，意度不无神。
班秩兼通贵，公侯出异人。
玄成负文彩①，世业岂沉沦。

①"玄成"句：指汉代韦贤之子玄成，以明经进位丞相。后世指能继承先辈相位的人。此以玄成指李文嶷（yí）。

## 热三首

雷霆空霹雳,云雨竟虚无。
炎赫①衣流汗,低垂气不苏。
乞为寒水玉,愿作冷秋菰②。
那〔一〕似儿童岁,风凉出舞雩。
〔一〕那:一作何。

① 炎赫:炽热。② 秋菰(gū):即菰米,茭白。

瘴云终不灭,泸水①复西来。
闭户人高卧,归林鸟却回。
峡中都似火,江上只空〔一〕雷。
想见阴宫雪,风门飒沓〔二〕②开。
〔一〕空:一作闻。　〔二〕沓:一作踏。

① 泸水:即泸江,金沙江的别名,长江的上游段。② 飒沓:迅疾的样子。

朱李①沉不冷,凋胡〔一〕②炊屡新。
将衰骨尽痛,被喝〔二〕③味空频。
欻翕④炎蒸景,飘飘征戍人。
十年可解甲,为尔一沾巾。
〔一〕胡:一作菰。　〔二〕喝:一作褐,非。

① 朱李:李子的一种,外观通红。② 凋胡:即菰米。③ 喝(yē):热。④ 欻翕(chuā xī):争先恐后。

## 晚晴

返[一]照①斜初彻[二],浮云薄未归。
江虹明远饮,峡雨落余飞。
凫雁[三]终高去,熊罴觉自肥。
秋分客尚在,竹露夕[四]微微。

〔一〕返:一作晚。 〔二〕彻:一作散。 〔三〕雁:一作鹤。 〔四〕夕:一作久。

①返照:夕阳,落日。

## 雨

万木云深隐,连山雨未开。
风扉掩不定,水鸟过[一]仍回。
鲛馆如鸣杼①,樵舟岂伐柯②。
清凉破炎毒,衰意欲登台。

〔一〕过:一作去。

①鸣杼:如同织布机的响声。②伐柯:劈砍树枝。

## 白盐山

卓立群峰外,蟠根①积水边[一]。
他皆任厚地,尔[二]独近高天。

白牓②千家邑，清秋万估〔三〕船③。

词人取佳句，刻画竟谁〔四〕传。

〔一〕钱笺：《荆州记》曰：三峡之首，北岸有白盐峰，峰下有黄龙滩，水最急，沿溯所忌，故曰"积水边"也。　〔二〕尔：一作我。　〔三〕估：一作古，一作里。　〔四〕谁：一作难。

① 蟠根：根脚盘曲深固。② 白牓（bǎng）：门上的匾额。③ 估船：即贾船，商船。

## 送十五弟侍御使蜀

喜弟文章进，添予别兴牵。
数杯巫峡酒，百丈内江①船。
未息豺狼斗，空催犬马年。
归朝多便道，搏击望秋天。

① 内江：即黔江，重庆境内的一条河流。

## 中宵

西阁百寻①余，中宵步绮疏。
飞星过水白，落月动沙虚。
择木知幽鸟，潜波想巨鱼。

亲朋满天地,兵甲少来书②。

① 寻:古代长度单位,八尺为一寻。百寻为虚指,形容极高。
②"兵甲"句:受战乱影响,书信寄不到。

## 不寐

瞿塘夜水黑,城内改更筹①。
翳翳②月沉雾,辉辉星近楼。
气衰甘少寐,心弱恨容〔一〕愁。
多垒满山谷,桃源无〔二〕处求。

〔一〕容:一作多,一作知。　〔二〕无:一作何。

① 更筹:古代夜间报更用的计时竹签。② 翳翳:形容晦暗不明。

## 中夜

中夜江山静,危楼望北辰①。
长为万里客,有愧百年身。
故国风云气,高堂战伐尘②。
胡雏负恩泽,嗟尔太平人。

① 北辰:北极星,代指朝廷。②"故国""高堂"二句:都是指朝廷有战事,即安史之乱。

## 垂白[1]

垂白冯唐老[2],清秋宋玉悲。
江喧长少睡,楼迥独移时。
多难身何补,无家病不辞。
甘从千日醉,未许七哀诗[3]。

[1] 垂白:白发垂散,指代老年。[2] 冯唐:西汉大臣,代郡(今张家口蔚县)人,一生怀才不遇,直到九十多岁才被征诏。后世以冯唐比喻老来难得志,此是杜甫自比。[3] 七哀诗:汉末以来中国传统诗歌体裁,曹植、王粲皆有作。

## 草阁

草阁临无地,柴扉永不关。
鱼龙回夜水,星月动秋山。
久[一]露晴[二]初湿,高云薄未还。
泛舟惭小妇[1],飘泊损红颜[2]。
〔一〕久:一作夕。 〔二〕晴:一作清。

[1] "泛舟"句:此处指蜀地妇人撑船航行,所以说"惭小妇"。
[2] 损红颜:指漂泊无定的生活,损耗青春年华。

## 江月

江月光于[一]水,高楼思杀人。
天边长作客,老去一沾巾。

玉露泙<sup>〔二〕①</sup>清影，银河没半轮。
谁家挑锦字<sup>②</sup>，烛灭翠眉颦<sup>③</sup>。

〔一〕于：一作如。　〔二〕泙：一作囤。

①"玉露"句：指露水都透露着月光。泙（tuán），露珠圆的样子。②挑锦字：比喻妻子或情人之间的书信。③颦（pín）：皱眉。


## 月圆

孤月当楼满，寒江动夜扉。
委波金不定<sup>①</sup>，照席绮逾依。
未缺<sup>②</sup>空山静，高悬列宿<sup>③</sup>稀。
故园松桂发，万里共清辉。

①"委波"句：即波浪摇晃，月影不定。委波：绵延不断的波浪。②未缺：圆月。③列宿：众星。


## 宿江边阁

暝色<sup>①</sup>延山径，高斋<sup>②</sup>次水门。
薄云岩际宿，孤月浪中翻。
鹳鹤追飞静<sup>〔一〕</sup>，豺狼得食喧。
不眠忧战伐，无力正乾坤。

〔一〕静：一作尽。

① 暝色:夜色。② 高斋:指江边的高阁。

## 西阁雨望

楼雨沾云幔,山寒〔一〕着水城。
径添沙面出,湍减石棱生。
菊蕊凄疏放,松林驻远情。
滂沱朱槛湿,万客傍〔二〕檐楹。
〔一〕寒:一作高。　〔二〕客傍:一作虑倚。

## 雨四首

微雨不滑道,断云疏复行。
紫崖奔处黑,白鸟去边明。
秋日新沾影,寒江旧落声。
柴扉临野碓①,半湿〔一〕捣香粳。
〔一〕湿:一作得。

① 野碓(duì):舂米的石制用具。

江雨旧无时,天晴忽散丝。
暮秋沾物冷,今日过云迟。
上马回休出,看鸥坐不移。
高〔一〕轩①当滟滪,润色静书帷②。

〔一〕高：一作层。

① 高轩：指有窗的高敞书斋。② 书帷：书斋的帷帐，也指书斋。

物色岁将晏①，天隅人未归。
朔风②鸣淅淅，寒雨下霏霏。
多病久加饭，衰容新授衣。
时危觉凋丧，故旧短书稀。

① 晏：结束。② 朔风：来自西北方的风，寒风。

楚雨石苔滋，京华消息迟。
山寒青兕①叫，江晚白鸥饥。
神女光钿②落，鲛人织杼悲。
繁忧③不自整，终日洒如丝。

① 兕（sì）：即犀牛。② 光钿（diàn）：用金银珠宝镶成的头饰。③ 繁忧：重重忧虑。

# 江上

江上日多雨〔一〕，萧萧荆楚秋。
高风下木叶，永夜揽〔二〕貂裘。
勋业①频看镜，行藏②独倚楼。
时危思报主，衰谢不能休。

〔一〕雨:一作病。　〔二〕揽:一作挐。

① 勋业:功业,功勋。② 行藏:做官和隐退。

## 雨晴

雨时山不改,晴罢峡如新。
天路看殊俗,秋江思杀人。
有猿挥泪尽,无犬附〔一〕书频①。
故国愁眉外,长歌欲损神。

〔一〕附:一作送。

①"无犬"句:指西晋陆机黄犬附书的典故。

## 西阁夜

恍惚寒江〔一〕暮,逶迤①白雾昏。
山虚风落石,楼静月侵门。
击柝可怜子②,无衣何处村③。
时危关百虑,盗贼尔④犹存。

〔一〕江:旧作山。

① 逶迤(wēi yí):形容山川曲折。②"击柝"句:敲梆子巡夜的人。③"无衣"句:指击柝者衣着单薄,不知何村人。④ 尔:击柝人。

## 月

四更山吐月,残夜水明楼。
尘匣元开镜①,风帘自上钩。
兔应疑鹤发,蟾亦恋貂裘②。
斟酌姮〔一〕娥寡,天寒奈〔二〕九秋③。

〔一〕姮:一作嫦。　〔二〕奈:一作耐。

①"尘匣"句:指月出如开镜匣。尘匣,人世间。②"兔应""蟾亦"二句:月光照射,月中玉兔会惊疑月映头发白,蟾蜍也会贪恋貂裘温暖。③九秋:秋天。九月深秋时节。

## 西阁①三度期大昌严明府同宿不到

问子能来宿,今宜索故要。
匣琴虚夜夜,手板自朝朝。
金②吼霜钟彻,花催蜡炬销。
早凫江槛底,双影漫飘飖。

①西阁:位于夔州城的西门处。②金:指钟磬一类的乐器。

## 巫峡敝庐奉赠侍御四舅别之澧朗

江城秋日落,山鬼闭门中。
行李淹吾舅,诛茅①问老翁。

赤眉②犹世乱,青眼③只途穷。
传语桃源客,人今出处同。

① 诛茅:剪除茅草,后引申为结庐安居。② 赤眉:新朝王莽末期以樊崇等为首的农民起义军,以赤色涂眉为标志,故称"赤眉军"。③ 青眼:即阮籍。阮籍能作青白眼,用青眼示自己喜欢的人,白眼示不喜欢的人。

## 第五弟丰独在江左,近三四载寂无消息,觅使寄此二首

乱后嗟吾在,羁栖①见汝难。
草黄骐骥病,沙晚〔一〕鹡鸰②寒。
楚设关城险,吴吞水府宽。
十年朝夕泪,衣袖不曾干。

〔一〕晚:一作暖。

① 羁栖:指淹留他乡,背井离乡。② 鹡鸰(jí líng):一种生活在水边的小鸟。

闻汝依山寺,杭州定①越州?
风尘②淹别日,江汉失清秋。
影着啼猿树,魂飘结蜃楼③。
明年下春水,东尽白云求。

① 定:表选择,还是。② 风尘:指漂泊无依的生活境况。

③蜃(shèn)楼:古人认为蜃气变幻成的楼阁。

## 九日①诸人集于林

九日明朝是,相要旧俗非②。
老翁难早出,贤客幸知归。
旧采黄花剩③,新梳白发微。
漫看年少乐,忍泪已沾衣。

①九日:即九月初九重阳节。②旧俗非:非旧时重阳节故里习俗。③黄花剩:菊花多。剩,多余。

## 洞房

洞房环佩冷,玉殿起秋风。
秦地应新月,龙地满旧宫〔一〕。
系舟今夜远,清漏①往时同。
万里黄山北,园陵白露中。

〔一〕钱笺:《唐乐志》:龙池乐,玄宗所作也。玄宗龙潜之时,宅在隆庆坊。宅南,坊人所居,变为池,望气者亦异焉。玄宗正位,以坊为宫,池水逾大,游漫数里。为此乐以致其祥也。《南部新书》:兴庆宫九龙池,在大同殿古基之南,西对瀛州门,周环数顷,水极深广,北望之渺然,东西微狭。中有龙潭,泉源不竭,虽历冬夏,未尝耗减。

①清漏:古人以漏壶滴漏计时,发出清脆的滴答声。

## 宿昔

宿昔青门①里,蓬莱仗数移。
花娇迎杂树,龙喜出平池。
落日留王母,微风倚少儿②。
宫中行乐秘,少有外人知。

① 青门:即长安城的东门"霸门",因门青色而名。② 少儿:指卫少儿,汉武帝皇后卫子夫的姐姐。借指杨贵妃姐妹得宠于唐玄宗。


## 能画

能画毛延寿①,投壶郭舍人②。
每蒙天一笑,复似物皆〔一〕春。
政化平如水,皇明〔二〕断若神。
时时用抵戏,亦未杂风尘。
〔一〕皆:一作初。 〔二〕明:一作恩。

① 毛延寿:杜陵人,西汉时著名画家,善于画人物。② 郭舍人:汉武帝时的倡优,善于投壶。


## 斗鸡

斗鸡初赐锦〔一〕,舞马既登床〔二〕。
帘下宫人出,楼前御曲〔三〕长。

仙游终一闭，女乐①久无香。
寂寞骊山②道，清秋草木黄。

〔一〕钱笺：《东城老父传》：明皇以乙酉生而喜斗鸡，是兆乱之象也。时贾昌为五百小儿长，天子甚爱幸之，金银之赐，日至其家。　　〔二〕既：一作解。钱笺：《明皇杂录》：上每赐宴酺，则御勤政楼，教坊为角抵戏、斗鸡，宫人数百，饰以珠翠，衣以锦绣，自帟中击雷鼓，为《破阵乐》。又令教舞马，四蹄各为左右，分为部目，为某家宠、某家骄。时塞外以善马来贡者，上俾之教习，无不曲尽其妙。因令衣以文绣，络以金铃，饰其鬃间，杂以珠玉，奋首鼓尾，纵横应节。又施三层板床，舞马于上，抃转如飞。或命壮士举榻，马舞于榻上，乐工数十人立于前后左右，皆衣淡黄衫、文玉带。安禄山乱，马散落人间，田承嗣得之。一日，军中大飨，马闻乐而舞，承嗣以为妖而杀之。　　〔三〕曲：一作柳。

① 女乐：歌舞伎女。② 骊山：位于陕西省西安市临潼区城南，是秦岭山脉的一支脉。

## 历历

历历开元事，分明在眼前。
无端盗贼起①，忽已岁时迁。
巫峡西江外，秦城②北斗边。
为郎从白首③，卧病数秋天。

① 盗贼起：指安史之乱爆发。②"秦城"句：秦城，指长安城；北斗星代指皇都。③"为郎"句：白首为郎官。指得不到升迁和赏识，时运不济。

## 洛阳

洛阳昔陷没，胡马犯潼关①。
天子初愁思，都人②惨别颜。
清笳去宫阙，翠盖出关山。
故老仍流涕，龙髯③幸再攀。

①"洛阳""胡马"二句：指安禄山于天宝十四载（755）十二月攻克洛阳，在次年六月七日进入潼关。②都人：皇城里的平民百姓。③龙髯：代指帝王。

## 骊山

骊山绝望幸①，花萼罢登临〔一〕。
地下无朝烛，人间有赐金。
鼎湖龙去远，银海雁飞深②。
万岁蓬莱日，长悬旧羽林〔二〕。

〔一〕钱笺：郑綮《传信记》：上于东都起五王宅，于上都置花萼楼，盖与诸王为会集宴乐之地。上与诸王靡日不会聚。杜云"花萼罢登临"，盖是时明皇已厌世矣。　〔二〕钱笺：玄宗用万骑军平韦庶人之难，以登大位。万骑本隶左右羽林，后改为龙武军，与左右羽林为北四门军。

①望幸：希望皇帝降临。②"银海"句：相传秦始皇陵墓中，以水银为江海，用黄金做大雁悬于上。

## 提封

提封汉天下，万国尚同心。
借问悬军〔一〕守，何如俭德临。
时征俊乂①入，莫虑〔二〕犬羊侵。
愿戒兵犹火，恩加四海深。

〔一〕军：一作车。 〔二〕莫虑：一作草窃。 ○按此八首当为一时所作，可作一章读。《洞房》《宿昔》《能画》《斗鸡》四首，追忆开元盛时宫中淫乐之事；《历历》一首，自叹今日在夔凄凉之状；《洛阳》《骊山》二首，吊明皇之不终；《提封》一首，惩前而思所以惩后也。

① 俊乂（yì）：杰出贤能的人才。

## 覆舟二首

巫峡盘涡晓，黔阳贡物秋。
丹砂同陨石，翠羽共沉舟。
羁使空斜影，龙居〔一〕闭积流。
篙工幸不溺，俄顷逐轻鸥。

〔一〕居：一作宫。

竹宫①时望拜，桂馆②或求仙。
姹女③凌波日，神光照夜年。
徒闻斩蛟剑，无复爨犀船。
使者随秋色，迢迢独上天。

① 竹宫：汉代甘泉宫的祠宫。② 桂馆：汉武帝为了求仙而建造的宫舍。③ 姹（chà）女：美少女。

## 送李功曹之荆州充郑侍御判官重赠

曾闻宋玉宅①，每欲到荆州。
此地生涯晚，遥悲〔一〕水国秋。
孤城一柱观②，落日九江流。
使者虽光彩，青枫远自愁。

〔一〕悲：一作通。

① 宋玉宅：战国时楚国诗人宋玉的宅邸，传说在湖北秭归。② 一柱观：道教寺观。唐张说《一柱观》："旧说江陵观，初疑神化来。"

## 夜宿西阁晓呈元二十一曹长

城暗更筹急，楼高雨雪微。
稍通绡幕①霁，远带玉绳稀。
门鹊晨光起〔一〕，樯乌宿处飞。
寒江流甚细，有意待人归。

〔一〕起：一作喜。

① 绡幕：薄纱帘帐。

## 西阁口号呈元二十一

山木抱云稠,寒空绕上头。
雪崖才变石,风幔不依楼。
社稷堪流涕,安危在运筹①。
看君话王室,感动几销忧。

① 运筹:谋划、制定策略。

## 不离西阁二首

江柳非时发,江花冷色频。
地偏应有瘴①,腊近已含春。
失学从愚子,无家任老身②。
不知西阁意,肯别定留人〔一〕。
〔一〕末句言不知西阁之意肯别我乎?抑定留人乎?

① 瘴:瘴气,一说山林中的湿热空气,古人认为能让人生病。
② 老身:指老年人,此是作者自称。

西阁从人别,人今亦故亭。
江云飘素练①,石壁断空青②。
沧海先迎日,银河倒列星。
平生耽胜事,吁骇③始初经。

① 素练:白色的绢帛,此比喻云朵之白。② 空青:指繁茂青

翠的山林。③吁骇：表惊叹。


## 览镜呈柏中丞①

渭水②流关内，终南③在日边。
胆销豺虎窟，泪入犬羊天。
起晚堪从事，行迟更学仙〔一〕。
镜中衰谢色，万一故人怜。

〔一〕旧注：凡仕者必早起，起晚矣尚堪从事乎？学仙者必身轻步疾，行迟矣更可学仙乎？

① 中丞：官职名，即御史中丞，负有监察、弹劾百官的职责。② 渭水：即渭河。③ 终南：即终南山，位于秦岭中段山脉。


## 陪柏中丞观宴将士二首

极乐三军士，谁知百战场。
无私齐绮馔①，久坐密金章②。
醉客沾鹦鹉，佳人指凤凰。
几时来翠节，特地引红妆。

① 绮馔：精美的佳肴酒菜。② 金章：古代高级官员的官服。此指官员。


绣段装檐额，金花帖鼓腰。

一夫先舞剑,百戏后歌樵[一]①。

江树城孤远,云台使寂寥。

汉朝频选将,应拜霍嫖姚②。

〔一〕樵:一作樵。

① 歌樵:唱樵歌。樵歌,类似山歌。② 霍嫖姚(piāo yáo):指西汉名将霍去病。

## 峡口二首

峡口大江间,西南控百蛮。

城欹连粉堞①,岸断更青山②。

开辟当天险,防隅一水关。

乱离闻鼓角,秋气动哀颜。

① 粉堞:用白垩涂抹的女墙。②"岸断"句:江岸被青山隔断。更,改换,改变。

时清关失险,世乱戟如林①。

去矣英雄事,荒哉割据心。

芦花留客晚,枫树坐猿深。

疲苶②烦亲故,诸侯数赐金[一]。

〔一〕自注:主人柏中丞颇分月俸。

① 戟如林:比喻战乱不止。② 疲苶(nié):比喻疲劳困顿。

## 瞿塘两崖

三峡传何处，双崖壮此门。
入天犹石色，穿水忽云根。
猱玃①须髯古，蛟龙窟宅尊。
羲和冬驭近，愁畏日车翻。

① 猱玃（náo jué）：泛指猿猴。

## 送鲜于万州迁巴州①

京兆先时杰，琳琅②照一门。
朝廷偏注意，接近与名藩。
祖帐③排舟数，寒江触石喧。
看君妙为政，他日有殊恩。

① 万州：即今重庆市万州区。巴州：今四川省巴中市。② 琳琅（láng）：喻指优秀人才。③ 祖帐：古代送人远行，在郊外路旁临时搭建起饯行送别的帷帐。

## 奉送十七舅下邵桂

绝域①三冬暮，浮生一病身。
感深辞舅氏，别后见何人。

缥缈苍梧帝,推迁孟母邻②。
昏昏阻云水,侧望苦伤神。

① 绝域:形容极其遥远的地方。②"推迁"句:指孟子的母亲为了给孟子学习营造良好的读书环境,曾经三次搬家,即"孟母三迁"。

## 寄杜位[一]

寒日经檐短,穷猿失木悲①。
峡中为客恨,江上忆君时。
天地身何在[二],风尘病敢辞。
封书两行泪,沾洒裛新诗②。

〔一〕自注:顷者与位同在故严尚书幕。 〔二〕在:一作往。

①"穷猿"句:比喻失去栖息之所,到处漂泊的穷困之人。②裛(yì)新诗:泪湿新作诗稿。

## 瀼西寒望

水色含群动,朝光切太虚。
年侵[一]频怅望,兴远一萧疏。
猿挂时相学,鸥行烱自如。

瞿塘春欲至，定卜瀼西居。

〔一〕侵：一作终。

## 江梅

梅蕊腊前破，梅花年后多。
绝知①春意好〔一〕，最奈客愁何。
雪树元同色，江风亦自波。
故园不可见，巫岫②郁嵯峨③。

〔一〕好：一作早。

① 绝知：明知。② 巫岫：指巫山。③ 嵯峨（cuó é）：指山势高峻、参差不一。

## 庭草

楚草经寒碧，庭春入眼浓。
旧低收叶举，新掩卷牙重①。
步履宜轻过，开筵得屡供。
看花随节序②，不敢强为容。

① 卷牙重：指刚长出的新叶还处于蜷缩的状态。② 节序：时令，节气。

## 鹦鹉[一]

鹦鹉含愁思,聪明忆别离。
翠衿①浑短尽,红觜漫多知。
未有开笼日,空残旧宿枝②。
世人怜复损,何用羽毛奇。

〔一〕一作剪羽。

① 翠衿:鹦鹉胸前的翠色羽毛。② 宿枝:栖息的树枝。

## 孤雁

孤雁不饮啄①,飞鸣声念群。
谁怜一片影,相失万重云。
望断[一]似犹见,哀多如更闻。
野鸦无意绪,鸣噪②亦[二]纷纷。

〔一〕断:一作尽。　〔二〕亦:一作自。

① 饮啄:饮水进食。② 鸣噪:鸟鸣。

## 鸥

江浦寒鸥戏,无他亦自饶。
却思翻玉羽,随意点春苗。

雪暗还须浴〔一〕，风生一任飘。
几群沧海上，清影日萧萧。
〔一〕浴：一作落。


## 猿

袅袅啼虚壁，萧萧挂冷枝。
艰难人不免①，隐见尔如知。
惯习元从众，全生或用奇。
前林腾每及，父子莫相离。

①"艰难"句：指悬崖峭壁险要，人不可能攀爬得上去。


## 麂①

永与清溪别，蒙将玉馔②俱。
无才逐仙隐，不敢恨庖厨。
乱世轻全物，微声及祸枢③。
衣冠兼盗贼，饕餮④用斯须。

① 麂（jǐ）：一种小型的鹿。② 玉馔（zhuàn）：珍美的饮食。③ 祸枢：隐伏待发的祸患。④ 饕餮（tāo tiè）：传说中一种贪食凶恶的暴兽，后喻指贪食凶恶的人。

## 鸡

纪德名标五①,初鸣度必三。
殊方听有异,失次晓无惭。
问俗人情似,充庖尔辈堪。
气交亭育际,巫峡漏司南②。

①"纪德"句:鸡有五德。汉韩婴《韩诗外传》:"(鸡)首戴冠者,文也;足搏距者,武也;敌在前敢斗者,勇也;得食相告,仁也;守夜不失时,信也。"②漏司南:即漏司晨。漏司夔州之晨。

## 黄鱼

日见巴东峡,黄鱼出浪新。
脂膏①兼饲犬,长大不容身。
筒桶②相沿久,风雷肯为伸〔一〕?
泥沙卷涎沫,回首怪龙鳞③。

〔一〕伸:一作神。

① 脂膏:指鱼身上的肉脂。② 筒桶:都是用来抓鱼的竹木器具。③ 龙鳞:水波。

## 白小

白小①群分命②,天然二寸鱼。
细微沾水族,风俗当园蔬③。

入肆银花乱,倾筐雪片虚④。
生成犹拾卵,尽取义何如。

① 白小:今银鱼,色白形小,故称。② 群分命:群居而生。③ 当园蔬:以鱼为蔬菜。④ "倾筐"句:白小在市肆售卖,白花花一堆,筐中倾倒的是鱼,不是雪片。

## 老病

老病巫山里,稽留①楚客中。
药残他日裹,花发去年丛。
夜足沾沙雨,春多逆水风。
合分双赐笔〔一〕,犹作一飘蓬。

〔一〕钱笺:《汉官仪》:尚书丞郎,月给赤管大笔一双,隃糜墨一枚。

① 稽留:停留。

## 雨

始贺天休雨,还嗟地出雷。
骤看浮峡过,密作渡江来①。
牛马行无色,蛟龙斗不开。
干戈盛阴气,未必自阳台。

① "密作"句:指密集的大雨从江面上袭来。

## 晴二首

久雨巫山暗,新晴锦绣文[一]①。
碧知湖外草,红见海东云。
竟日莺相和,摩霄②鹤数群。
野花干更落,风处急纷纷。

〔一〕文:一作纹。

①锦绣文:指下雨后的天空明亮绚丽。②摩霄:指高空。

啼乌争引子①,鸣鹤不归林。
下食遭泥去,高飞恨久阴。
雨声冲塞尽,日气射江深。
回首周南客②,驱驰魏阙心③。

①"啼乌"句:乌鸦啼叫,带幼鸦飞翔。②周南客:指太史公司马迁之父司马谈。借指羁旅他乡的文人。③魏阙心:想念朝廷,渴望报效国家。

## 奉送韦中丞之晋赴湖南

宠渥①征黄②渐,权宜借寇频。
湖南安背水,峡内忆行春。
王室仍多故[一],苍生倚大臣。
还将徐孺榻③,处处待高人。

〔一〕故:一作难。

① 宠渥：恩泽，恩惠。② 征黄：指地方官有政绩，被皇帝征诏嘉奖。③ 徐孺榻：东汉有高士徐稚，字孺子。相传陈蕃爱才，唯孺来，特设一榻，去则悬之。后世以"徐孺榻"比喻礼遇宾客、爱惜人才。

## 别崔潩因寄薛据孟云卿〔一〕

志士惜妄动，知深难固辞。
如何久磨砺，但取不磷缁。
夙夜①听忧主，飞腾急济时。
荆州遇〔二〕薛孟，为报欲论诗。

〔一〕据：即璩。自注：内弟潩，赴湖南幕职。　〔二〕遇：一作过。

① 夙夜：朝夕、日夜。

## 送王十六判官

客下荆南尽，君今复入舟。
买薪犹白帝，鸣橹①已沙头〔一〕。
衡霍②生春早，潇湘共海浮。
荒林庾信宅，为仗主人留。

〔一〕钱笺：吴若本注：江陵吴船至，泊于郭外沙头。《入蜀记》：过白湖抛江至升子铺，日入泊沙市。自公安至此六十里，自此至荆南，陆行十里，舟不复进矣。老杜云"买薪犹白帝，鸣橹已沙头",又刘梦得云"沙头樯竿上,始见春江阔",皆谓此也。《方舆胜览》:沙头市至江陵城十五里。

① 鸣橹:船桨摇动的声音,泛指船只航行。② 衡霍:指衡山,"五岳"之一,位于今湖南衡阳。

## 王十五前阁会

楚岸收新雨,春台引细风。
情人来石上,鲜鲙①出江中。
邻舍烦书札,肩舆强老翁。
病身虚俊味〔一〕②,何幸饫③儿童。

〔一〕钱笺:《艺苑雌黄》:杜诗"俊味"亦有来处,《本草》"葫"注云:"此物煮为羹臛,极俊美。"

① 鲜鲙(kuài):即鲙鱼、鲫(lè),鱼身细长,味道鲜美。② 虚俊味:消受不了美味的东西。③ 饫(yù):使吃饱。

## 怀灞上①游

怅望东陵道,平生灞上游。
春浓停野骑,夜宿敞云楼。
离别人谁在,经过老自休。
眼前今古意,江汉一归舟。

① 灞(bà)上：古地名，在今陕西西安东南，乃古代的军事要地。

## 熟食日①示宗文宗武

消渴②游江汉，羁栖③尚甲兵。
几年逢熟食，万里逼清明。
松柏邙山④路〔一〕，风花白帝城。
汝曹催我老，回首泪纵横。

〔一〕邙：旧作印，误。钱笺：邙山在偃师县北二里，子美先茔在洛，故有是句。

① 熟食日：即寒食节。② 消渴：指患消渴疾。③ 羁栖：在外停留。④ 邙（máng）山：位于河南洛阳北。

## 又示两儿

令节①成吾老，他时见汝心。
浮生看物变，为恨与年深。
长葛②书难得，江州涕不禁。
团圆思弟妹，行坐白头吟。

① 令节：美好的佳节。② 长葛：今属河南许昌。

## 入宅三首

奔峭背赤甲,断崖当白盐。
客居愧迁次,春色渐多添。
花亚欲移竹,鸟窥新卷帘。
衰年不敢恨,胜概欲相兼。

乱后居难定,春归客未还。
水生鱼复浦,云暖麝香山。
半〔一〕顶梳头白,过眉拄杖斑。
相看多使者,一一问函关①。

〔一〕半:樊作抬。

① 函关:即函谷关,位于河南三门峡灵宝函谷关镇。

宋玉归州宅,云通白帝城。
吾人淹老病①,旅食②岂才名。
峡口风常急,江流气不平。
只应与儿子,飘转任浮生。

① 淹老病:长久地年老多病。淹,表时间久。② 旅食:客居,寄食。

## 卜居①

归羡辽东鹤②,吟同楚执珪③。
未成游碧海,著处觅丹梯。

云嶂宽江北,春耕破瀼西。

桃红客若至,定似昔〔一〕人迷。

〔一〕昔:一作晋。

① 卜居:选择地方居住。② 辽东鹤:相传辽东人丁令威学道升仙后,变为一只白鹤飞回家乡。后世比喻物是人非、人事变迁。③ 楚执珪:春秋时期越国人庄舄(xì),虽然在楚国被授予"执圭"的最高爵位,但不忘故国,时常发出越国方言的呻吟声。

## 暮春题瀼西新赁草屋五首

久嗟三峡客,再与暮春期。

百舌欲无语,繁花能几时。

谷虚①云气薄,波乱②日华迟。

战伐何由定,哀伤不在兹。

① 谷虚:山谷空旷。② 波乱:波涛翻涌。

此邦千树橘①,不见比封君②。

养拙③干戈际,全生麋鹿群。

畏人江北草,旅食瀼西云。

万里巴渝曲,三年实饱闻。

① 千树橘:古人有一说法,农家如果种植千棵橘树,收入等于一个千户侯。② 比封君:拥有封邑的贵族。③ 养拙:指隐居不做官。

彩云阴复白,锦树晓来青。

身世双蓬鬓①，乾坤一草亭。

哀歌时自惜，醉舞为谁醒。

细雨荷锄立，江猿吟翠屏②。

① 蓬鬓：鬓发蓬乱。② 翠屏：指青翠的山岩。

壮年学书剑，他日委泥沙①。

事主非无禄，浮生即有涯。

高斋依药饵，绝域改春华。

丧乱丹心破，王臣未一家②。

① 委泥沙：比喻不能为官报国。②"王臣"句：这里指国土被敌人占领，没有收复。王臣：君王的臣民。

欲陈济世策，已老尚书郎。

未息豺狼斗①，空惭鸳鹭行。

时危人事急〔一〕，风逆〔二〕羽毛伤。

落日悲江汉，中宵②泪满床。

〔一〕急：一作恶。　〔二〕逆：一作急。

①"未息"句：指不能平息战争叛乱。② 中宵：夜晚。

## 过客相寻

穷老真无事，江山已定居。

地幽忘盥栉①，客至罢琴书。

挂壁移筐果,呼儿间[一]②煮鱼。
时闻系舟楫,及此问吾庐。

〔一〕间:一作问。

① 盥栉(guàn zhì):梳洗,整理外表。② 间:趁空。

## 竖子①至

楂梨才缀碧②,梅杏半传黄。
小子幽园至,轻笼熟奈香。
山风犹满把,野露及新尝。
欹枕[一]③江湖客,提携日月长。

〔一〕欹枕:一作欲寄。

① 竖子:童子,小子。②"楂梨"句:指刚结出的果子还是青色。③ 欹枕:斜靠着枕头,表示悠然。

## 得舍弟观书,自中都已达江陵。今兹暮春,月末行李合到夔州,悲喜相兼,团圆可待,赋诗即事,情见乎词

尔过[一]江陵府①,何时到峡州②。
乱离生有别,聚积病应瘳③。
飒飒开啼眼④,朝朝上水楼。

老身须付托,白骨更何忧。

〔一〕过:一作到。

① 江陵府:指湖北省荆州市。② 峡州:在今湖北宜昌一带。③ 瘳(chōu):病痊愈。④ 啼眼:泪眼。

## 喜观即到复题短篇二首

巫峡千山暗,终南万里春。
病中吾见弟,书到汝为人。
意答儿童①问,来经战伐新〔一〕。
泊船悲喜后,款款②话归秦③。

〔一〕新:一作尘。

① 儿童:指杜甫的两个儿子宗文、宗武。② 款款:缓慢的样子。③ 秦:指长安城。

待尔瞋①乌鹊,抛书示鹡鸰②。
枝间喜不去,原上急曾经。
江阁嫌津柳,风帆数驿亭。
应谕十年事,撚③绝始星星〔一〕。

〔一〕撚:赵作愁。

① 瞋(chēn):责怪、怒视。② 鹡鸰:比喻兄弟。③ 撚(niǎn):用手揉搓。

## 舍弟观归蓝田①迎新妇②送示两篇

汝去迎妻子,高秋③念却回。
即今萤已乱,好与雁同来。
东望西江永〔一〕,南游北户开。
卜居期静处,会有故人杯。

〔一〕永:旧作水,误。

① 蓝田:地名,在今陕西西安。② 新妇:指弟媳。③ 高秋:天高气爽的秋天。

楚塞①难为别〔一〕,蓝田莫滞留。
衣裳判〔二〕白露②,鞍马信清秋。
满峡重江水,开帆八月舟。
此时同一醉,应在仲宣楼③。

〔一〕别:一作路。 〔二〕判:平声。

① 楚塞:泛指楚地,今湖南、湖北一带。②"衣裳"句:衣服上沾染了秋天的露水。③ 仲宣楼:王粲字仲宣,为纪念王粲而建,位于襄阳城东南。

## 园

仲夏①流多水,清晨向小园。
碧溪摇艇阔,朱果烂枝繁。
始为江山静,终防市井喧。
畦蔬绕茅屋,自足媚盘飧②。

①仲夏：夏季分孟夏、仲夏、季夏，指夏季的中间月份。②媚盘飧（sūn）：满足用餐。

## 归

束带还骑马，东西却渡船。
林中才有地，峡外绝无天。
虚白①高人静，喧卑②俗累牵③。
他乡阅〔一〕迟暮，不敢废诗篇。
〔一〕阅：一作悦。

①虚白：心中纯净无欲。②喧卑：借指喧闹的人世间。③俗累牵：被俗世所拖累。

## 闻惠二过东溪特一送

惠子白驹①瘦，归溪唯病身。
皇天无老眼，空谷滞斯人。
崖蜜松花熟〔一〕，山杯竹叶新〔二〕。
柴门了无〔三〕事，黄绮②未称臣。
〔一〕熟：一作古，一作白。 〔二〕新：一作春。
〔三〕无：一作生。

①白驹：骏马，喻指贤人，此指代惠子。②黄绮：汉初商山四皓中之夏黄公、绮里季的合称，后指代贤能的隐士。

## 月三首

断续巫山雨,天河此夜新。
若无青嶂月,愁杀白头人。
魍魉移深树,虾蟆动〔一〕半轮。
故园当北斗,直想〔二〕照西秦。

〔一〕动:一作没。　〔二〕想:一作指。

并照巫山出,新窥楚水清。
羁栖愁里见,二十四回明。
必验升沉体①,如知进退情②。
不违银汉落,亦伴玉绳③横。

① 升沉体:指月亮。② 进退情:以月亮升起落下比喻人生浮沉。③ 玉绳:指天空陈列的群星。

万里瞿塘月,春来六上弦①。
时时开暗室,故故②满青天。
爽合风襟静,高当泪脸悬。
南飞有乌鹊,夜久落江边。

① 六上弦:代指时间之久。② 故故:屡次,常常。

## 晨雨

小雨晨光内,初来叶上闻。
雾交才洒地,风折〔一〕旋随云。

暂起柴荆色①,轻沾鸟兽群。

麝香山一半,亭午未全分。

〔一〕折:一作逆。

①"暂起"句:村舍因雨润而鲜明起来。紫荆,木门,代指房舍。

## 夜雨

小雨夜复密,回风吹早秋。

野凉侵闭户,江满带维舟①。

通籍②恨多病,为郎忝薄游③。

天寒出巫峡,醉别仲宣楼。

① 维舟:船只停靠。② 通籍:原指在竹片上写上自己的个人信息,挂在官门外,以备出入查对。后比喻做官。③ 薄游:为了微薄的俸禄而奔走于外。

## 更题

只应踏初雪,骑马发荆州。

直怕巫山雨,真伤白帝秋。

群公苍玉佩,天子翠云裘。

同舍晨趋侍,胡为淹此留〔一〕。

〔一〕淹此留:一作此滞留。

## 溪上

峡内淹留客,溪边四五家。
古苔〔一〕生迮〔二〕地①,秋竹隐疏花。
塞俗人无井,山田饭有沙。
西江使船至,时复问京华②。

〔一〕苔:一作苍。〔二〕迮:一作湿。

① 迮(zé)地:狭窄的地界。② 京华:指京城,长安城。

## 树间

岑寂①双柑树,婆娑②一院香。
交柯③低几杖,垂实碍衣裳。
满岁如松碧,同时待菊黄。
几回沾叶露,乘月坐胡床。

① 岑(cén)寂:寂寞冷清。② 婆娑(pó suō):指树枝摇曳的样子。③ 交柯:指树枝交错。

## 白露

白露团甘子,清晨散马蹄。
圃开连石树,船渡入江溪。

凭几看鱼乐，回鞭急鸟栖①。
渐知秋实美，幽径恐多蹊②。

① 急鸟栖：惊动栖息在树上的鸟。② 蹊：小路。

## 吾宗

吾宗老孙子，质朴古人风。
耕凿①安时论，衣冠与世同。
在家常早起，忧国愿年丰。
语及君臣际，经书满腹中。

① 耕凿：耕田凿井，泛指种地务农。

## 秋日寄题郑监湖上亭三首

碧草违春意，沅湘①万里秋。
池要山简②马，月静〔一〕庾公③楼。
磨灭余篇翰，平生一钓舟。
高唐寒浪减，仿佛识昭丘④。

〔一〕静：一作净。

① 沅湘：指沅河和湘河，均是湖南境内的大河。② 山简：山涛第五子山简，西晋名士。③ 庾公：指庾信。④ 昭丘：楚昭王的墓，在今湖北当阳。

新作湖边宅，还闻宾客过。
自须开竹径，谁道避云萝。
官序潘生①拙，才名贾傅②多。
舍舟应卜地，邻接意如何。

① 潘生：即潘安。② 贾傅：指贾谊。

暂阻蓬莱阁，终为江海人。
挥金应物理，拖玉岂吾身。
羹煮秋莼①滑，杯凝〔一〕露菊新。
赋诗分气象，佳句莫频频〔二〕。

〔一〕凝：一作迎。　〔二〕频频：一作辞频。

① 秋莼（chún）：秋天的莼菜，一种水生植物，深绿色，叶子可炖汤。

## 社日两篇

九农成德业，百祀发光辉。
报效神如在，馨香旧不违。
南翁巴曲①醉，北雁塞声微。
尚想东方朔②，诙谐割肉归。

① 巴曲：古代巴地的民谣。② 东方朔：汉武帝时大臣，滑稽多智，善于诙谐言词。

陈平亦分肉①，太史竟论功②。
今日江南老，他时渭北童。
欢娱看绝塞，涕泪落秋风。
鸳鹭回金阙，谁怜病峡中。

①"陈平"句：指陈平当初在里社时，祭肉分得十分公平。父老评价说陈平如果做了宰相也会如此公正。②"太史"句：指司马迁将陈平分肉事写入《史记》，称之为优点。

## 八月十五夜月二首

满目飞明镜，归心折大刀①。
转蓬行地远，攀桂仰天高。
水路疑霜雪，林栖见羽毛。
此时瞻白兔②，直欲数秋毫③。

①"归心"句：形容思乡心切，回家的心情如大刀一样割在心中。②白兔：代指月亮。③秋毫：秋天鸟兽的细毛。

稍下巫山峡，犹衔白帝城。
气沉全浦暗，轮仄①半楼明。
刁斗②皆催晓，蟾蜍且自倾〔一〕。
张弓倚残魄，不独汉家营。

〔一〕倾：一作情，非。

①轮仄：指倾斜的圆月。②刁斗：古代军用的一种器具，可以作炊具，也可以敲击巡更。

## 十六夜玩月

旧挹金波①爽，皆传玉露②秋。
关山随地阔，河汉近人流。
谷口樵归唱，孤城笛起愁。
巴童浑③不寐〔一〕，半夜有行舟。

〔一〕寐：钱笺本、玉句草堂本作寝。

① 金波：指月光。② 玉露：即白露，秋日的寒露。③ 浑：都。

## 十七夜对月

秋月仍圆夜，江村独老身。
卷帘还照客，倚杖更随人。
光射潜虬〔一〕动，明翻宿鸟频。
茅斋依橘柚，清切露华新。

〔一〕虬：同虬。

## 九月一日过孟十二仓曹十四主簿兄弟

藜杖侵寒露，蓬门起〔一〕曙烟①。
力稀经树歇，老困拨书眠。
秋觉追随尽，来因孝友偏。
清谈②见滋味，尔辈可忘年。

〔一〕起：一作启。

① 曙烟：拂晓时的烟霭。② 清谈：清雅的谈论，闲谈。

## 孟氏

孟氏好兄弟，养亲惟小园。
承颜①胼〔一〕②手足，坐客强盘飧。
负米夕〔二〕葵外，读书秋树根。
卜邻惭近舍，训子学谁〔三〕门。

〔一〕胼：一作胝。　〔二〕夕：一作寒。　〔三〕谁：一作先。

① 承颜：顺从长辈的脸色，侍奉长辈。② 胼（pián）：手脚因为长时间劳动而起厚茧子。

## 孟仓曹步趾领新酒酱二物满器见遗老夫

楚岸通秋屐①，胡床面夕畦。
籍糟②分汁滓，瓮酱落提携。
饭粝③添香味，朋来有醉泥。
理生那免俗，方法报山妻。

① 屐（jī）：木底鞋。② 籍糟：即"藉糟"，枕着酒槽。③ 饭粝（lì）：糙米饭。

## 送孟十二仓曹①赴东京选

君行别老亲,此去苦家贫。
藻镜②留连客,江山憔悴人。
秋风楚竹冷,夜雪巩梅春。
朝夕高堂③念,应宜彩服新。

① 仓曹:官职名,掌管地方府衙的禄米俸银、市场交易等事务。② 藻镜:品评和鉴别人才。③ 高堂:对父母的尊称。

## 凭孟仓曹将书觅土娄旧庄

平居丧乱后,不到洛阳岑①。
为历云山问,无辞荆棘②深。
北风黄叶下,南浦白头吟。
十载江湖客,茫茫迟暮心。

① 岑(cén):指小而高的山。② 荆棘:比喻生活的艰辛。

## 秋野五首

秋野日疏〔一〕芜①,寒江动碧虚②。
系舟蛮井络,卜宅楚村墟。

枣熟从人打,葵荒欲自锄。
盘飧老夫食,分〔二〕减及溪鱼。
〔一〕疏:一作荒。　〔二〕分:去声。

① 疏芜:萧索荒芜。② 碧虚:指碧空、蓝天。

易识浮生理①,难教一物违。
水深鱼极乐,林茂鸟知归。
衰老甘贫病,荣华有是非。
秋风吹几杖,不厌北山薇②。

① 浮生理:指生活的道理。② 北山薇:指周朝灭商后,商朝遗民伯夷、叔齐不食周粟,逃到首阳山,采薇菜而食。此处指隐居生活。

礼乐攻吾短,山林引兴长。
掉头纱帽仄,曝背竹书光。
风落收松子,天寒割蜜房。
稀疏小红翠,驻屐近微香。

远岸秋沙白,连山晚照红。
潜鳞输骇浪①,归翼②会高风。
砧响家家发,樵声个个同。
飞霜任青女,赐被隔南宫。

① 骇浪:汹涌的大浪。② 归翼:归来的飞鸟。

身许麒麟画①,年衰鸳鹭群②。

大江秋易盛,空峡夜多闻。
径隐千重石,帆留一片云。
儿童解蛮语,不必作参军。

① 麒麟画:指唐代麒麟阁上的功臣画像,比喻为朝廷建功立业。② 鸳鹭群:僚友,指和平凡的官员混为一同,毫无建树。

## 课<sup>①</sup>小竖<sup>②</sup>锄斫<sup>③</sup>舍北果林,枝蔓荒秽,净讫移床三首

病枕依茅栋<sup>④</sup>,荒钼净果林。
背堂资僻远,在野兴清深。
山雉<sup>⑤</sup>防求敌,江猿应独吟。
泄云高不去,隐几<sup>⑥</sup>亦无心。

① 课:要求。② 小竖:僮仆。③ 锄斫:用锄头削砍。④ 茅栋:指茅屋。⑤ 山雉:指山中的野鸡。⑥ 隐几:靠在几案上。

众壑生寒早,长林卷雾齐。
青虫悬就日,朱果落封泥。
薄俗<sup>①</sup>防人面,全身<sup>②</sup>学马蹄。
吟诗重回首,随意葛巾低。

① 薄俗:指世态炎凉、坏风气。② 全身:保全自身。

篱弱门何向,沙虚岸只摧。

日斜鱼更食,客散鸟还来。
寒水光难定,秋山响易哀。
天涯稍曛黑①,倚杖独〔一〕徘徊。
〔一〕独:一作更。

① 曛(xūn)黑:日暮天黑。

## 季秋苏五弟缨江楼夜宴崔十三评事、韦少府侄三首

峡险江惊急,楼高月迥明。
一时今夕会,万里故乡情。
星落黄姑渚,秋辞白帝城。
老人因酒病,坚坐看君倾。

明月生长好,浮云薄渐遮。
悠悠照远〔一〕塞,悄悄忆京华。
清动杯中物①,高随海上槎②。
不眠瞻白兔,百过落乌纱〔二〕。
〔一〕远:一作边。 〔二〕纱:仇改作鸦,非。

① 杯中物:指酒。② 海上槎(chá):海上飘动的木筏。

对月那无酒,登楼况有江。
听歌惊白鬓,笑舞拓秋窗。
樽蚁①添相续,沙鸥并一双。
尽怜君醉倒,更觉片心降。

① 樽蚁：指酒。

## 戏寄崔评事①表侄、苏五表弟、韦大少府诸侄

隐豹深愁雨，潜龙故起云。
泥多仍径曲，心醉沮贤群②。
忍待〔一〕江山丽，还披鲍谢③文。
高楼忆疏豁④，秋兴坐氤〔二〕氲。

〔一〕待：一作对。　〔二〕氤：一作氛。

① 评事：官职名，大理寺属员，参与刑狱。② 沮贤群：虽倾心诸贤士，因雨路泥泞迂回而受阻。沮(jǔ)：阻止。③ 鲍谢：指南朝诗人鲍照和谢朓。④ 疏豁：开朗明阔，指看风景。

## 季秋江村

乔木村墟古，疏篱野蔓悬。
素〔一〕琴将暇日，白首望霜天。
登俎①黄甘②重，支床锦石③圆。
远游虽寂寞，难见此山川。

〔一〕素：一作清。

① 俎(zǔ)：砧板。② 黄甘：即"黄柑"，柑橘的一种，外形大而浑圆。③ 锦石：生有美丽花纹的石头。

## 小园

由来巫峡水,本自楚人家。
客病留因药,春深买为花。
秋庭风落果,瀼岸雨颓沙①。
问俗营寒事②,将诗待物华。

①"瀼(ràng)岸"句:瀼水岸边,雨落沙滩。颓,下落。
②营寒事:预备过冬。

## 自瀼西荆扉且移居东屯茅屋四首

白盐危峤①北,赤甲古城东。
平地一川稳,高山四面同。
烟霜凄野日,粳稻②熟天风。
人事伤蓬转③,吾将守桂丛。

①危峤(qiáo):险峻的山。②粳(jīng)稻:泛指稻谷。
③伤蓬转:指因漂泊无定而伤忧。蓬转:蓬草随风飘飞,比喻人流离不定。

东屯复瀼西,一种住清溪。
来往皆〔一〕茅屋,淹留为稻畦。
市喧宜近利,林僻此无蹊。
若访衰翁语,须令剩客迷。

〔一〕皆:一作兼。

道北冯都使，高斋见一川。
子能渠细石，吾亦沼清泉。
枕带还相似，柴荆即有焉。
斫畬①应费日，解缆不知年。

① 斫畬（zhuó shē）：一种原始的耕种方式，将草木砍倒后烧成灰烬以充当肥料。

牢落①西江外，参差北户间。
久游巴子国，卧病楚人山。
幽独移佳境，清深隔远关。
寒空见鸳鹭，回首忆〔一〕朝班②。
〔一〕忆：一作想。

① 牢落：萧索寂寥。② 朝班：指在朝为官。

## 东屯北崦

盗贼浮生困，诛求异俗贫〔一〕。
空村唯见鸟，落日不〔二〕逢人。
步壑①风吹面，看松露滴身。
远山回白首，战地有黄尘。
〔一〕浮生，杜公自言平生为盗贼所困；异俗，谓所居巴蛮异俗之地，亦多贫民也。　〔二〕不：一作未。

① 步壑：在山谷中行走。

## 从驿次草堂复至东屯茅屋二首〔一〕

峡内归田客〔二〕,江边借马骑。
非寻戴安道①,似向习家池②。
山〔三〕险风烟僻〔四〕,天寒橘柚垂。
筑场看敛积,一学楚人为。

〔一〕茅屋:一无此二字。 〔二〕客:一作舍。
〔三〕山:一作地。〔四〕僻:一作合。

① 戴安道:即戴逵,东晋时名士,博才多学,终身不仕。此指隐居之路。② 习家池:位于湖北襄阳凤凰山南麓,是东汉初襄阳侯习郁的私家园林。

短景①难高卧,衰年强〔一〕此身。
山家②蒸栗暖,野饭射麋新。
世路知交薄,门庭畏客频。
牧童斯在眼,田父实为邻。

〔一〕强:去声。

① 短景:指暮年晚景。② 山家:山野人家。


## 暂往白帝复还东屯

复作归田去,犹残获稻功。
筑场怜穴蚁,拾穗许村童。
落杵光辉白①,除〔一〕芒②子粒红。
加餐可扶老,仓廪慰飘蓬。

〔一〕除：一作殊。

① "落杵"句：指舂米去壳露出白白的大米。② 除芒：去除穗外壳上的尖刺。

## 茅堂检校收稻二首

香稻三秋末，平田百顷间。
喜无多屋宇，幸不碍云山。
御袷①侵寒气，尝新破旅颜。
红鲜终日有，玉粒②未吾悭。

① 袷（jiá）：复衣，双层无絮之衣。② 玉粒：指大米粒。

稻米炊能白，秋葵①煮复新。
谁云滑易饱，老藉软俱匀。
种幸房州②熟，苗同伊阙③春。
无劳映渠碗，自有色如银。

① 秋葵：葵菜，一种绿色蔬菜。② 房州：在今湖北竹山。③ 伊阙：古地名，在今河南洛阳。

## 刈稻①了咏怀

稻获空云水，川平对石门。
寒风疏草木，旭〔一〕日散鸡豚②。

野哭初闻战,樵歌稍出村。

无家问消息,作客信乾坤。

〔一〕旭:一作晓。

① 刈(yì)稻:割稻子。② 豚(tún):泛指猪。

## 晚晴吴郎见过北舍

圃畦①新雨润,愧子废鉏②来。

竹杖交头挂,柴扉扫〔一〕径开。

欲栖群鸟乱,未去小童催。

明日重阳酒,相迎自酸醅③。

〔一〕扫:一作隔。

① 圃畦:种蔬菜、花果的园圃。② 鉏(chú):同"锄",此指耕地。③ 酸醅(pō pēi):重新酿造且未过滤的酒。

## 九日二首〔一〕

旧日重阳日,传杯不放杯。

即今蓬鬓改,但愧菊花开。

北阙心长恋,西江首独回。

茱萸〔二〕赐朝士,难得一枝来。

〔一〕第一首七律,第四首五排十二句,未抄;各本俱阙一首。　〔二〕茱萸：一作萸房。

旧与苏司业〔一〕，兼随郑广文〔二〕。
采花香泛泛，坐客醉纷纷。
野树欹还倚，秋砧醒却闻。
欢娱两冥漠〔三〕，西北有孤云。

〔一〕苏司业：源明。　〔二〕郑广文：虔。　〔三〕漠：一作寞。


## 秋峡

江涛万古峡，肺气久衰翁。
不寐防巴虎，全生狎①楚童。
衣裳垂素发，门巷落丹枫。
常怪商山老②，兼存翊赞③功。

① 狎（xiá）：亲近。② 商山老：即秦末的商山四皓，隐居不仕。③ 翊（yì）赞：辅佐。


## 秋清

高秋苏肺〔一〕气，白发自能梳。
药饵憎加减，门庭闷扫除。
杖藜还客拜，爱竹遣儿书①。

十月江平稳,轻舟进所如②。

〔一〕肺:一作病。

① 遗儿书:指喜爱竹子让儿子写咏竹诗。② 进所如:进发。如,到、往。

## 峡隘

闻说江陵府,云沙静〔一〕眇然①。
白鱼如切玉,朱橘不论钱。
水有远湖树,人今何处船。
青山各〔二〕在眼,却望峡中天。

〔一〕静:一作净。　〔二〕各:一作若。

## 晓望

白帝更声尽,阳台曙色分。
高峰寒〔一〕上日,叠岭宿霾〔二〕云①。
地坼②江帆隐,天清木叶闻。
荆扉对麋鹿,应共尔为群。

〔一〕寒:一作初。　〔二〕宿霾:一作未收。

① 霾云:指浓云。②"地坼"句:指帆船消失在水天相接的地方。坼(chè):裂开。

## 摇落

摇落巫山暮,寒江东北流。
烟尘多战鼓,风浪少行舟。
鹅费羲之墨①,貂余季子裘②。
长怀报明主,卧病复高秋。

①"鹅费"句:指东晋书法家王羲之喜爱鹅,曾经以自己手书的《黄庭经》与人换鹅。②季子裘:指战国时苏秦入秦求取仕途,资财耗尽而返家,黑貂裘衣破旧。后以"季子裘"指人奔波劳碌,处境困顿。


## 日暮

牛羊下来久〔一〕,各已闭柴门。
风月自清夜,江山非故园。
石泉流暗壁①,草露滴秋根〔二〕。
头白灯明里,何须花烬②繁。
〔一〕久:一作夕。　〔二〕根:一作原。

①暗壁:天暗后阴影下的石壁。②花烬:指灯花。


## 耳聋

生年鹖冠子①,叹世鹿皮翁②。
眼复几时暗,耳从前月聋。

猿鸣秋泪缺,雀噪晚愁空。
黄落惊山树,呼儿问朔风③。

① 鹖(hé)冠子:战国时期楚国人,终生不仕,著书立说,以大隐著称。② 鹿皮翁:亦称"鹿皮公",传说中的仙人。③ 朔风:北风,寒风。

## 大历二年九月三十日

为客无时了,悲秋向夕终。
瘴余夔子国①,霜薄楚王宫。
草敌虚岚翠,花禁冷叶〔一〕红。
年年小摇落,不与故园同。

〔一〕叶:一作蕊。

① 夔子国:指夔国,为楚国国君熊绎的六世孙熊挚的后代所建立,故地在今湖北秭归。

## 十月一日

有瘴非全歇,为冬亦不难。
夜郎①溪日暖,白帝峡风寒。
蒸裹如千室,焦糖〔一〕幸一柈②。
兹辰南国重,旧俗自相欢。

〔一〕糖：一作糟。

① 夜郎：即夜郎国，汉代时位于我国西南地区的夷族部落建立的政权，在今贵州、重庆一带。② 柈（pán）：同"盘"。

## 孟冬

殊俗还多事，方冬变所为。
破甘〔一〕霜落爪①，尝稻雪翻匙。
巫峡寒都薄，黔溪瘴远随。
终然减滩濑，暂喜息蛟螭。

〔一〕甘：同柑。

① 落爪：即树枝叶凋落。

## 独坐二首

竟日雨冥冥①，双崖洗更清。
水花寒落岸，山鸟暮过庭。
暖老思〔一〕燕玉，充饥忆楚萍。
胡笳在楼上，哀怨不堪听。

〔一〕思：一作须。

① 冥冥：形容雨天昏暗。

白狗斜临北[一]，黄牛更在东。

峡云常照夜，江月会兼风。

晒药安垂老，应门①试小童。

亦知行不逮②，苦恨耳多聋。

〔一〕钱笺：《水经注》：乡口溪，源出归乡县东南数百里，西北入县，径狗峡西。峡崖龛中，石隐起有狗形，形状具足，故以狗名峡。《舆地纪胜》：白狗峡，在秭归县东三十里。

① 应门：指照看门户。② 行不逮：走路赶不上。泛指达不到目的。逮，达到。

## 闷

瘴疠浮三蜀，风云暗百蛮①。

卷帘唯白水，隐几亦青山。

猿捷长难见，鸥轻故不还。

无钱从滞客②，有镜巧催颜。

① 百蛮：古代中国西南少数民族的总称，此指杜甫居住的川渝一带。② 滞客：流离而不得归之人。

## 反照

反照开巫峡，寒空半有无。

已低鱼复暗，不尽白盐孤。

荻①岸如秋水,松门似画图。
牛羊识僮仆②,既夕应传呼。

① 荻(dí):外形似芦苇的水生植物。② 僮仆:此指放牧的人。

## 向夕

畎亩①孤城外,江村乱水中。
深山催短景②,乔木易高风。
鹤下云汀③近,鸡栖草屋同。
琴书散明烛,长夜始堪终。

① 畎(quǎn)亩:田地,田间。② 短景:日暮黄昏。③ 云汀(tīng):云雾弥漫的小洲。

## 晚

杖藜寻巷晚,炙背①近墙暄。
人见幽居僻,吾知拙养尊。
朝廷问府主,耕稼学山村。
归翼飞栖定,寒灯亦闭门。

① 炙(zhì)背:指夕阳照在后背上。

## 暝

日下四山阴,山庭岚气①侵。
牛羊归径险,鸟雀聚枝深。
正枕当星剑②,收书动玉琴。
半扉开烛影,欲掩见清砧③。

① 岚气:山林中的雾气。② 星剑:指宝剑。③ 清砧(zhēn):捣衣石。

## 夜

绝岸①风威动,寒房烛影微。
岭猿霜外宿,江鸟夜深飞。
独立〔一〕亲雄剑,哀歌叹短衣。
烟尘绕阊阖②,白首壮心违。

〔一〕立:一作坐。

① 绝岸:陡峭的江岸。② 阊阖(chāng hé):宫门,此指京城。

## 云

龙以〔一〕瞿塘①会,江依白帝深。
终年常起峡,每夜必通林。

收获辞霜渚,分明在夕岑②。

高斋非一处,秀气豁烦襟。

〔一〕以:一作自。

① 瞿塘:指瞿塘峡,西起重庆奉节白帝城,东至巫山大溪。② 夕岑:指落日映照下的山峦。

## 雷

巫峡中宵动,沧江十月雷。

龙蛇不成蛰①,天地划争回。

却碾空山过,深蟠绝壁来。

何须妒云雨,霹雳楚王台。

① 蛰(zhé):冬天时动物躲藏起来冬眠。

## 朝二首

清旭①楚宫南,霜空万岭含。

野人时独往,云木晓相参。

俊鹘②无声过,饥乌下食贪。

病身终不动〔一〕,摇落任江潭。

〔一〕终不动者,谓鹘与乌皆以晨而动,万物皆静极而动,惟己因病终不动也。

① 清旭：晴朗的朝晖。② 鹘（gǔ）：鸷鸟，一种小型猛禽。

浦帆〔一〕①晨初发，郊扉冷未开。
林疏黄叶坠，野静白鸥来。
础②润休全湿，云晴欲半回。
巫山冬可怪，昨夜有奔雷。

〔一〕帆：音泛。

① 浦帆：水边的帆船。② 础：柱脚石。

## 夜二首

白〔一〕夜月休弦，灯花半委眠①。
号山无定鹿，落树有惊蝉。
暂忆江东鲙，兼怀雪下船②。
蛮歌犯星起，空觉在天边。

〔一〕白：一作向。

① 委眠：指灯一直亮着不熄灭。② 雪下船：指晋王徽之雪夜乘船访戴安道的故事。

城郭悲笳暮，村墟过翼①稀。
甲兵②年数久，赋敛夜深归。
暗树依岩落，明河绕塞微。
斗斜人更望，月细鹊休飞。

① 过翼：指飞过的鸟。② 甲兵：指战争。

## 戏作俳谐体遣闷二首

异俗吁可怪,斯人难并居。
家家养乌鬼[一]①,顿顿食黄鱼。
旧识能为态,新知已暗疏②。
治生且耕凿,只有不关渠。

〔一〕钱笺:邵伯温《闻见录》:夔峡之人,岁正月十百为曹,设牲酒于田间,已而众操兵大噪,谓之养乌鬼。养,去声。长老言,地近乌蛮战场,多与人为厉,用以禳之。沈存中疑少陵诗所自也。疏诗者,乃以鸬鹚别名乌鬼。予往来夔峡间,问其人,如存中之言,鸬鹚亦无别名。《蔡宽夫诗话》云:元微之《江陵》诗:"病赛乌称鬼,巫占瓦代龟。"注云:"南人染病,则赛乌鬼。楚巫列肆,悉卖龟卜。"则乌鬼之名,自见于此。巴楚间,常有杀人祭鬼者,曰乌野七头神,则乌鬼乃所事神名尔。鸬鹚决非乌鬼,当从原注也。《演繁露》:元微之尝投简阳明洞,有诗云:"乡味犹珍蛤,家神爱事乌。"乃知唐俗真有乌鬼也。

① 乌鬼:古代川地民间供奉的神名。② 暗疏:陌生,疏远。

西历青羌坂,南留白帝城。
於菟①侵客恨,粔籹②作人情。
瓦卜③传神语,畬田费火耕。
是非何处定,高枕笑浮生[一]。

〔一〕自注:顷岁自秦涉陇,从同谷县出游蜀,留滞于巫山也。

① 於菟(wū tú):古代楚人称老虎为"於菟"。② 粔籹(jù nǔ):古代一种面食,以蜜和米面,搓成细条,组之成束,扭作环形,用油煎熟。③ 瓦卜:古代一种占卜方法。击瓦观其纹理,分拆以测定吉凶。

## 谒真谛寺禅师

兰若山高处,烟霞嶂〔一〕几重。
冻泉依细石,晴雪落长松。
问法看诗妄,观身向酒慵。
未能割妻子,卜宅近前峰。

〔一〕嶂:一作障。


## 奉送卿二翁统节度镇军还江陵

火旗①还锦缆,白马出江城。
嘹唳②吟〔一〕笳发,萧条别浦清。
寒空巫峡曙,落日渭阳情〔二〕。
留滞嗟衰疾,何时见息兵。

〔一〕吟:一作鸣。 〔二〕情:一作明。

① 火旗:指颜色鲜艳的红旗。② 嘹唳:形容声音凄清响亮。


## 送田四弟将军将夔州,柏中丞命起居江陵节度使阳城郡王卫公幕

离筵罢多酒,起柁①发寒塘〔一〕。
回首中丞座,驰笺异姓王。

燕辞枫树日,雁度麦城霜。
定醉山翁酒,遥怜似葛强②。

〔一〕柁:旧作地。

① 起柁(tuó):即起舵、开船。② 葛强:西晋山简的爱将。后指跟随的郭将。

## 玉腕骝〔一〕①

闻说荆南马,尚书玉腕骝。
骖驔②飘赤汗,跼蹐③顾长楸。
胡虏三年入,乾坤一战收。
举鞭如有问,欲伴习池游。

〔一〕原注:江陵节度卫公马也。

① 骝(liú):黑鬃黑尾巴的红马。② 骖驔(cān diàn):指马快速奔跑。③ 跼蹐(jú jí):指停滞、滞留不前。

## 题柏大兄弟山居屋壁二首

叔父朱门贵,郎君①玉树②高。
山居精典籍,文雅涉风骚。
江汉终吾老,云林得尔曹。
哀弦绕白雪,未与俗人操。

① 郎君：对富贵人家子弟的称呼。② 玉树：形容男子俊秀。

野屋流寒水，山篱带薄云。
静应连虎穴，喧已去人群。
笔架沾窗雨，书签映隙曛。
萧萧千里足，个个五花文①。

① 五花文：唐代将马匹的鬃毛剪成花瓣的形状，三瓣的为三花马，五瓣的为五花马，后成为骏马的代称。

## 白帝楼

漠漠虚无里，连连睥睨①侵。
楼光去日远，峡影入江深。
腊破思端绮②，春归待一金。
去年梅柳意，还欲搅边心。

① 睥睨（pì nì）：城墙上的矮墙，女墙。② 端绮：一端绮，一匹丝织品。这里指准备行装。

## 白帝城楼

江度寒山阁，城高绝塞楼。
翠屏①宜晚对，白谷会深游。

急急能鸣雁,轻轻不下鸥。
夷陵②春色起,渐拟放扁舟。

① 翠屏:翠绿山岩。② 夷陵:地名,在今湖北宜昌市东。

## 有叹

壮心久零落,白首寄人间。
天下兵常斗,江东客未还。
穷猿号雨雪,老马怯〔一〕关山。
武德①开元②际,苍生岂重攀。

〔一〕怯:一作泣。

① 武德(618—626):唐高祖李渊在位时的年号。② 开元(713—741):唐玄宗李隆基的第一个年号。

## 江涨〔一〕

江发蛮夷涨,山添雨雪流。
大声吹地转,高浪蹴天浮。
鱼鳖为人得,蛟龙不自谋。
轻帆好去便,吾道付沧洲。

〔一〕自此以上,皆寓居夔州、云安之诗。

## 人日[一]①

元日到人日，未有不阴时。
冰雪莺难至，春寒花较迟。
云随白水落，风振紫山悲。
蓬鬓稀疏久，无劳比素丝②。

〔一〕本题有二首，下一首抄入七律中。　○此下皆自夔州出峡至江陵及湖南之诗。

① 人日：中国的传统节日，每年的正月初七，相传女娲在第七日造出人类，所以被称为"人的生日"。② 素丝：指白发。

## 巫山县汾州①唐使君十八弟宴别兼诸公携酒乐相送率题小诗留于屋壁

卧病巴东久，今年强作归。
故人犹远谪，兹日倍多违。
接宴身兼杖，听歌泪满衣。
诸公不相弃，拥别借光辉。

① 汾州：即在今山西汾阳。

## 远游

江阔浮高栋[一]，云长出断山。
尘沙连越巂①，风雨暗荆蛮。

雁矫衔芦内,猿啼失木间。
敝裘苏季子②,历国未知还。
〔一〕栋:一作冻。

① 越巂(suǐ):即越巂郡,故郡名,辖域相当于今天的云南南部和西部一带。②"敝裘"句:指苏秦入秦求仕的典故。

## 归雁

闻道今春雁,南归自广州。
见花辞涨海,避雪到罗浮。
是物关兵气,何时免客愁。
年年霜露隔,不过五湖秋。

## 春夜峡州田侍御长史津亭留宴得筵字

北斗三更席,西江万里船。
杖藜登水榭①,挥翰②宿春天。
白发烦多酒,明星惜此筵。
始知云雨峡,忽尽下牢边。

① 水榭(xiè):建在水面上的亭台。② 挥翰:挥笔写文章。

## 泊松滋江①亭

纱帽随鸥鸟,扁舟系此亭。
江湖深更白,松竹远微〔一〕青。
一柱②全应近,高唐③莫再经。
今宵南极外,甘作老人星。

〔一〕微:一作还。

① 松滋江:即松滋河,又名马峪河,为荆江河段分泄江流的主要河道之一,主要流经湖南、湖北两省。② 一柱:即一柱观。③ 高唐:古观名,战国时楚国所建,在云梦泽中。

## 乘雨入行军六弟宅

曙角①凌云乱〔一〕,春城带雨长。
水花分堑弱,巢燕得泥忙。
令弟雄军佐,凡才污省郎。
萍漂忍流涕,衰飒近中堂。

〔一〕乱:旧作罢。

① 曙角:拂晓的号角声。

## 上巳日①徐司录林园宴集

鬓毛垂领白,花蕊亚枝红。
欹倒衰年废,招寻令节同。

薄[一]衣临积水，吹面受和风。
有喜留攀桂②，无劳问转蓬。

〔一〕薄：一作荡。

① 上巳（sì）日：中国传统节日，在每年三月初三，人们在这一天集会、洗浴、祭祀。② 攀桂：即科举中第。


## 宴胡侍御书堂[一]

江湖春欲暮，墙宇日犹微。
暗暗书籍满，轻轻花絮飞。
翰林名有素①，墨客兴无违。
今夜文星动，吾侪②醉不归。

〔一〕自注：李尚书之芳、郑秘监审同集。

① 名有素：指向来有名声。② 吾侪（chái）：我们这帮人。


## 和江陵宋大少府暮春雨后同诸公及舍弟宴书斋

渥洼汗血种①，天上麒麟儿。
才士得神秀，书斋闻尔为。
棣华②晴雨好，彩服暮春宜。
朋酒日欢会，老夫今始知。

①"渥洼"句：以宝马夸人，谓人才难得。渥洼（wò wā）：

水名,在今甘肃省敦煌市阳关镇,相传是产神马的地方。汗血种:汗血宝马。②棣(dì)华:泛指兄弟。

## 暮春陪李尚书李中丞过郑监湖亭泛舟得过字

海内文章伯①,湖边意绪多。
玉樽移晚兴,桂楫②带酬歌。
春日繁鱼鸟,江天足芰荷。
郑庄宾客地,衰白远来过。

①文章伯:对文章大家的尊称。②桂楫:桂木船桨,泛指船。

## 夏日杨长宁宅送崔侍御常正字入京得深字

醉酒扬雄宅①,升堂子贱②琴。
不堪垂老鬓,还对欲分襟。
天地西江远,晨辰北斗深。
乌台俯麟阁,长夏白头吟。

①"醉酒"句:扬雄,西汉辞赋家,家贫而嗜酒,有好事者就载酒从其家门经过。②子贱:即宓(Fú)子贱,春秋时鲁国人,孔子的得意门生。

## 江边星月二首

骤雨清秋夜,金波耿①玉绳②。
天河元自白,江浦〔一〕向来澄。
映物连珠断,缘空一镜升。
余光隐更漏,况乃露华凝。

〔一〕浦:一作渚。

① 耿:照亮。② 玉绳:指天空中的群星。

江月辞风槛〔一〕,江星别雾船。
鸡鸣还曙色,鹭浴自晴川①。
历历竟谁种,悠悠何处圆。
客愁殊未已,他夕始相鲜。

〔一〕槛:一作缆。

① 晴川:指晴天下的江面。

## 舟月对驿近寺

更深不假烛①,月朗自明船。
金刹青枫外,朱楼白水边。
城乌啼眇眇②,野鹭宿娟娟。
皓首江湖客,钩帘独未眠。

①"更深"句:夜深不用烛火照明。②"城乌"句:指乌啼声孤单无依,更显得清寂。

## 舟中

风餐江柳下,雨卧驿楼边。
结缆排鱼网,连樯①并米船。
今朝云细薄,昨夜月清圆。
飘泊南庭老,只应学水仙。

① 连樯(qiáng):樯杆相连,形容船只多。

## 江汉

江汉思归客,乾坤一腐儒①。
片云天共远,永夜月同孤。
落日心犹壮,秋风病欲苏〔一〕②。
古来存老马,不必取长途。
〔一〕苏:一作疏。

① 腐儒:迂腐的儒生,此是作者自贬。② 苏:康复。

## 地隅

江汉山重阻,风云地一隅。
年年非故物,处处是穷途。

丧乱秦公子①,悲凉〔一〕楚大夫②。

平生心已折,行路日荒芜。

〔一〕凉:一作秋。

① 秦公子:指东汉末年文学家王粲,南朝宋谢灵运称"家本秦川,贵公子孙"。② 楚大夫:即屈原。

## 移居公安山馆

南国昼多雾,北风天正寒。

路危行木杪①,身迥〔一〕宿云端。

山鬼吹灯灭,厨人语夜阑。

鸡鸣问前馆,世乱敢求安。

〔一〕迥:一作远。

① 木杪(miǎo):即树梢。

## 重题〔一〕

涕洒不能收,哭君余白头。

儿童相识尽,宇宙此生浮。

江雨铭旌湿,湖风井径秋。

还瞻魏太子①,宾客减应刘〔二〕②。

〔一〕前有《哭李尚书之芳》一首,五排十韵。此曰《重题》,

亦仍吊李也。　　〔二〕原注：李公历礼部尚书，薨于太子宾客。

① 魏太子：指魏文帝曹丕。② 应刘：汉末建安时期文学家应玚（yáng）、刘桢（zhēn）的并称。

## 哭李常侍峄二首

一代风流尽，修文①地下深。
斯人不重见，将老失知音。
短日行梅岭②，寒山〔一〕落桂林。
长安若个伴〔二〕，犹想映貂金③。
〔一〕山：一作江。　　〔二〕伴：一作畔。

① 修文：即修文郎。指文人之死。② 梅岭：即大庾岭，"五岭"之一，位于江西、广东两省的交界处。③ 貂金：貂尾和金蝉，是常侍的官饰，此指代李常侍。

青琐①陪双入，铜梁②阻一辞。
风尘逢我地，江汉哭君时。
次第寻书札，呼儿检赠诗。
发挥王子表，不愧史臣词〔一〕。
〔一〕黄鹤注：常侍当是卒于岭南，归葬长安，公逢于江汉间而哭之也。

① 青琐：古代皇宫门窗的装饰性青色连环花纹，此借指宫廷。② 铜梁：地名，即今重庆铜梁，此指杜甫所在的地方。

## 官亭夕坐戏简颜十少府

南国调寒杵①，西江浸日车②。
客愁连蟋蟀，亭古带蒹葭。
不返青丝鞚③，虚烧夜烛花。
老翁须地主，细细酌流霞。

① 寒杵：寒秋时的捣衣声。② 日车：太阳。③ 青丝鞚（kòng）：指青色丝绳的马络头。

## 公安县①怀古

野旷吕蒙营〔一〕，江深刘备城〔二〕。
寒天催日短，风浪与云平。
洒落君臣契，飞腾战伐名。
维舟倚前浦，长啸一含情。

〔一〕钱笺：《寰宇记》：公安县有屏陵城。《十三州志》曰：吴大帝封吕蒙为屏陵侯，即此地也。《入蜀记》：光孝寺后，有废城仿佛尚存，《图经》谓之吕蒙城。　〔二〕钱笺：《荆州记》云：刘备败于襄阳，南奔荆州，吴大帝推为左将军荆州牧，镇油口，即居此城。时人号备为左公，故名其城公安也。《水经注》：刘备之奔江陵，使筑而镇之，曹公闻孙权以荆州借备，临书落笔。

① 公安县：今隶属于湖北荆州。

## 宴王使君宅题二首

汉主追韩信①,苍生起谢安②。
吾徒自漂泊,世事各艰难。
逆旅③招要近,他乡思〔一〕绪宽。
不才甘朽质,高卧岂泥蟠④。

〔一〕思:一作意。 ○首二句,谓韩信被追之际,谢安未起之日,皆泥蟠而未大展其才之时也,若吾徒,则自漂泊耳,自逆旅耳,自朽质耳,岂复泥蟠者比,尚有飞腾变化之时乎?

①"汉主"句:指萧何月下追韩信。韩信在刘邦帐下得不到重用,在夜里逃走,萧何追回,把韩信举荐给刘邦,拜为大将军。②"苍生"句:指谢安从东山被朝廷启用,主持抵抗前秦的入侵。③逆旅:客舍。④泥蟠:比喻处在困厄之中。

泛爱容霜鬓,留欢卜夜阑〔一〕。
自吟诗送老,相对酒开颜。
戎马今何地,乡园独旧〔二〕山。
江湖堕清月,酩酊任扶还。

〔一〕阑:一作间。 〔二〕旧:一作在。

## 公安送李二十九弟晋肃入蜀余下沔鄂①

正解柴桑②缆,仍看蜀道行。
樯乌③相背发,塞雁一行鸣。
南纪连铜柱,西江接锦城。
凭将百钱卜,漂泊问君平。

① 沔（miǎn）鄂：即沔州和鄂州，今分别在湖北武汉汉阳和武昌两区。② 柴桑：古县名，在今江西九江。③ 樯乌：樯杆上的乌形风向仪。

## 久客

羁旅知交态，淹留见俗情。
衰颜聊自哂，小吏最相轻。
去国哀王粲，伤时哭贾生。
狐狸何足道，豺虎正纵横。

## 冬深〔一〕

花叶惟〔二〕天意，江溪共石根。
早霞随类影，寒水各依痕。
易下杨朱泪，难招楚客魂。
风涛暮不稳，舍棹宿谁门？

〔一〕一作即目。　〔二〕惟：从仇本，旧作随。

## 泊岳阳城下

江国逾千里，山城近〔一〕百层。
岸风翻夕浪，舟雪洒寒灯。

留滞才难尽,艰危气益增。
图南未可料,变化有鲲鹏①。

〔一〕近:一作仅。

① 鹍(kūn)鹏:即"鲲鹏",传说中巨大无比的鸟。

## 缆船苦风戏题四韵奉简郑十三判官泛

楚岸朔风疾,天寒鸧鸹①呼。
涨沙霾草树,舞雪渡江湖。
吹帽时时落,维舟日日孤。
因声置驿外,为觅酒家垆②。

① 鸧鸹(cāng guā):一种外形似鹤的水鸟,羽毛呈苍青色。
② 酒家垆(lú):指酒店。

## 登岳阳楼

昔闻洞庭水,今上岳阳楼。
吴楚东南坼①,乾坤②日夜浮。
亲朋无一字③,老病有孤舟。
戎马关山北,凭轩涕泗流④。

① 坼(chè):分裂。② 乾坤:指太阳,月亮。③ 无一字:没有书信往来。④ 涕泗流:眼泪鼻涕流下。形容极度的悲伤。

## 陪裴使君登岳阳楼

湖阔兼云雾,楼孤属晚晴。
礼加徐孺子①,诗接谢宣城②。
雪岸丛梅发,春泥百草生。
敢违渔父问,从此更南征。

① 徐孺子:指徐稚,字孺子,东汉时著名隐士,博才多识。
② 谢宣城:即谢朓。

## 登白马潭①

水生春缆没,日出野船开。
宿鸟行犹去,丛花笑不来。
人人伤白首,处处接金杯。
莫道新知要,南征且未回。

① 白马潭:在今湖北岳阳境内。

## 南征

春岸桃花水,云帆枫树林。
偷生长避地,适远更沾襟①。
老病南征日,君恩北望心。

百年歌自苦,未见有知音。

① 沾襟:伤心流泪。

## 归梦

道路时通塞,江山日寂寥。
偷生唯一老,伐叛已三朝①。
雨急青枫暮,云深黑水遥。
梦归归未得,不用楚辞招②。

① 已三朝:指安史之乱已经历经玄宗、肃宗、代宗三朝。② 楚辞招:指《楚辞》中的《招魂》。

## 宿青草湖①

洞庭犹在目,青草续为名。
宿桨②依农事,邮签③报水程。
寒冰争倚薄④,云月递微明。
湖雁双双起,人来故北征。

① 青草湖:在洞庭湖的东南部,又叫巴丘湖。② 宿桨:停靠船只。③ 邮签:驿船夜间报时的漏筹。④ 薄:迫近。

## 宿白沙驿〔一〕

水宿仍余照,人烟复此亭。
驿边沙旧白,湖外草新青。
万象皆春气,孤槎①自客星。
随波无限月〔二〕,的的近南溟②。

〔一〕原注:初过湖南五里。 〔二〕月:一作景。

①孤槎(chá):浮槎,传说中海天之间的木筏。②溟(míng):大海。

## 湘夫人祠

肃肃湘妃庙,空墙碧水春。
虫书玉佩藓,燕舞翠帷尘。
晚泊登汀树,微馨借〔一〕渚蘋。
苍梧恨不尽,染泪在丛筠①。

〔一〕馨借:一作香惜。

①"染泪"句:相传舜帝在巡游湘江时死去,舜帝的两个妃子娥皇、女英痛哭不已,泪水染在竹子上形成斑竹。丛筠(yún):指竹丛。

## 祠南夕望

百丈牵江色,孤舟泛日斜。
兴来犹杖屦①,目断更云沙。

山鬼迷春竹,湘娥倚暮花。
湖南清绝地,万古一长嗟。

① 杖屦:拄着拐杖漫步。

## 野望

纳纳乾坤大,行行郡国遥。
云山兼五岭,风壤带三苗①。
野树侵江阔,春蒲长雪消。
扁舟空老去,无补圣明朝。

① 三苗:古部落,在今湖南岳阳、湖北武昌、江西九江一带。

## 发潭州①

夜醉长沙酒,晓行湘水春。
岸花飞送客,樯燕语留人。
贾傅②才何〔一〕有,褚公③书绝伦。
高名前后事,回首一伤神〔二〕。
〔一〕何:一作未,非。 〔二〕原注:褚公永徽末放此州。

① 潭州:今湖南长沙。② 贾傅:指贾谊,曾担任长沙王太傅。③ 褚(chǔ)公:指褚遂良,唐太宗、高宗时宰相、书法家。

## 双枫浦

辍棹①青枫浦,双枫旧已摧。
自惊衰谢力,不道栋梁材。
浪足浮纱帽,皮须截锦苔。
江边地有主,暂借上天回。

① 辍棹:停船。


## 入乔口〔一〕

漠漠旧京远,迟迟归路赊。
残年傍水国,落日对春华。
树密早蜂乱,江泥轻燕斜。
贾生骨已朽,凄恻近长沙。

〔一〕原注:长沙北界。


## 铜官渚①守风②

不夜楚帆落,避风湘渚间。
水耕先浸草,春火更烧山。
早泊云物晦,逆行波浪悭。
飞来双白鹤,过去杳难攀。

① 铜官渚:位于湘江的一个渡口,靠近湖南长沙。②守风:指等待大风过去。

## 衡州①送李大夫七丈勉赴广州

斧钺②下青冥,楼船过洞庭。
北风随爽气,南斗避文星。
日月笼中鸟,乾坤水上萍。
王孙丈人行,垂老见飘零。

① 衡州:即今湖南衡阳。② 斧钺:指军队护卫。

## 江阁对雨有怀行营裴二端公

南纪〔一〕风涛壮,阴晴屡不分。
野流行地日,江入度山云。
层阁凭雷殷,长空面水文〔二〕。
雨来铜柱北,应〔三〕洗伏波军。

〔一〕纪:一作极。 〔二〕文:一作纹。 〔三〕应:一作竟。

## 江阁卧病走笔寄呈崔卢两侍御

客子庖厨薄,江楼枕席清。
衰年病只瘦,长夏想为情。
滑忆〔一〕雕胡饭①,香闻锦带羹。

溜匙兼暖腹，谁欲致杯罂②。

〔一〕忆：一作喜。

① 雕胡饭：指菰米煮出的饭。② 杯罂（yīng）：指盛酒的器物。


## 潭州送韦员外迢牧韶州①

炎海韶州牧，风流汉署郎。
分符②先令望，同舍有辉光。
白首多年疾，秋天昨夜凉。
洞庭无过雁，书疏莫相忘。

① 韶州：即今广东省韶关市。② 分符：指剖符，皇帝授予官职，赋予符节的一半作为凭证。


## 酬韦韶州见寄

养拙江湖外，朝廷记忆疏。
深惭长者辙，重得故人书。
白发丝难理，新诗锦不如。
虽无南去雁①，看取北来鱼②。

① 南去雁：鸿雁传书，指寄给韦迢的书信。② 北来鱼：语出汉乐府诗《饮马长城窟行》"客从远方来，遗我双鲤鱼"。代指书信。

## 楼上

天地空搔首①,频抽白玉簪。
皇舆②三极北,身事五湖南。
恋阙③劳肝肺,论〔一〕材愧杞楠④。
乱离难自救,终是老湘潭。

〔一〕论:一作抡。

① 搔首:指挠头,表示有所思虑。② 皇舆:皇帝的车架,代指国君。③ 恋阙:想念朝廷。④ 杞楠(qǐ nán):杞木和楠木,都是上好的木材,借指良才。

## 晚秋长沙蔡五侍御饮筵送殷六参军归澧州①觐省

佳士欣相识,慈颜望远游。
甘从投辖②饮,肯作置〔一〕书邮③。
高鸟黄云暮,寒蝉碧树秋。
湖南冬不雪,吾病得淹留。

〔一〕置:当作致。

① 澧(lǐ)州:即今湖南常德澧县。② 投辖:指汉代的陈遵为了挽留客人,把客人的车辖取下投入井中,后比喻主人热情好客,殷勤留客。③ 书邮:传送信件的人。

## 北风

北风破南极,朱凤日威垂。
洞庭秋欲雪,鸿雁将安归。
十年杀气盛,六合人烟稀。
吾慕汉初老,时清犹茹①芝。

① 茹(rú):吃,食用。

## 舟中夜雪有怀卢十四侍御弟

朔风吹桂水①,朔〔一〕雪夜纷纷。
暗渡南楼月,寒深北渚云。
烛斜初近见,舟重竟无闻。
不识山阴道②,听鸡更忆君。

〔一〕朔:一作大。

① 桂水:指湘水。② 山阴道:引用东晋时王子猷访戴逵的典故,王子猷居山阴时,某日雪夜突然思念戴逵,便乘小船前往,等到快到戴家门时,又令人折返。后世借此事表达对友人的怀念或惜别之情。

## 对雪

北雪犯长沙,胡云冷万家。
随风且间〔一〕叶,带雨不成花。

金错①囊垂〔二〕罄，银壶酒易赊。

无人竭浮蚁②，有待至昏鸦。

〔一〕间：一作开。　　〔二〕垂：一作从。

①金错：在器物上用黄金涂饰或镶嵌文字、花纹。②浮蚁：酒。

## 归雁二首

万里衡阳雁①，今年又北归。

双双瞻客上，一一②背人飞。

云里相呼疾，沙边自宿稀。

系书元浪语③，愁绝〔一〕故山薇④。

〔一〕绝：一作寂。

①衡阳雁：大雁秋天南飞，传说不过湖南衡山，到衡阳而止，故称。②一一：形容大雁飞行时的队形。③浪语：妄说。④故山薇：化用伯夷、叔齐隐居首阳山、采薇而食的典故。

欲雪违胡地①，先花别楚云②。

却过清渭影，高起洞庭群。

塞北春阴暮，江南日色曛。

伤弓③流落羽，行断不堪闻。

①违胡地：离开北方。②"先花"句：指大雁春来花开前飞往北方。③伤弓：指惊弓之鸟，受过箭伤的鸟。

## 送赵十七明府①之县

连城为宝重,茂宰②得才新。
山雉迎舟楫,江花报邑人。
论交翻恨晚,卧病却愁春。
惠爱南翁悦,余波及老身。

①明府:对地方州县长官的尊称。②茂宰:对县官的尊称。

## 奉酬寇十侍御锡见寄四韵复寄寇

往别郇瑕地①,于今四十年。
来簪御府笔,故泊洞庭船。
诗忆伤心处,春深把臂前。
南瞻按百越,黄帽②待君偏。

①郇瑕(huán xiá)地:泛指山西临猗一带晋国故地。②黄帽:船夫,代指船。

## 暮秋将归秦留别湖南亲友

水阔苍梧野〔一〕,天高白帝秋。
途穷那免哭①,身老不禁愁。

大府才能会，诸公德业优。
北归冲雨雪，谁悯敝貂裘。

〔一〕野：一作晚。

①"途穷"句：指阮籍哭穷途的典故。阮籍爱驾车出行，行到不能前进的地方就大哭而回。

卷二十

# 杜工部七律

一百五十首

## 郑驸马宅宴洞中〔一〕

主家阴洞细烟雾,留客夏簟①青琅玕②。

春酒杯浓琥珀薄,冰浆碗碧玛瑙寒。

误疑茅堂〔二〕过江麓③,已入风磴④霾云端。

自是秦楼压郑谷⑤,时闻杂佩声珊珊。

〔一〕钱注:《唐书》:明皇临晋公主下嫁郑潜曜。潜曜有孝行,广文博士郑虔之侄也。公尝作公主母皇甫淑妃《神道碑》云:甫忝郑庄之宾客,游窦主之园林。 〔二〕堂:一作屋。

① 夏簟(diàn):夏天使用的竹席。② 琅玕(láng gān):翠竹的美称。③ 江麓(lù):江边山脚下的树林。④ 风磴(dèng):山上的石阶。⑤ 郑谷:指汉代的郑子真,名朴,字子真,左冯翊谷口(今陕西礼泉)人。耕读不仕,隐逸修道,世服甚清高。

## 题张氏隐居

春山无伴独相求,伐木丁丁山更幽。

涧道余寒历冰雪,石门斜日到林丘。

不贪夜识金银气,远害①朝看麋鹿游。

乘兴杳然②迷出处,对君疑是泛虚舟③。

① 远害:避开世间的危险。② 杳然:心情悠然自得的样子。③ 泛虚舟:比喻对俗世没有牵挂。

## 城西陂泛舟

青蛾皓齿①在楼船,横笛短箫悲远天。
春风自信牙樯②动,迟日徐看锦缆牵。
鱼吹细浪摇歌扇,燕蹴③飞花落舞筵。
不有小舟能荡桨,百壶那送酒如泉。

① 青蛾皓齿:指美女。青蛾,指女子用青黛颜料画的眉毛。皓齿,洁白的牙齿。② 牙樯:用象牙装饰的桅杆,后代指船只。③ 蹴(cù):踩,踢。

## 赠田九判官①梁丘

崆峒使节②上青霄,河陇③降王④款圣朝〔一〕。
宛马总肥春〔二〕苜蓿,将军只数汉嫖姚⑤。
陈留阮瑀⑥谁争长,京兆田郎⑦早见招。
麾下赖君才并美〔三〕,独能无意向渔樵。

〔一〕钱注:天宝十三载,吐谷浑苏毗王款塞,诏翰至磨环川应接之。 〔二〕春:一作秦。 〔三〕美:一作入。 ○使节、将军指哥舒翰也,阮瑀、田郎始及梁丘。

① 判官:官职名,地方州县长官的属僚,辅助政事。② 崆峒使节:指哥舒翰,安西龟兹(今新疆库车)人,唐代名将,在边境战争中屡立战功。③ 河陇:泛指河西走廊区域。④ 降王:指击败吐蕃。⑤ 汉嫖姚:指霍去病。⑥ 陈留阮瑀:字元瑜,陈留尉氏(今河南开封)人,东汉末期文学家,"建安七子"之一。⑦ 京兆田郎:代指田梁丘。

## 赠献纳使起居田舍人①澄

献纳②司存③雨露边〔一〕,地分清切④任才贤。
舍人退食收封事⑤,宫女开函捧〔二〕御筵。
晓漏追趋青琐闼⑥,晴窗点检白云篇。
扬雄更有河东赋〔三〕⑦,唯待吹嘘送上天。

〔一〕边:一作偏。 〔二〕捧:一作近。 〔三〕钱注:公既献三赋投延恩匦,又欲奏《封西岳赋》,故云"更有河东赋"也。

① 舍人:官职名,田澄为起居舍人,掌管记录史事。② 献纳:指进献忠言之官,代指田澄。③ 司存:执掌。④ 清切:指贵而接近皇帝的官职。⑤ 封事:指密封的奏折。⑥ 青琐闼:代指皇宫、朝廷。⑦ 河东赋:扬雄创作的一篇赋,内容为汉成帝的祭祀、游历,夸耀汉皇的丰功伟绩。

## 送郑十八虔贬台州司户①,伤其临老,陷贼之故阙为面别,情见于诗

郑公樗散②鬓成〔一〕丝,酒后常称老画师。
万里伤心严谴日,百年垂死中兴时。
仓惶〔二〕已就长途往,邂逅③无端出饯④迟。
便与先生应永诀,九重泉路〔三〕⑤尽交期。

〔一〕成:一作如。 〔二〕仓惶:一作伶俜。 〔三〕路:一作下。

① 司户:官职名,主管地方上的钱粮、户口等事务。② 樗

(chū)散：樗木材书，多被闲置。比喻不为世用，此指得不到朝廷重用，遭到贬黜。③ 邂逅：不期而遇。④ 出饯：指饯行。⑤ 泉路：黄泉路，指去世。

## 腊日①

腊日常年暖尚遥，今年腊日冻全消。
侵陵雪色还萱草，漏泄春光有柳条。
纵酒欲谋良夜醉，归家初散紫宸朝②。
口脂面药随恩泽，翠管银罂③下九霄。

① 腊日：中国民间传统节日，在农历十二月初八，古代人们会祭祀祖先，拜祭神灵，庆祝丰收。② 紫宸朝：朝廷在紫宸殿召集大臣朝会议事。紫宸，指紫宸殿，大明宫的第三大殿。③ 翠管银罂：指精美的器皿。翠管，碧玉镂雕的管状盛器。银罂，银质或银饰的贮藏用具。

## 奉和贾至舍人早朝大明宫

五夜漏声催晓箭①，九重②春色醉仙桃。
旌旗日暖龙蛇动，宫殿风微燕雀高。
朝罢香烟③携满袖，诗成珠玉在挥毫。
欲知世掌丝纶④美〔一〕，池上于今有凤毛⑤。

〔一〕公自注：舍人先世曾掌丝纶。

①"五夜"句：指天尚未亮。漏声、晓箭，都指计时工具。② 九

重：帝王住的宫廷。③ 香烟：焚香产生的烟雾。④ 世掌丝纶：指父子、爷孙先后在中书省任职。⑤ "池上"句：指后代得到父辈的优良遗传。

## 宣政殿①退朝晚出左掖②

天门日射黄金榜，春殿晴曛赤羽旗③。
宫草霏霏〔一〕承委佩④，炉烟⑤细细驻游丝。
云近蓬莱常五色，雪残鳷鹊⑥亦多时。
侍臣缓步归青琐，退食从容出每迟。

〔一〕霏霏：一作微微。

① 宣政殿：唐长安城大明宫的第二大殿，是皇帝日常听政的地方。② 左掖：指左门。③ 赤羽旗：指唐宫廷禁军的旗帜。④ 委佩：原指俯身行礼时佩饰拖垂至地，此处形容草伏地。⑤ 炉烟：香炉里散发的烟雾。⑥ 鳷（zhī）鹊：汉代宫观名，为汉武帝所建，此指唐代宫苑。

## 紫宸殿退朝口号①

户外昭容紫袖垂，双瞻御座引朝仪②。
香飘合殿春风转，花覆千官淑景③移。
昼漏④稀闻高阁报，天颜有喜近臣知。
宫中每出归东省，会送夔龙⑤集凤池⑥。

①口号：指随兴赋诗。②朝仪：指天子临朝时的礼仪。③淑景：指美景。④昼漏：白天滴漏的声音，代指白天的时光。⑤夔（kuí）龙：比喻辅弼良臣。⑥凤池：代指中书省。

## 题省中壁

掖垣①竹埤〔一〕②梧十寻，洞门对雪〔二〕常阴阴。
落花游丝白日静，鸣鸠乳燕青春深。
腐儒衰晚谬通籍，退食③迟回违寸心。
衮职④曾无一字补，许身愧比双南金。

〔一〕埤：音皮。　〔二〕雪：《正异》作雷。

①掖垣：代指唐代的中书、门下两省。②竹埤（pí）：竹篱。③退食：指退朝就食于家或办公之余休息。④衮（gǔn）职：代指君主的职位。

## 曲江陪郑八丈南史饮

雀啄江头黄柳花，鸂鶒①鸂鹅②满晴沙〔一〕。
自知白发非春事，且尽芳樽③恋物华。
近侍即今难浪迹，此身那得更无家。
丈人才力犹强健，岂傍青门学种瓜④。

〔一〕钱注：《通鉴》：玄宗初年，遣宦者诣江南取鸂鶒、鸂鹅等置苑中。

① 鸡鹱(jiāo jīng):水鸟名。② 鸂鶒(xī chì):水鸟名,俗称紫鸳鸯。③ 芳樽:代指美酒。④ 青门学种瓜:化用汉初东陵侯种瓜的典故。

## 曲江①二首

一片花飞减却春,风飘万点正愁人。
且看欲尽花经眼②,莫厌伤多酒入唇。
江上小堂巢翡翠③,苑④边高冢卧麒麟。
细推物理须行乐,何事〔一〕浮荣〔二〕绊此身。
〔一〕事:一作用。　〔二〕荣:一作名。

① 曲江:河名,在长安城内,为当时人游玩胜地。② 经眼:从眼前经过。③ 巢翡翠:指翡翠鸟筑巢。④ 苑:指曲江边的芙蓉苑。

朝回日日典春衣①,每日〔一〕江头尽醉归。
酒债寻常行处有,人生七十古来稀。
穿花蛱蝶②深深③见〔二〕,点水蜻蜓款款飞④。
传语风光共流转,暂时相赏莫相违。
〔一〕日:浦云恐向字之讹。　〔二〕见:一作舞。

① 典春衣:将春衣典当换钱买酒喝。典,抵押。② 蛱(jiá)蝶:一种中大型的蝴蝶。③ 深深:形容蝴蝶数量多而密集。④ 款款飞:形容蜻蜓缓慢飞舞。

## 曲江对酒

花外江头坐不归,水精春〔一〕殿转芳微①。
桃花细逐杨〔二〕花②落,黄鸟时兼白鸟飞。
纵饮久判人共弃,懒朝真与世相违。
吏情③更觉沧洲④远,老大⑤徒伤〔三〕未拂衣⑥。

〔一〕春:一作宫。 〔二〕杨:一作梨。 〔三〕伤:一作悲。

① 芳微:指春末时节花都凋谢。② 杨花:指柳絮。③ 吏情:指在朝为官。④ 沧洲:指隐居的归处。⑤ 老大:年老。⑥ 拂衣:指归隐。

## 曲江对雨

城上春云覆苑墙,江亭晚色静年芳。
林花著雨燕支〔一〕①湿,水荇②牵风翠带长。
龙武新军③深〔二〕驻辇,芙蓉别殿漫焚香。
何时诏此金钱会④,暂醉佳人锦瑟旁。

〔一〕支:一作脂。 〔二〕深:一作经。

① 燕支:一种草,可作红色染料。② 水荇(xìng):指水草。③ 龙武新军:指龙武军,唐代皇家的护从禁军。④ 金钱会:唐代宫廷撒钱的游戏。

## 因许八奉寄江宁旻上人①

不见旻公三十年,封书寄与泪潺湲②。
旧来好事今能否,老去新诗谁与传。
棋局动随幽〔一〕涧竹,袈裟忆上泛湖船。
闻君话我为官在,头白昏昏只醉眠。
〔一〕幽:一作寻。

① 上人:对持戒严格、佛学造诣精深的僧人的尊称。② 潺湲:形容泪流不止。

## 题郑县①亭子

郑县亭子涧之滨,户牖凭高发兴新。
云断岳莲临大路,天清〔一〕宫〔二〕柳暗长春。
巢边野雀群欺燕,花底山蜂远趁②人。
更欲题诗满青竹,晚来幽独恐伤神。
〔一〕清:一作晴。 〔二〕宫:一作官。

① 郑县:古县名,在今陕西华县。② 趁:追逐,追赶。

## 望岳

西岳①危棱〔一〕竦处②尊,诸峰罗立如〔二〕儿孙。
安得仙人九节杖③,挂到玉女洗头盆④。

车箱⑤入谷无归路,箭栝〔三〕通天有一门。
稍待秋风凉冷后,高寻白帝⑥问真源。

〔一〕危棱:一作峻嶒。 〔二〕如:一作似。 〔三〕栝:通筈。

① 西岳:指华山,在今陕西渭南华阴市。② 危棱(léng):高耸险峻。③ 九节杖:传说是仙人用的手杖。④ 玉女洗头盆:华山中有玉女祠,祠前有石臼。⑤ 车箱:即车驾。⑥ 白帝:中国古代神话的五天帝之一,主管西方。

## 九日蓝田①崔氏庄

老去悲秋强自宽,兴来今日尽君欢。
羞将短发还吹帽②,笑倩旁人为正冠。
蓝水远从千涧落,玉山③高并两峰寒。
明年此会知谁健,醉把茱萸仔细看。

① 蓝田:即今陕西蓝田,历史上以产美玉著称。② 吹帽:化用"孟嘉落帽"的典故。东晋时孟嘉素有才名,有一次如厕时,帽子不慎吹落,大将军桓温让人捡起并留下书信嘲笑,孟嘉拿回帽子回以一篇精彩的答辞,让人叹止。后世以此比喻才华出众、气度不凡。③ 玉山:指蓝田山,盛产玉石。

## 崔氏东山草堂

爱汝玉山草堂静,高秋爽气相鲜新。
有时自发钟磬①响,落日更见渔樵人。

盘剥白鸦谷口栗，饭煮青泥坊底芹②。
何为西庄王给事③，柴门空闭锁松筠④。

① 钟磬（qìng）：古代两种乐器，以击打发声。② "盘剥""饭煮"二句：食用的是糙饭野菜，形容粗茶淡饭。③ "何为"句：指为国事奔忙操心。④ 松筠（yún）：指松树和竹子。

## 至日遣兴奉寄北省①旧阁老②两院故人二首〔一〕

去岁兹晨捧御床，五更三点入鹓行③。
欲知趋走伤心地，正想氤氲满眼香④。
无路从容陪语笑，有时颠倒著衣裳。
何人却〔二〕忆穷愁日，愁日愁随一线长。

〔一〕以上皆天宝未乱及乱后为拾遗居秦中之诗。　〔二〕却：一作错。

① 北省：因尚书省在宫阙的北面故称为北省。② 阁老：唐代称任职已久的中书、门下两省的舍人为"阁老"。③ 鹓（yuān）行：指朝官的行列。④ 氤氲（yīn yūn）满眼香：指香炉中的香雾缭绕。

忆昨逍遥供奉班，去年今日侍龙颜①。
麒麟不动炉烟上②，孔雀徐开扇影还。
玉几由来天北极③，朱衣只在殿中间〔一〕④。
孤城此日肠堪断，愁对寒云雪〔二〕满山。

〔一〕钱注：《唐仪卫志》：朝日，殿上设黼扆、蹋席、熏炉、香案，御史大夫领属官至殿西庑，从官朱衣传呼，促百官就班。
〔二〕雪：一作白。

①侍龙颜：指为皇帝效命。②"麒麟"句：指香炉上的麒麟装饰。麒麟，古代传说中的一种瑞兽。③玉几：玉饰的矮桌，此指皇帝正坐在大殿之北。④朱衣：官服，此描绘群臣站在殿堂中间。

## 卜居〔一〕

浣花溪〔二〕①水水西头，主人为卜林塘幽。
已知出郭②少尘事，更有澄江消客愁。
无数蜻蜓齐上下，一双鸂鶒对沉浮。
东行万里堪乘兴，须向山阴上小舟。

〔一〕此下至蜀居成都及梓州之诗。 〔二〕溪：一作之。

①浣花溪：位于四川成都的西郊，为锦江的一条支流。②出郭：出城。

## 蜀相①

蜀相〔一〕祠堂何处寻，锦官城②外柏森森③。
映阶碧草自春色，隔叶黄鹂空好音。
三顾频烦天下计，两朝④开济⑤老臣心。
出师未捷身先死，长使英雄泪满襟。

〔一〕蜀相：一作丞相。

①蜀相：指诸葛亮，三国时著名政治家、军事家，蜀汉丞相。②锦官城：指成都。③森森：柏树枝繁叶茂的样子。④两朝：指

先主汉昭烈帝刘备、后主刘禅。⑤开济：开创扶助。


## 有客

幽栖地僻经过少，老病人扶再拜难。
岂有文章惊海内，漫劳①车马驻江干②。
竟日淹留佳客坐，百年粗粝③腐儒④餐。
不〔一〕嫌野外无供给，乘兴还来看药栏⑤。

〔一〕不：一作莫。

①漫劳：多有劳驾，是客气话。②江干：江边。③粗粝：指糙米，泛指粗劣不堪的饮食。④腐儒：作者自谦。⑤药栏：药圃的栏杆，此借指药圃中的花药。


## 狂夫

万里桥西一草堂，百花潭水即沧浪。
风含翠筱①娟娟净〔一〕，雨裛红蕖②冉冉香。
厚禄故人书断绝，恒饥稚子色凄凉。
欲填沟壑③唯疏放，自笑狂夫老更狂。

〔一〕净：一作静。

①翠筱（xiǎo）：翠绿的竹子。②红蕖（qú）：指红荷花。③填沟壑：死亡的婉称。

## 江村

清江一曲抱村流,长夏江村事事幽。
自去自来〔一〕堂上燕,相亲相近水中鸥。
老妻画纸为棋局①,稚子敲针②作钓钩。
多病所须惟药物,微躯③此外更何求?

〔一〕来:一作归。

① 画纸为棋局:用纸张画上网格作为棋盘。② 敲针:将针弄弯以用作鱼钩。③ 微躯:卑贱的身躯,作者的自谦词。


## 恨别

洛城一别四〔一〕千里,胡骑①长驱五六〔二〕年。
草木变衰②行剑外③,兵戈阻绝老江边。
思家步月清宵立,忆弟看云白日眠。
闻道河阳④近乘胜,司徒⑤急为破幽燕〔三〕⑥。

〔一〕四:一作三。 〔二〕五六:一作六七。 〔三〕钱注:乾元元年十月,光弼悉军赴河阳,大破贼众。上元元年,进围怀州,思明求救,光弼再逐北,即日怀州平。此河阳乘胜之事也。当时用兵之失,在于专事河阳,与贼相持,而不为直捣幽燕之举。公诗盖屡言之。尝制郭子仪自朔方直取范阳,还定河北,制下旬日,为鱼朝恩所阻。次年,光弼遂有邙山之败。《散愁》诗"司徒下燕赵",亦此意也。

① 胡骑:指安史之乱的叛军。② 草木变衰:代指秋季。③ 剑外:指剑阁之外,代指蜀地。④ 河阳:在今河南孟州西。⑤ 司徒:

指李光弼,唐代名将,平定安史之乱的主要功臣。⑥ 幽燕:在今河北北部一带,安史叛军的大本营所在。

## 野老①

野老篱边〔一〕江岸回,柴门不正逐江开。
渔人网集澄潭下,贾客②船随返照来。
长路关心悲剑阁③,片云何事〔二〕傍琴台④。
王师未报收东郡⑤,城阙秋生画角⑥哀〔三〕。

〔一〕边:一作前。 〔二〕事:一作意。 〔三〕钱注:东郡,今滑州也。上元二年,令狐彰以滑州归朝。是时犹为思明所据,故云未收。

① 野老:乡野老人,此处是杜甫自喻。② 贾客:商人。③ 剑阁:在今四川广元境内。④ 琴台:在今四川成都浣花溪畔,相传是汉代司马相如弹琴之所。⑤ 东郡:指京城以东叛军所占据的州县。⑥ 画角:一种竹管乐器,声音凄厉高亢。

## 南邻

锦里先生乌角巾,园收芋〔一〕栗未全贫。
惯看宾客儿童喜,得食阶除①鸟雀驯。
秋水才深〔二〕四五尺,野航②恰受两三人。
白沙翠竹江村暮〔三〕,相送〔四〕柴门月色新。

〔一〕芋:一作茅。 〔二〕深:一作添。 〔三〕暮:一作路。　〔四〕送：一作对。

①阶除：即石阶。②野航：指农家小船。

## 至后

冬至至后日初长①，远在剑南②思洛阳。
青袍白马③有何意，金谷铜驼④非故乡。
梅花欲开不自觉，棣萼⑤一别永相望。
愁极本凭诗遣兴，诗成吟咏转凄凉。

①日初长：指过了冬至以后，白昼变得越来越长。②剑南：剑门关以南的地方，代指蜀地。③青袍白马：指代幕府生活。④金谷铜驼：化用西晋时巨富石崇的典故，此处代指洛阳城。⑤棣萼（dìè）：比喻兄弟。

## 和裴迪①登蜀州②东亭送客逢早梅相忆见寄

东阁官梅动诗兴，还如何逊③在扬州。
此时对雪遥相忆，送客逢春〔一〕可自由。
幸不折来伤岁暮，若为④看去乱乡〔二〕愁。
江边⑤一树垂垂发，朝夕催人自白头〔三〕。

〔一〕春：一作花。　〔二〕乡：一作春。　〔三〕末二句，因裴蜀州东亭之梅，而言己之成都草堂亦有江梅垂发也。

① 裴迪：唐代诗人，杜甫的好友。② 蜀州：唐代行政区划，治所在今四川崇州崇庆县。③ 何逊：南朝齐梁间著名诗人，东海郯（今山东郯城）人，尤工山水诗。④ 若为：何堪。⑤ 江边：指浣花溪边。

## 暮登四安[一]寺钟楼寄裴十迪

暮倚高楼对雪峰，僧来不语自鸣钟。
孤城返照①红将敛，近市浮烟翠且重。
多病独愁常阒②绝，故人相见未从容。
知君苦思缘诗瘦，大向交游万事慵③。

〔一〕四：一作西。

① 返照：指落日余晖。② 阒（qù）：寂静，空虚。③ 慵：疏懒。

## 客至[一]

舍南舍北皆春水，但见群鸥日日来。
花径不曾缘客扫，蓬门今始为君开。
盘飧市远无兼味①，樽酒家贫只旧醅②。
肯与邻翁相对饮，隔篱呼取尽余杯。

〔一〕公自注：喜崔明府相过。

① 兼味：指菜品少。② 旧醅（pēi）：多年的陈酒，此指杜甫

为拿不出新酒招待客人而内疚。

## 江上值水如海势聊短述

为人性僻①耽②佳句，语不惊人死不休。
老去诗篇浑漫与③，春来花鸟莫深愁。
新添水槛供垂钓，故著浮槎替入舟。
焉得思如陶谢④手，令渠⑤述作与同游。

① 性僻：性情古怪。② 耽（dān）：沉迷喜好。③ 漫与：随便应付，此处是杜甫自谦，也反映晚年杜甫诗作境界高远，工巧近乎自然。④ 陶谢：指陶渊明、谢灵运。⑤ 渠：他们。

## 进艇

南京①久客耕南亩，北望伤神坐〔一〕北窗。
昼引老妻乘小艇，晴看稚子浴清江。
俱飞蛱蝶原相逐，并蒂芙蓉本自双。
茗饮②蔗浆携所有，瓷罂③无谢④玉为缸。

〔一〕坐：一作卧。

① 南京：此指成都。唐玄宗避难安史之乱曾临幸成都，故称南京，与长安、洛阳相对为南。② 茗（míng）饮：指泡好的茶水。③ 瓷罂：盛酒水时用的陶制器具。④ 无谢：不亚于。

## 所思

苦忆荆州醉司马〔一〕,谪官樽俎〔二〕①定常开。
九江日落醒何处,一柱观头眠几回。
可怜怀抱向人尽,欲问平安无使来。
故凭锦水将双泪,好过瞿塘滟滪堆②。

〔一〕原注:崔吏部漪。　〔二〕俎:一作酒。

① 樽俎(zūn zǔ):指酒会宴席。② 滟滪堆:瞿塘峡口,江势险峻。


## 寄杜位〔一〕

近闻宽法①离新州,想见归怀尚百忧。
逐客虽皆万里去,悲君已是十年流。
干戈况复尘随眼,鬓发还应雪满头。
玉垒②题书心绪乱,何时更得曲江游。

〔一〕公自注:位京中宅近西曲江,诗尾有述。

① 宽法:从宽处理。② 玉垒:指玉垒山,在四川成都理县东南,此处代指成都。


## 送韩十四江东省觐

兵戈不见老莱衣①,叹息人间万事非。
我已无家寻弟妹,君今何处访庭闱②。

黄牛峡③静滩声转〔一〕，白马江寒树影稀。

此别应须各努力，故乡犹恐未同归。

〔一〕转：一作急。

① 老莱衣：化用老莱子穿彩衣逗乐双亲的典故。② 庭闱：内舍，多是父母的居室，因以代指父母。③ 黄牛峡：位于湖北宜昌市西。

## 王十七侍御抡许携酒至草堂，奉寄此诗，便请邀高三十五使君同到〔一〕

老夫卧稳朝慵起，白屋①寒多暖始开。

江鹳巧当幽径浴，邻鸡还过短墙来。

绣衣②屡许携家酝③，皂盖④能忘折野梅。

戏假霜威⑤促山简⑥，须成一醉习池⑦回。

〔一〕下一首题云《王竟携酒高亦同过》，另抄于五律中。

① 白屋：用白茅草盖顶的屋子，形容简陋。② 绣衣：即"绣衣直指"，汉武帝时设立的督查官员，惩治不法，此处代指王抡。③ 家酝（yùn）：自家酿造的酒。④ 皂盖：官员所用的黑色蓬伞，代指高使君，即高适。⑤ 霜威：严爽肃杀的威力，形容御史的职责应该刚正不阿如寒霜一般，此处代指王抡。⑥ 山简：西晋名士，此代指高适。以王抡至，再促使高适亦来。⑦ 习池：《晋书·山简传》载，山简镇襄阳，此地习氏为豪族，有佳园池，山简"多至池上，置酒则醉"。此指杜甫家。

## 陪李七司马皂江①上观造竹桥,即日成,往来之人免冬寒入水,聊题短作简李公〔一〕

伐竹〔二〕为桥结构同,褰裳②不涉往来通。
天寒白鹤归华表③,日落青龙见水中。
顾我老非题柱客④,知君才是济川功⑤。
合欢却笑千年事,驱石何时到海东⑥。

〔一〕此题尚有五律一首,抄于五律中;下有《李司马桥了》一首,抄于七绝中。 〔二〕竹:一作木。

① 皂江:指今岷江从四川都江堰市到彭山县的一段。② 褰裳(qiān cháng):提起衣裳。③ "华表"句:化用"鹤归华表"的典故,意为天寒思归家。④ "顾我"句:化用司马相如的典故,比喻想要求取功名利禄的人。⑤ 济川功:指修桥造福于人。⑥ "驱石"句:化用神人帮助秦始皇驱动石头搭桥的典故,希望能为百姓和社会作贡献。

## 野望

西山白雪三城〔一〕戍,南浦清江万里桥。
海内风尘诸弟隔,天涯涕泪一身遥。
唯将迟暮供多病,未有涓埃①答圣朝。
跨马出郊时极目,不堪人事日萧条。

〔一〕城:一作奇,非。

① 涓埃:细流与尘埃,比喻极小的事物,此指没有尺寸之功。

## 堂成

背郭堂成荫白茅，缘江路熟俯青郊。
桤林①碍日②吟风叶，笼竹和烟滴露梢③。
暂止飞乌④将数子，频来语燕定新巢。
旁人错比扬雄宅⑤，懒慢〔一〕无心作解嘲⑥。

〔一〕慢：一作惰。

① 桤（qī）林：即桤树林，桤木是一种高大的落叶乔木，木质轻软。② 碍日：形容树叶茂密而遮挡住阳光。③ 露梢：挂着露水的树枝。④ 飞乌：即乌鸦。⑤ 扬雄宅：西汉文士扬雄的住宅。《汉书·扬雄传》载，扬雄有田一廛，有宅一区，少而好学，"家产不过十金，乏无儋石之储"。后指文人贫寒居所。⑥ 解嘲：扬雄作《解嘲》赋一篇。此指杜甫自嘲。

## 奉酬严公寄题野亭之作

拾遗①曾奏数行书，懒性从来水竹居。
奉引②滥骑沙苑马③，幽栖真钓锦江鱼。
谢安不倦登临费，阮籍焉知礼法疏。
枉沐〔一〕旌麾④出城府，草茅无〔二〕径欲教锄。

〔一〕枉沐：一作何日。 〔二〕无：一作芜。

① 拾遗：官职名，主掌劝谏，杜甫曾任左拾遗，此处是作者自称。② 奉引：为皇帝前导引车。③ 沙苑马：唐代在沙苑设置马坊养马。④ 旌麾（jīng huī）：指战乱。

## 严中丞①枉驾②见过

元戎小队③出郊坰④,问柳寻花到野亭。
川合东西瞻使节,地分南北任流萍。
扁舟不独如张翰⑤,皂〔一〕帽还应〔二〕似管宁⑥。
寂寞江天云雾里,何人道有少微星。

〔一〕皂:一作白。 〔二〕还应:一作应兼。

① 严中丞:即严武,杜甫好友,时任御史中丞。② 枉驾:敬词,称呼对方来拜访自己。③ 元戎小队:指将帅的兵车,此指严武的车队。④ 郊坰(jiōng):指郊外。⑤ 张翰:字季鹰,西晋文学家,思乡而辞官回家,留下"莼鲈之思"的典故。⑥ 管宁:东汉末三国时期著名隐士,常戴皂帽。《世说新语·德行》载,管宁割席,不与志不同者为友。

## 野人①送朱樱②

西蜀樱桃也自红,野人相赠满筠笼③。
数回细写愁仍破,万颗匀圆讶④许同。
忆昨赐沾⑤门下省,退朝擎出⑥大明宫⑦。
金盘玉箸⑧无消息,此日尝新任转蓬。

① 野人:泛指居住在城郊外乡野地区的人。② 朱樱:樱桃的一种。③ 筠(yún)笼:指竹篮一类的盛器。④ 讶:差异。⑤ 赐沾:赐予恩泽。⑥ 擎出:指双手捧出樱桃,表示恭敬。⑦ 大明宫:唐宫殿名,众臣子上朝的地方。⑧ 箸:筷子。

## 严公仲夏枉驾草堂兼携酒馔得寒字

竹里行厨①洗玉盘,花边立马簇金鞍。
非关使者征求急,自识将军礼数宽。
百年地辟〔一〕柴门迥,五月江深草阁寒。
看弄渔舟移白日,老农何有罄②交欢。

〔一〕辟:一作僻。

① 行厨:指出游时所携带的酒水食物。② 罄(qìng):把酒喝完,表示尽兴。

## 秋尽

秋尽东行且未回,茅斋寄在少城隈①。
篱边老却陶潜菊②,江上徒逢袁绍杯③。
雪岭独看西日落,剑门④犹阻〔一〕北人来。
不辞万里长为客,怀抱何时得好开。

〔一〕阻:一作断。

① 城隈(wēi):指城中的偏僻处。② 陶潜菊:指陶渊明有"采菊东篱下"句,故称引菊花。③ 袁绍杯:东汉大将军袁绍镇守冀州时,爱慕郑玄的才能,大宴宾客时将郑玄奉为上宾。后世将此用作宴会饮酒的典故。④ 剑门:剑门关,在今四川广元。

## 野望

金华山①北涪水②西,仲冬风日始凄凄。
山连越巂③蟠三蜀,水散巴渝下五溪。
独鹤不知何事舞,饥乌似欲向人啼。
射洪④春酒寒仍绿,极目〔一〕伤神谁为携。

〔一〕极目:一作目极。

① 金华山:在今四川成都邛崃(qióng lái)平乐镇。② 涪(fú)水:即涪江,流经四川、重庆汇入嘉陵江。③ 越巂(xī):三国时郡名,在今四川西南一带。④ 射洪:今属四川遂宁,历史上盛产美酒。

## 闻官军收河南河北〔一〕

剑外①忽传收蓟〔二〕北②,初闻涕泪满衣裳。
却看③妻子愁何在,漫卷诗书喜欲狂。
白首〔三〕放歌须纵酒,青春④作伴好还乡。
即从巴峡穿巫峡,便下襄阳向洛阳〔四〕。

〔一〕钱注:宝应元年十一月,官军破贼于洛阳,进收东郡,河南平。朝义走河北,李怀仙斩其首以献,河北平。此诗公在剑外闻捷书而作也。 〔二〕冀:一作蓟。 〔三〕首:一作日。 〔四〕公自注:余田园在东京。

① 剑外:剑门关以南,指蜀地。② 冀北:泛指唐代的幽州、蓟州,即今河北一带,安史叛军的大本营。③ 却看:回头看。④ 青春:指美丽的春色。

## 送路六侍御①入朝

童稚情亲②四〔一〕十年,中间消息两茫然。
更为后会知何地,忽漫相逢是别筵。
不分桃花红胜锦,生憎柳絮白如绵。
剑南春色还无赖,触忤③愁人到酒边。

〔一〕四:一作三。

① 侍御:指皇帝的近侍。② 童稚情亲:指孩童时就是好友。③ 触忤(wǔ):冒犯。

## 涪城县①香积寺官阁②

寺下春江深不流,山腰官阁迥添愁。
含风翠壁孤云细,背日丹枫万木稠。
小院回廊春〔一〕寂寂,浴凫③飞鹭晚悠悠。
诸天合在藤萝外,昏黑应须到上头。

〔一〕春:一作深。

① 涪城县:在今四川绵阳三台。② 官阁:供人休憩的楼阁。③ 浴凫(fú):在水中嬉戏的野鸭。

## 又送〔一〕

双峰寂寂对春台①,万竹青青送〔二〕客杯②。
细草留连侵坐软③,残花怅望近人开。

同舟昨日何由得,并马今朝未拟回。
直到绵州④始分首〔三〕,江边树里共谁来。

〔一〕上有七绝一首,题云《惠义寺园送辛员外》,故此题但云又送。　〔二〕送:一作照。　〔三〕首:一作手。

① 春台:指请客吃饭的宴台。② 送客杯:指酒杯。③ 坐软:指坐垫。④ 绵州:即今四川绵阳。


## 送王十五判官扶侍还黔中得开字

大家〔一〕东征逐子回,风生洲渚①锦帆开。
青青竹笋迎船出,白白〔二〕江鱼入馔来。
离别不堪无限意,艰危深仗济时才。
黔阳②信使应稀少,莫怪频频劝酒杯。

〔一〕家:读姑。　〔二〕白白:作日日,非。

① 洲渚:指水中陆地。② 黔阳:在今湖南怀化。


## 章梓州①橘亭饯成都窦少尹②得凉字

秋日野亭千橘香,玉杯锦席高云凉。
主人送客何所作〔一〕,行酒赋诗殊未央③。
衰老应为难离别,贤声此去有辉光。
预传籍籍④新京尹〔二〕,青史无劳数赵张⑤。

〔一〕作：读做。　　〔二〕尹：一作兆。

① 梓州：在今四川三台。② 少尹：官名，地方州府的副职。③ 未央：未尽。④ 籍籍：形容名声盛大。⑤ 赵张：汉代赵广汉与张敞的并称，两人都曾担任京兆尹，政绩卓越。


## 九日①

去年登高郪县②北，今日重在涪江滨。
苦遭白发不相放，羞见黄花无数新。
世乱郁郁久为客，路难悠悠常傍人。
酒阑③却忆十年事，肠断骊山④清路尘。

① 九日：指农历九月初九重阳节。② 郪（qī）县：古县名，在今四川三台郪口。③ 酒阑：指酒席快要结束。④ 骊山：在今陕西西安临潼，秦岭的一处支脉，此代指长安城，即杜甫回忆在京为官的岁月。


## 滕王亭子〔一〕①

君王台榭枕巴山②，万丈丹梯③尚可攀。
春日莺啼修竹④里，仙家犬吠白云间⑤。
清江锦石伤心丽，嫩蕊浓花满目斑。
人到如今歌出牧，来游此地不知还。

〔一〕公自注：在玉台观内。王调露中为阆州刺史。

① 滕王亭子：即滕王阁，位于四川南充阆中，是滕王李元婴思念故地滕州而建造的。② 巴山：即玉台山，滕王阁即依玉台山而建。③ 丹梯：指寻仙访道之路。④ 修竹：化用梁孝王的典故，梁孝王有修竹园，各方名士集游其中。⑤ "仙家"句：化用《神仙传》中淮南王得道，家中"鸡鸣天上、狗吠云中"的典故。

## 玉台观〔一〕①

中天积翠玉台遥，上帝高居绛节②朝。
遂有冯夷③来击鼓，始知嬴女④善吹箫。
江光隐见鼋鼍⑤窟，石势参差乌雀桥。
更肯红颜生羽翼，便应黄发老渔樵。

〔一〕公自注：滕王造。

① 玉台观：故址在今四川阆中，相传为滕王李元婴所建。② 绛节：相传为上帝或仙君的一种仪杖。③ 冯夷：传说中的河伯水神。④ 嬴女：指秦穆公之女弄玉。与丈夫箫史一同成仙而去。⑤ 鼋鼍（yuán tuó）：鼋，鳖类中最大的一种；鼍，即扬子鳄。

## 奉寄章十侍御〔一〕

淮海维扬①一俊人，金章紫绶②照青春。
指麾③能事回天地，训练强兵动鬼神。
湘西不得归关羽〔二〕，河内犹疑借寇恂〔三〕④。
朝觐从容问幽仄，勿云江汉有垂纶⑤。

〔一〕公自注：时初罢梓州刺史、东川留后，将赴朝廷。　〔二〕湘：一作襄。　〔三〕疑：一作宜。

① 淮海维扬：扬州的别称。② 金章紫绶：代指高官显贵。③ 指麾（huī）：发号施令。④ 寇恂：东汉开国功臣，治理河内、颍川诸郡，平定寇乱。⑤ 垂纶：指隐居。

## 奉寄别马巴州〔一〕①

勋业终归马伏波②，功曹非复汉萧何〔二〕③。
扁舟系缆沙边久，南国浮云水上多。
独把鱼竿终远去，难随鸟翼一相过。
知君未爱春湖色，兴在骊驹④白玉珂⑤。

〔一〕公自注：时甫除京兆功曹，在东川。　〔二〕公自注：甫曾任华州司功。

① 巴州：唐行政区划，在今四川巴中。② 马伏波：即马援，东汉初年著名将领，为东汉政权的建立和稳固立下赫赫战功。③ 萧何：西汉第一任丞相，"汉初三杰"之一，为西汉政权的建立和发展做出重大贡献。④ 骊驹：纯黑色的小马。⑤ 白玉珂：用白玉制成的马笼头装饰。

## 将赴荆南寄别李剑州①

使君高义驱今古，寥落三年坐剑州。
但见文翁能化俗②，焉知李广未封侯③。
路经滟滪双蓬鬓，天入沧浪一钓舟。

戎马相逢更何日,春风回首仲宣楼。

① 剑州:唐行政区划,辖域约为今四川剑阁、梓潼、江油等一带。②"但见"句:指汉景帝时蜀郡郡守文翁(字仲翁)兴修水利、发展农业,同时兴办学校、推行教育之事。③"焉知"句:指西汉名将李广在抗击匈奴的战争中屡获战功,但终其一生未能封侯之事。

## 奉待严大夫〔一〕

殊方①又喜故人来,重镇②还须济世才。
常怪偏裨③终日待,不知旌节④隔年回。
欲辞巴徼⑤啼莺合,远下荆门去鹢⑥催。
身老时危思会面,一生襟〔二〕抱向谁开。

〔一〕钱注:广德二年正月,武以黄门侍郎拜成都尹,充剑南节度使,此云大夫,再镇时兼官也,以后称郑公。 〔二〕襟:一作怀。

① 殊方:指异域。② 重镇:在区域影响(如军事、地理、经济)等方面有重要地位的城镇。③ 偏裨(pí):指偏将、副将。④ 旌节:唐代节度使所持有的符节,此代指严大夫。⑤ 巴徼(jiào):巴地属于边陲地带。⑥ 鹢(yì):一种似鹭的水鸟,后多借指船。

## 将赴成都草堂途中有作先寄严郑公五首

得归茅屋赴成都,直为文翁再剖符①。
但使闾阎②还揖让③,敢论松竹久荒芜。

鱼知丙穴④由来美,酒忆郫筒⑤不用酤。

五马⑥旧曾谙小径,几回书札待潜夫⑦。

① 剖符:古代帝王分封、授命功臣时,将主符一分为二,作为凭证。② 闾阎(lú yán):指平民百姓。③ 揖让:指礼仪教化。④ 丙穴:泛指嘉鱼。⑤ 郫(pí)筒:相传晋代山涛为郫令,用竹筒酿酒,酒香百步,此代指美酒。⑥ 五马:指代太守。⑦ 潜夫:汉代王符隐居在家著书,为了不被别人知道,书名叫《潜夫论》,后世借"潜夫"指代隐者。

处处青江带白蘋,故园犹得见残春。

雪山斥候①无兵马,锦里逢迎有主人。

休怪儿童延②俗客,不教鹅鸭恼比邻。

习池③未觉风流尽,况复荆州赏更新④。

① 斥候:古代负责侦查的士兵。② 延:邀请。③ 习池:借指宴饮胜地。④ 更新:指春过夏来的新景象。

竹寒沙碧浣花溪,橘刺藤梢咫尺迷。

过客径须愁出入,居人不自解东西。

书签药裹①封蛛网,野店山桥送马蹄。

肯藉②荒庭春草色,先判〔一〕一饮醉如泥。

〔一〕判:同拚。

① 药裹:药包,药囊。② 藉:借。

常苦沙崩损药栏,也从江槛落风湍①。

新松恨不高千尺,恶竹应须斩万竿。

生理②只凭黄阁老③,衰颜欲付紫金丹④。

三年奔走空皮骨⑤,信有人间行路难。

①风湍:指疾风。②生理:生计,生活。③黄阁老:指严武,唐代中书省和门下省官员互称为"阁老"。严武当时以黄门侍郎的身份出任成都尹,故杜甫称其为"黄阁老"。④紫金丹:道家炼制的丹药,据说可延年益寿。⑤空皮骨:指老病残躯。

锦官城西生事微,乌皮几①在还思归。
昔去为忧乱兵入,今来已恐邻人非。
侧身天地更怀古,回首风尘甘〔一〕息机。
共说总戎云鸟阵②,不妨游子芰荷衣③。
〔一〕甘:一作且。

①乌皮几:用乌羔皮裹饰的小几案,古人用来倚靠身体。②云鸟阵:一种兵阵。③芰荷衣:用荷叶制成的衣服,指代隐士。

## 题桃树

小径升堂旧不斜,五株桃树亦从遮。
高秋总馈〔一〕贫人实①,来岁还舒满眼花。
帘户每宜通乳燕,儿童莫信②打慈鸦。
寡妻群盗③非今日,天下车书④正〔二〕一家。
〔一〕馈:一作馁。　〔二〕正:一作已。

①实:果实。②信:随意。③寡妻群盗:群贼作乱,士兵战死,寡妻增多。④车书:指天下统一。秦始皇统一六国后,"车同轨,书同文"。

## 奉寄高常侍〔一〕

汶上相逢年颇多,飞腾无那〔二〕故人何。
总戎①楚蜀应全未,方驾②曹刘③不啻④过。
今日朝廷须汲黯⑤,中原将帅忆廉颇⑥。
天涯春色催迟暮,别泪遥添锦水波。

〔一〕一作寄高三十五大夫。　〔二〕那:一作奈。

① 总戎:统率军队,统领军事。② 方驾:比肩,媲美。③ 曹刘:指曹操和刘备。④ 啻(chì):只,仅。⑤ 汲黯:字长孺,濮阳(今河南濮阳)人,汉景帝、武帝时期名臣,直言敢谏,在地方为官颇有政绩,此借指高常寺,即高适。⑥ 廉颇:战国时期赵国名将,屡立战功,此借指高常侍,即高适。

## 登楼

花近高楼伤客心,万方多难①此登临。
锦江②春色来〔一〕天地,玉垒③浮云变古今。
北极④朝廷终不改,西山寇盗⑤莫相侵。
可怜后主⑥还祠庙,日暮聊为梁甫吟⑦。

〔一〕色来:一作水流。

① 万方多难:指安史之乱。② 锦江:指成都濯锦江。③ 玉垒:即玉垒山,在今四川成都境内。④ 北极:即北极星,代指朝廷。⑤ 西山寇盗:指吐蕃。⑥ 后主:即蜀汉后主刘禅。⑦ 梁甫吟:相传三国诸葛亮所作乐府诗,好为梁甫吟。

## 宿府

清秋幕府井梧寒,独宿江城蜡炬①残。
永夜角声②悲自语,中天月色好谁看。
风尘荏苒③音书绝,关塞萧条行路难。
已忍伶俜④十年事,强移栖息一枝安。

① 蜡炬:指蜡烛。② 角声:即画角之声,一种古代乐器,形如竹筒,声音凄哀高亢。③ 荏苒(rěn rǎn):形容时光流逝。④ 伶俜(líng pīng):孤单,孤零。

## 院中晚晴怀西郭茅舍

幕府秋风日夜清,淡云疏雨过高城。
叶心朱实①看时落,阶面青苔老更〔一〕生。
复有楼台衔暮景②,不劳钟鼓报新晴。
浣花溪里花饶笑③,肯信吾兼吏隐名。

〔一〕老更:一作先自。

① 朱实:红色的果实。② 暮景:黄昏景色。③ 花饶笑:形容花开得繁茂。

## 拨闷①

闻道云安麹米春②,才倾一盏即醺人。
乘舟取醉非难事,下峡消愁定几巡。

长年三老遥怜汝，桹柂③开头〔一〕捷有神。
已办青钱④防雇直⑤，当令美味入吾唇。

〔一〕开头：一作鸣桡。

① 拨闷：解闷。② 麹米春：用以做酒的米。③ 桹柂（lì duò）：拨转船舵。④ 青钱：即青铜钱。⑤ 雇直：雇用船夫的钱。

## 十二月一日三首

今朝腊月春意动，云安县前江可怜。
一声何处送书雁①，百丈谁家上濑〔一〕船②。
未将梅蕊惊愁眼，要取椒〔二〕花媚远天。
明光③起草人所羡，肺病几时朝日边。

〔一〕濑：一作水。　〔二〕椒：一作楸。

① 书雁：指信使。② 濑（lài）船：湍急水流中的船只。③ 明光：即日光。

寒轻市上山烟碧，日满楼前江雾黄。
负盐出井此溪女，打鼓发船何郡郎。
新亭①举目风景切，茂林②著书消渴③长。
春风不愁不烂漫，楚客唯听棹相将。

① 新亭：亭名，三国时吴国所建，故址在今江苏南京。② 茂林：汉代司马相如所居住的地方。③ 消渴：疾病。司马相如曾患消渴疾。

即看燕子入山扉①,岂有黄鹂历翠微②。
短短桃花临水岸,轻轻柳絮点人衣。
春来准拟③开怀久,老去亲知见面稀。
他日一杯难强进,重嗟筋力④故山违。

① 山扉:即山野人家的柴门。② 翠微:指青绿的山色。③ 准拟:料想,打算。④ 筋力:指体力。

### 寄常征君

白水青山空复春,征君晚节傍风尘①。
楚妃②堂上色殊众,海鹤③阶前鸣向人。
万事纠纷犹绝粒④,一官羁绊实藏身。
开州⑤入夏知凉冷,不似云安⑥毒热⑦新。

① 傍风尘:指常征君隐士名节不保,将要出仕做官。② 楚妃:本指宫中的妃嫔,此指朝中得宠的人。③ 海鹤:化用辽东太守丁令威化成仙鹤回乡的典故,此代指常征君。④ "万事"句:指公务繁忙俸禄却不高。绝粒,绝粮,此指俸禄不高。⑤ 开州:在今重庆东北部。⑥ 云安:治所在今四川云阳。⑦ 毒热:酷热的暑气。

### 示獠①奴阿段②

山木苍苍落日曛,竹竿袅袅细泉分。
郡人③入夜争余沥④,竖〔一〕子寻源独不闻。

病渴⁵三更回白首，传声一注湿青云。
曾惊陶侃⁶胡奴⁷异，怪尔常穿虎豹群。

〔一〕竖：一作稚。

① 獠：古代中原王朝对西南地区少数民族的称呼。② 阿段：人名。③ 郡人：当地人。④ 余沥：剩下的一点点水源。⑤ 病渴：杜甫患有糖尿病，因此常感到口渴。⑥ 陶侃（259—334）：字士衡，原籍鄱阳郡鄱阳县（今江西鄱阳），东晋时著名将领。⑦ 胡奴：陶侃之子陶范的小名，此代指阿段。

## 白帝城最高楼

城尖径仄〔一〕①旌旆愁，独立缥缈之飞楼。
峡坼云霾龙虎卧，江清日抱鼋鼍游。
扶桑西枝对〔二〕断石，弱水东影随长流。
杖藜叹世者谁子，泣血迸空②回白头。

〔一〕仄：一作昃。　　〔二〕对：一作封。

① 径仄：指道路狭窄。② 迸（bèng）空：向空中喷溅。

## 峡中览物

曾为掾吏①趋三辅②，忆在潼关诗兴多。
巫峡忽如瞻华岳，蜀江犹似见黄河。
舟中得病移衾枕，洞口经春长薜萝。

形胜有余风土恶,几时回首一高歌。

①掾(yuàn)吏:官府中佐助的官吏。②三辅:指京兆地区。

## 返照

楚王宫①北正黄昏,白帝城西过雨痕。
返照入江翻石壁,归云拥树失山村。
衰年病肺惟高枕,绝塞愁时早闭门。
不可久留豺虎乱②,南方实有未招魂。

①楚王宫:故址在今重庆巫山的西阳台古城,史料记载楚襄王曾巡幸到此。②豺虎乱:比喻凶残的强盗、入侵者。

## 白帝

白帝城中云出门〔一〕,白帝城下雨倾盆。
高江急峡雷霆斗,古〔二〕木苍〔三〕藤日月昏。
戎马不如归马逸①,千〔四〕家今有百〔五〕家存②。
哀哀寡妇诛求尽,恸哭秋原何处村?
〔一〕城中云出门:一作城头云若屯。 〔二〕古:一作翠。
〔三〕苍:一作长。 〔四〕千:一作百。 〔五〕百:一作十。

①"戎马"句:将参军的士卒比作戎马,解甲归田的士兵比作

归马,意指和平总是比战争要好。②"千家"句:形容战争对人民生活的破坏程度之大,原本千户人家已不到百户。

## 黄草

黄草峡①西船不归,赤甲山②下人行〔一〕稀。
秦中驿使无消息,蜀道兵戈③有是非。
万里秋风吹锦水,谁家别泪湿罗衣。
莫愁剑阁④终堪据,闻道松州⑤已被围〔二〕。

〔一〕人行:一作行人。 〔二〕钱笺:《通鉴》于代宗广德元年书:吐蕃陷松、维、保三州。《茂州图经》云:广德二年,吐蕃取陇右。西川节度高适出兵西山,牵制无功,遂亡松、维。黄鹤曰:秦中驿使,谓李之芳奉使见留也;蜀道兵戈,谓徐知道据剑阁也;当时公在梓阆,非夔州诗也。按,鹤说良是,但又引来瑱、裴茂之战以解首二句,为曲说耳。

① 黄草峡:重庆长寿区与涪陵区交界处,是长江长寿段的东大门。② 赤甲山:位于重庆瞿塘关北侧的高山。③ 兵戈:指战乱。④ 剑阁:隶属今四川广元。⑤ 松州:即松潘,在今四川阿坝藏族羌族自治州。

## 诸将五首

汉朝陵墓对南山,胡卤①千秋尚入关。
昨日玉鱼蒙葬地,早时金碗出人间。
见愁汗马西戎逼,曾闪朱旗北斗殿。

多少材官②守泾渭〔一〕,将军且莫破愁颜。

〔一〕钱注:泾、渭二水,在长安西北。是春,吐蕃请和,郭子仪以利我不虞,乃遣兵戍奉天,即此地也。

① 胡卤:即胡虏,此指吐蕃。② 材官:武卒,供调配的武备人员。

韩公①本意筑三城,拟绝天骄拔汉旌。
岂谓尽烦②回纥③马,翻然远救朔方兵④。
胡来不觉潼关隘,龙起犹闻晋水清。
独使至尊⑤忧社稷,诸君何以答升平〔一〕。

〔一〕钱注:禄山反范阳,河北皆陷,郭子仪以孤军起朔方。贼将诱河曲九府六州部落数万逼行在,子仪以回纥首领葛逻支击走之。回纥太子叶护自将助讨禄山,战于澧上。贼诡伏,将袭我。回纥驰剪其伏,出贼背,夹之,贼大败,遂收长安。新店之役,贼陈出轻骑,子仪悉军追掩,贼张两翼包之,官军乱而却回。回纥望见,即逾西岭,从后击,尘且坌,飞矢射贼。贼惊曰:"回纥至矣!"遂大败,僵尸相属。官军乘胜,遂收东都。由此观之,汾阳以朔方孤军收复两都,皆赖回纥助顺之力,故曰"岂谓尽烦回纥马"也。肃宗即位日,朝廷草昧,军容单弱,诏子仪、光弼班师赴行在,国威始振,故帝唯依朔方兵为根本。仆固怀恩曰:"朔方将士,为先帝中兴主人,是陛下蒙恩故吏。"今曰"翻然远救朔方兵",故知助顺之功,不独在朔方矣。

① 韩公:指张仁愿,华州下邽(今陕西渭南)人,曾建立三受降城体系取漠南,极大地削弱了当时后突厥汗国的国力。② 尽烦:多劳。③ 回纥(hé):唐代生活在西北一带的游牧民族政权,与唐朝关系紧密。④ 朔方兵:唐代曾在西北地区设立的一支军队,战斗力强悍。⑤ 至尊:即皇帝。

洛阳宫殿化为烽,休道秦关百二重。
沧海未全归禹贡,蓟门何处尽尧封①。

朝廷衮职②虽多预[一]，天下军储不自供。

稍喜临边王相国，肯销金甲事春农。

〔一〕虽多预：一作谁争补。　○钱注：广德二年，王缙同平章事，其年八月，代李光弼都统河南、淮西、山南东道诸节度行营事，兼领东京留守；岁余，迁河南副元帅，请减军资钱四十万贯，修东都殿宇；大历三年领幽州、卢龙节度，又兼太原尹、北京留守，充河东军节度。

①"沧海""蓟门"二句：指当时处于安史之乱，部分国土被乱军割据。禹贡、尧封都指中国疆域。②衮职：指三公的职位。

回首扶桑铜柱标，冥冥氛祲①未[一]全消。

越裳②翡翠无消息，南海明珠久寂寥。

殊锡③曾为大司马，总戎④皆插侍中貂⑤。

炎风朔雪天王地，只在忠良[二]翊圣朝。

〔一〕未：一作不。　〔二〕良：一作臣。　○钱笺曰：此深戒朝廷不当使中官出将也。杨思勖讨安南五溪，残酷好杀，故越裳不贡。吕太一收珠南海，阻兵作乱，故南海不靖。李辅国以中官拜大司马，所谓殊锡也。鱼朝恩等以中官为观军容使，所谓总戎也。炎风朔雪，皆天王之地，只当精求忠良以翊圣朝，安得偏信一二中人，据将帅之重任，自取溃偾乎？肃代间，国势衰弱，不复再振，其根本胥在于此，斯岂非忠规切谏，救世之针药与？

① 氛祲（jìn）：比喻战乱。② 越裳：周代的某个南方国家，此指唐代的安南都护府。③ 殊锡：特别的封赐，殊荣。④ 总戎：总揽军事。⑤ 侍中貂：代指高官勋贵。

锦江春色逐人来，巫峡清秋万壑哀。

正忆往时严仆射①，共迎中使望乡台。

主恩前后三持节②，军令分明数举杯。

西蜀地形天下险，安危须仗出群材。

① 仆射（yè）：即尚书仆射，尚书省的长官，即宰相。② 持节：持军队的符节，象征兵权。

## 夜

露下①天高秋水〔一〕清，空山独夜旅魂惊。
疏灯自照孤帆宿，新月犹悬双杵②鸣。
南菊再逢人卧病，北书不至〔二〕雁无情。
步檐倚杖看牛斗，银汉③遥应接凤城④。

〔一〕水：一作气。　〔二〕至：一作到。

① 露下：夜晚的露水降下。② 双杵：指两女子相对而坐，各自洗衣。杵，即捣衣用的棒槌。③ 银汉：银河。④ 凤城：京城，即长安城。

## 秋兴八首

玉露①凋伤枫树林，巫山巫峡气萧森。
江间波浪兼天涌，塞上②风云接地阴。
丛菊两开他日泪，孤舟一系故园心③。
寒衣处处催刀尺，白帝城高急暮砧④。

① 玉露：秋天的寒露。② 塞上：夔州地势险要，因此称为关塞。③ 故园心：指思想长安之心。④ 暮砧：指黄昏捣衣的声音。

夔府①孤城落日斜，每依北〔一〕斗望京华。

听猿实下三声泪，奉使虚随八月槎②。

画省③香炉违伏枕，山楼粉堞隐悲笳。

请看石上藤萝月，已映洲前芦荻花。

〔一〕北：一作南。

① 夔府：即夔州，治所在今重庆奉节。② 八月槎：出自晋代张华《博物志》，说大海和天相通，每年八月都有人乘着船筏去往天河，此代指江面上来往的船只。③ 画省：即尚书省。

千家山郭静朝晖，日日江楼①坐翠微。

信宿②渔人还泛泛，清秋燕子故飞飞。

匡衡③抗疏④功名薄，刘向⑤传经⑥心事违。

同学少年多不贱，五陵⑦衣马自轻肥。

① 江楼：指白帝城楼。② 信宿：连续住两晚。③ 匡衡：今山东苍山兰陵镇人，西汉经学家、大臣。④ 抗疏：指给皇帝上谏言。⑤ 刘向：汉室宗亲，汉代文学家，中国目录学的鼻祖。⑥ 传经：整理儒家经典。⑦ 五陵：指长陵、安陵、阳陵、茂陵、平陵，当时许多富家豪门皆住在五陵附近，成为富家大族的代称。

闻道长安似弈棋①，百年世事不胜悲。

王侯第宅皆新主，文武衣冠异昔时。

直北关山金鼓震②，征西车马③羽书④驰〔一〕。

鱼龙寂寞秋江冷，故国平居有所思⑤。

〔一〕驰：一作迟。

① 长安似弈棋：指京城的政治形势如同下棋一样不可揣摩。②"直北"句：指国家北有战事，当时唐朝正与回纥发生冲突。③ 征西车马：指唐朝与吐蕃之间的战争。④ 羽书：插着羽毛表示紧急军情的

军事文书。⑤"故国"句:指杜甫怀念当时在长安的和平日子。

蓬莱①宫阙对南山②,承露金茎③霄汉间。
西望瑶池降王母,东来紫气满函关④。
云移雉尾⑤开宫扇,日绕龙鳞⑥识圣颜。
一卧沧江惊岁晚,几回青琐⑦点〔一〕朝班。

〔一〕点:一作照。

① 蓬莱:汉代的宫阙名,指唐代的大明宫。② 南山:终南山。③ 承露金茎:汉武帝建造了铜人托举盘子,以接露水。④ 紫气满函关:化用老子入函谷关、关尹喜看到东边有一团紫气的典故,形容唐宫的宏伟气象。⑤ 雉尾:雉尾扇,用于宫廷礼仪中。⑥ 龙鳞:皇帝龙袍上的图案。⑦ 青琐:指朝廷。

瞿塘峡口曲江头,万里风烟①接素秋。
花萼②夹城通御气,芙蓉小苑③入边愁〔一〕。
朱帘绣柱④围黄鹄〔二〕,锦缆牙樯⑤起白鸥。
回首可怜歌舞地,秦中自古帝王州。

〔一〕钱注:《旧唐书》:开元二十年,遣范安及于长安,广花萼楼,筑夹城,至芙蓉园。《长安志》:开元二十年,筑夹城,入芙蓉园,自大明宫夹东罗城复道,经通化门观,以达南内兴庆宫,次经春明延喜门,至曲江芙蓉园,而外人不之知也。 〔二〕鹄:一作鹤。

① 万里风烟:指长安和夔州相隔万里。② 花萼:指花萼相辉楼,唐代著名的皇家建筑。③ 芙蓉小苑:指芙蓉园,位于曲江边的皇家禁苑。④ 朱帘绣柱:泛指曲江行宫里的楼台建筑。⑤ 锦缆牙樯:指曲江中华丽的楼船。

昆明池水汉时功,武帝旌旗在眼中①。
织女②机丝虚夜月,石鲸③鳞甲动秋风。

波漂菰米沉云黑,露冷莲房堕粉红④。
关塞极天唯鸟道,江湖满地一渔翁⑤。

①"昆明""武帝"二句:汉武帝为了讨伐南越训练水军,开凿昆明池练兵。②织女:指昆明池岸边的织女石像。③石鲸:昆明池中的石头鲸鱼。④"波漂""露冷"二句:描写昆明池的水中景色。莲房,即莲蓬。⑤一渔翁:杜甫自比,说自己漂泊无依。

昆吾①御宿②自逶迤,紫阁峰③阴入渼陂④。
红豆〔一〕啄余鹦鹉粒,碧梧栖老凤凰枝⑤。
佳人拾翠⑥春相问,仙侣同舟晚更移。
彩笔⑦昔曾〔二〕干气象⑧,白头吟望苦低垂。

〔一〕红豆:一作香稻。 〔二〕曾:一作游。 ○按此八首皆居夔州而怀长安。前三首对夔州景物而增悲秋之感,后五首杂忆长安今昔之事。第四首怀达官第宅,第五首怀宫殿,第六首怀曲江,第七首怀昆明池,第八首怀渼陂也。

①昆吾:汉武帝时上林苑的一处地名。②御宿:地名,位于陕西西安长安区杜曲至韦曲一带。③紫阁峰:在终南山。④渼陂(měi bēi):水域名,在陕西鄠县西。⑤"红豆""碧梧"二句:倒装,正常语序即:鹦鹉啄余红豆粒,凤凰栖老碧梧枝。⑥拾翠:捡起翠鸟的羽毛。⑦彩笔:华丽的文笔。⑧干气象:指描绘大自然的宏伟气象。此指杜甫所作的《三大礼赋》。

## 吹笛

吹笛秋山风月清,谁家巧作断肠声。
风飘律吕①相和切,月倚关山几处明。

胡骑中宵②堪北走,武陵一曲③想南征。
故园杨柳今摇落,何得愁中却尽生。

① 律吕:古代校正音律的器具。② 中宵:半夜。③ 武陵一曲:指笛子曲《武溪深》,是东汉名将马援南征时所作。


## 咏怀古迹五首

支离①东北风尘际②,漂泊西南天地间。
三峡楼台淹日月,五溪③衣服共云山。
羯胡④事主终无赖,词客哀时且未还。
庾信生平最萧瑟,暮年诗赋动江关⑤。
○羯胡,以侯景比安禄山。庾信,杜公以自比也。

① 支离:指流离失所。② 风尘:指国家自安史之乱爆发以来的混乱局面。③ 五溪:指雄溪、樠(mán)溪、酉溪、沅(wǔ)溪、辰溪,分布在湖南、贵州、云南等省的边境。④ 羯胡:指唐代北方少数民族,此特指安禄山。⑤ "庾信""暮年"二句:庾信是南朝陈、北周的重臣、诗人,由南朝向北朝而仕,历经三朝,其诗中常有思故国、悲身世之感,在北周时常常怀念南方。

摇落①深知宋玉悲,风流儒雅②亦吾师。
怅望千秋一洒泪,萧条异代不同时③。
江山故宅空文藻④,云雨荒台岂梦思。
最是楚宫俱泯灭,舟人⑤指点到今疑⑥。

① 摇落:凋零,零落。② 风流儒雅:形容宋玉博学多才。③ 异

代不同时：此指杜甫虽然和宋玉不是同时代人，却有相同的飘零孤寂感。④ 空文藻：指宋玉已殁，惟有文学作品流传下来。⑤ 舟人：当地的船夫。⑥ 今疑：指古迹遗址。

群山万壑赴荆门，生长明妃①尚有村。
一去紫台②连朔漠③，独留青冢向黄昏。
画图省识春风面④，环佩⑤空归夜月魂。
千载琵琶作胡语，分明怨恨曲中论。

① 明妃：指王昭君，王昭君为秭归（今湖北宜昌兴山）人，正是杜甫游历的地方。② 紫台：即汉宫庭。③ 连朔漠：指向匈奴和亲。④ 春风面：形容王昭君美丽的面容。⑤ 环佩：古代妇女佩戴的首饰，此指王昭君。

蜀主①窥吴幸三峡，崩年亦在永安宫②。
翠华想象空〔一〕山里，玉殿虚无野寺中。
古庙杉松巢水鹤，岁时伏腊③走村翁。
武侯祠屋长邻近，一体君臣祭祀同。

〔一〕空：一作寒。

① 蜀主：指蜀汉先主刘备。② 永安宫：在今重庆奉节。③ 伏腊：指农历六月三伏天、腊月寒冬，借指每逢节气节日老百姓去祭祀。

诸葛大名垂宇宙，宗臣①遗像肃清高。
三分割据纡筹策②，万古云霄一羽毛。
伯仲之间见伊吕③，指挥若定失萧曹④。
运移汉祚⑤终难复，志决身歼军务劳。

① 宗臣：为后世所仰慕的名臣。② 纡（yū）筹策：即胸中韬

略不得施展。③伊吕：指伊尹、吕尚，前者辅佐商汤夺取天下，后者辅佐周文王、武王夺取天下，此代指诸葛亮。④萧曹：指萧何、曹参，都是汉初名相，此代指诸葛亮。⑤汉祚（zuò）：指汉朝的国运。

## 阁夜

岁暮阴阳①催短景②，天涯③霜雪霁寒宵〔一〕。
五更鼓角声悲壮，三峡星河影动摇。
野哭④几〔二〕家闻战伐，夷歌是〔三〕处起渔樵。
卧龙⑤跃马⑥终黄土，人事音书漫〔四〕寂寥。

〔一〕宵：一作霄。　〔二〕几：一作千。　〔三〕是：一作几。　〔四〕漫：一作久。

①阴阳：指太阳、月亮，即日夜。②短景：冬日的白昼。③天涯：指夔州，形容僻远。④野哭：在郊野痛哭，指为在战争中死亡的人祭祀。⑤卧龙：指诸葛亮，诸葛亮自号为卧龙先生。⑥跃马：指新莽末期割据自立的公孙述。

## 见王监兵马使①说近山有黑白二鹰，罗者久取，竟未能得。王以为毛骨有异他鹰，恐腊后春生鶱飞避暖，劲翮②思秋之甚，眇不可见，请余赋诗二首

云〔一〕飞玉立尽清秋，不惜奇毛③恣远游。
在野只教心力〔二〕破，于〔三〕人何事网罗求。

一生自猎知无敌,百中争能耻下韝④。

鹏碍九天须却避,兔藏[四]三窟莫深忧。

〔一〕云:一作雪。　〔二〕力:一作胆。　〔三〕于:一作千,非。　〔四〕藏:一作营。

① 兵马使:官职名,唐代方镇使府军的将领,掌握军权。② 劲翮(hé):矫健的翅膀,借指猛禽。③ 奇毛:借指白鹰。④ 韝(gōu):臂套,用皮革制成,用以束缚衣袖,射箭或操作时使用。

黑[一]鹰不省人间有,度海疑从北极来。

正翻抟风①超紫塞,玄冬②几夜宿阳台。

虞罗③自觉虚施巧,春雁同归必见猜。

万里寒空只一日,金眸玉爪不凡材。

〔一〕黑:恐当作异。　○ 钱注:张璁曰:王兵马,荆南赵芮公猛将,公尝为赋《二角鹰》诗,言其勇锐相敌,则此亦所以况之也。

① 抟(tuán)风:指乘着风快速地飞行。② 玄冬:指寒冬。③ 虞罗:指渔夫、猎人所张设的捕猎的网。

## 冬至

年年至日①长为客,忽忽穷愁泥杀人②。

江上形容吾独老,天涯[一]风俗自相亲。

杖藜雪后临丹壑,鸣玉朝来散紫宸③。

心折此时无一寸,路迷何处是[二]三秦。

〔一〕涯:一作边。　〔二〕是:一作见。

①至日:指到冬至日。②泥杀人:指哀愁萦绕在人心头,不得摆脱。③"鸣玉"句:描写官员从朝廷散朝的场景。鸣玉,古代官员所骑乘的马上要佩戴玉饰,走起路来会发出叮当响声。紫宸,即朝廷。

## 小至

天时人事日相催,冬至阳生春又来。
刺〔一〕绣五纹〔二〕添弱线①,吹葭六管动浮〔三〕灰②。
岸容待腊将舒柳,山意冲寒欲放梅。
云物不殊乡国异,教儿且覆掌中杯。
〔一〕刺:音切。 〔二〕纹:一作文。 〔三〕浮:一作飞。

①添弱线:指冬至一过,白昼变长,女工刺绣的工作量也增加了。②动浮灰:即葭灰占律,将葭灰放入长短不一的十二律管中,当某个律管中的葭灰扬起,就意味着对应中气的到来。

## 奉送蜀州柏二别驾将中丞命赴江陵,起居卫尚书太夫人,因示从弟行军司马位

中丞问俗画熊①频,爱弟传书彩鹢②新。
迁转五州防御使,起居八座③太夫人。
楚宫腊送荆门水,白帝云偷碧海春④。
与报惠连⑤诗不惜,知吾斑鬓总如银。

①画熊:指雕刻着熊的车驾,指中丞驾车巡游。②彩鹢(cǎi

yì）：指刻镂着鸟图案的画船。③ 八座：官员品级，唐代指左右二丞相、六部尚书为八座。④ "楚宫""白帝"二句：楚宫、白帝皆代指夔州，碧海为传说中的大海。⑤ 惠连：谢惠连，谢灵运之弟，此代指杜甫之弟。

## 立春

春日春盘①细生菜，忽忆两京全盛时。
盘出高门②行白玉，菜传纤手送青丝。
巫峡寒江那对眼，杜陵远客③不胜悲。
此身未知归定处，呼儿觅纸一题诗。

① 春盘：唐代的习俗，在立春日食用春饼、生菜。② 高门：代指富贵之家。③ 杜陵远客：杜甫自称，杜甫曾在杜陵附近的少陵居住，因此自称杜陵远客、少陵野老。

## 愁〔一〕

江草日日唤愁生，春〔二〕峡泠泠①非世情。
盘涡鹭浴底心性，独树花发自分明。
十年戎马②暗南国，异域宾客老孤城。
渭水秦山得见否，人今罢病虎纵横。

〔一〕公自注：强戏为吴体。　〔二〕春：一作巫。

① 泠泠（líng）：形容细流水的声音。② 十年戎马：指安史之

乱爆发十年了。

## 崔评事①弟许相迎不到，应虑老夫见泥雨怯出，必愆佳期②走笔戏简

江阁邀宾许马迎，午时起坐自天明。
浮云不负青春色③，细雨何孤白帝城。
身边花间沾湿好，醉于马上往来轻。
虚疑④皓首冲泥怯，实少银鞍傍险行。

① 评事：官职名，大理寺的属员，掌管审理疑案。② 愆佳期：错过好时期。③ 青春色：指青葱的春天美景。④ 虚疑：凭空怀疑。

## 遣闷戏呈路十九曹长

江浦雷声喧昨夜，春城雨色动微寒。
黄鹂并坐交愁湿，白鹭群飞太剧干①。
晚节渐于诗律细，谁家数去酒杯宽。
唯君最爱清狂客②，百遍相看〔一〕意未阑③。

〔一〕看：一作过。

① 剧干：指白鹭喜欢下雨的天气。② 清狂客：指放荡不羁者，此为杜甫自称。③ 阑：尽。

## 昼梦

二月饶睡①昏昏然，不独夜短昼分眠。
桃花气暖眼自醉②，春渚日落梦相牵。
故乡门巷荆棘底，中原君臣豺虎边③。
安得务农息战斗，普天无吏横索钱。

① 饶睡：贪睡。② 眼自醉：指闭眼。③ 豺虎边：指叛军、入侵的军队等各种敌对势力。

## 暮春

卧病拥塞①在峡中，潇湘②洞庭虚映空。
楚天不断四时雨，巫峡长〔一〕吹万里风。
沙上草阁柳新闇〔二〕，城边野池莲欲红。
暮春鸳鹭立洲渚，挟子翻〔三〕飞还一丛。

〔一〕长：一作常。 〔二〕闇：一作暗。 〔三〕翻：一作翱。

① 拥塞：阻隔，阻挡。② 潇湘：潇水和湘水，指代湖南地区。

## 即事

暮春三月巫峡长，皛皛①行云浮日光。
雷声忽下千峰雨，花气浑如百和香②。

黄莺过水翻回去,燕子衔泥湿不妨。
飞阁卷帘图画里,虚无③只少对潇湘。

① 皛皛(xiǎo):洁白明亮的样子。② 百和香:指多种花朵混杂的香味。③ 虚无:空旷平远。

## 赤甲①

卜居赤甲迁居新,两见巫山楚水春。
炙背可以献天子,美芹②由来知野人。
荆州郑薛寄诗〔一〕近,蜀客郪岑非我邻。
笑接郎中评事饮,病从深酌③道吾真。

〔一〕诗:一作书。 ○钱注:永泰三载,相国杜公鸿渐奏授犀浦县令,僚友杜员外甫、岑郎中参、郄舍人昂,闻公摈落,失声咨嗟。郑、薛,即郑审、薛据也。

① 赤甲:即赤甲山,重庆夔门北侧的高山。② 美芹:一种水生的野菜,比喻卑下、不值一提的事物。③ 深酌:饮酒尽兴。

## 江雨有怀郑典设①

春雨暗暗②塞峡中,早晚来自楚王宫。
乱波纷披已打岸,弱云狼籍不禁风③。
宠光蕙叶与多碧,点注桃花舒小红。

谷口子真正忆汝，岸高瀼滑〔一〕限西东。

〔一〕滑：一作阔。

① 典设：官职名，管理沐浴、洒扫等事务。② 暗暗：形容雨下得绵密。③ 狼籍不禁风：指云朵纷乱，被风吹得四处飘散。

## 雨不绝

鸣雨①既过细雨〔一〕微，映空②摇飏③如丝飞。
阶前短草泥不乱，院里长条④风乍稀。
舞石旋应⑤将乳子〔二〕，行云莫自湿仙衣。
眼边江舸何匆促〔三〕，未待〔四〕安流逆浪归。

〔一〕细雨：一作渐细。 〔二〕钱笺：《水经注》：石燕山，其山有石，绀而状燕，因以名山。其石或大或小，若母子焉。及雷风相薄，则石燕群飞，颉颃如真燕矣。罗君章云：今燕不必复飞也。 〔三〕促：一作遽。 〔四〕待：一作得。

① 鸣雨：指打雷下雨。② 映空：指阴暗的天空。③ 摇飏（yáng）：飘荡摇曳。④ 长条：柳树枝。⑤ 旋应：很快。

## 滟滪①

滟滪既没孤根深，西来水多愁太阴。
江天漠漠鸟双去，风雨时时龙一吟。
舟人渔子歌回首，估客②胡商泪满襟。

寄语舟航恶年少,休翻盐井掷黄金。

① 滟滪:指瞿塘峡的滟滪堆。② 估客:即贾客,商人。

## 季夏送乡弟韶陪黄门从叔朝谒〔一〕①

令弟尚为苍水使,名家莫出杜陵人。
比来相国兼安蜀,归赴朝廷已入秦。
舍舟策马论兵地,拖玉腰金报主身。
莫度清秋吟蟋蟀,早闻〔二〕黄阁画麒麟②。
　〔一〕公自注:韶比兼开山使,通成都外江下峡舟船。国藩按,诗中云莫出者,犹云无出其右也。相国,指杜鸿渐,以大历二年六月入朝。鸿渐本以黄门侍郎同平章事镇蜀,故称曰黄门从叔。　〔二〕闻:一作开。

① 朝谒:入朝拜见皇帝。② 麒麟:指画有麒麟的官袍。

## 七月一日题终明府①水楼二首

高栋曾轩已自凉,秋风此日洒衣裳。
翛然②欲下阴山雪,不去非无汉署香。
绝壁过云开锦绣,疏枝夹水奏笙簧。
看君宜著王乔履③,真赐还疑出尚方。
　○公自注:终明府,功曹也,兼摄奉节令,故有此句。仁观奏即真也。

①明府：唐人对地方县令的尊称。②翛（xiāo）然：洒脱、毫无拘束的样子。③王乔履：即王乔舄（xì），王乔是东汉人，任叶县县令，相传其化为鞋子，由两只水鸟携带飞入宫中面见皇帝。

宓〔一〕子弹琴邑宰日，终军弃繻英妙时①。
承家节操尚不泯，为政风流今在兹。
可怜宾客尽倾盖，何处老翁来赋诗。
楚江巫峡半云雨，清簟②疏帘看弈棋。

〔一〕宓：一作宓。

①"宓子""终军"二句：夸赞终明府年龄不大但治政有方。宓（fú）子，即宓子贱，春秋时鲁国人，孔子弟子，做县邑宰时用礼乐治理。终军，字子云，西汉儒生。弃繻（rú），指决心做一番事业。英妙时，指青春年少。此处宓子和终军都指代终明府。②清簟（diàn）：竹编凉席。

## 见萤火

巫山秋夜萤火飞，疏帘巧入坐人衣①。
忽惊屋里琴书冷，复乱檐前星宿稀。
却绕井栏添个个，偶经花蕊弄辉辉②。
沧江白发愁看汝，来岁如今归未归。

①坐人衣：指萤火虫落在人的衣服上。②辉辉：萤火光亮忽明忽暗的样子。

## 送李八秘书赴杜相公幕

青帘白舫①益州来,巫峡秋涛天地回。
石出倒听枫叶下,橹摇背指菊花开。
贪趋相府今晨发,恐失佳期后命催。
南极一星朝北斗,五云②多处是三台③。

① 白舫:白色的小船。② 五云:指京都的祥瑞之气。③ 三台:即三台星,代指杜相公杜鸿渐。古人认为天上的三台星对应人间的三公。

## 简吴郎司法①

有客乘舸自忠州②,遣骑安置瀼西③头。
古堂本买藉疏豁④,借汝迁居停宴游。
云石荧荧高叶曙,风江飒飒乱帆秋。
却为姻娅⑤过逢地,许坐曾轩数散愁。

① 司法:官职名,在地方州县设置,掌握刑法。② 忠州:即今重庆忠县。③ 瀼(ráng)西:即今重庆奉节城外的梅溪河。④ 疏豁:宽阔明亮。⑤ 姻娅:婿父称姻,两婿互称曰娅,泛指有婚姻关系的亲戚。

## 又呈吴郎

堂前扑枣任西邻,无食无儿一妇人。
不为困穷宁有此,只缘①恐惧转须亲。

即妨〔一〕远客虽多事，便〔二〕插疏篱却甚〔三〕真。

已诉征求②贫到骨，正思戎马泪盈襟。

〔一〕妨：一作知。　〔二〕便：一作使。　〔三〕甚：一作任。

① 只缘：正因为。② 征求：征赋税。

## 九日〔一〕

重阳独酌杯中酒，抱病起登江上台。

竹叶于人既无分，菊花从此不须开。

殊方日落玄猿哭，旧国霜前白雁来。

弟妹萧条各何在〔二〕，干戈衰谢两相催。

〔一〕题共五首，尚有五律二首，五排一首，缺一首。　〔二〕在：一作往。

## 登高

风急天高猿啸哀，渚①清沙白鸟飞回。

无边落木萧萧下，不尽长江滚滚来。

万里悲秋常作客，百年②多病独登台。

艰难苦恨③繁霜鬓，潦倒新亭〔一〕浊酒杯。

〔一〕亭：通停。

①渚（zhǔ）：水中的江洲。②百年：代指人的一生。③苦恨：即极恨，形容恨的程度深。

## 覃山人隐居

南极老人自有星①，北山移文②谁勒铭。
征君已去独松菊，哀壑无光留户庭。
予见乱离不得已，子知出处必须经。
高车驷马带倾覆，怅望秋天虚翠屏。

①自有星：指南极星。②北山移文：由南朝齐文学家孔稚珪所作，揭露和讽刺那些假借隐居而谋取利禄的沽名钓誉之徒。"移"为一种文体，即布告、通告。

## 即事

天畔群山孤草亭，江中风浪雨冥冥①。
一双白鱼不受钓，三寸黄甘犹自青。
多病马卿②无日起，穷途阮籍③几时醒。
未闻细柳散金甲④，肠断秦川〔一〕流浊泾。
〔一〕川：一作州，非。

①冥冥：形容雨下得稠密而显得昏暗。②马卿：指司马相如。③穷途阮籍：相传阮籍喜欢驾车独行，行到末路时便大哭而

还。④ 金甲：借指兵事。

## 题柏学士茅屋

碧山学士焚银鱼①，白马②却走深岩居。
古人已用三冬足③，年少今开万卷余。
晴云满户团倾盖，秋水浮阶溜决渠。
富贵必从勤苦得，男儿须读五车书④。

① 银鱼：唐代五品及以上官员佩戴的表示品级身份、发兵、出入宫城门的信符。② 白马：相传晋代的张湛喜欢骑白马，此代指柏学士。③ 三冬足：即"足三冬"，指冬天的三个月时间都用来读书。④ 五车书：形容读书多，学问深。

## 舍弟观赴蓝田取妻子到江陵喜寄三首

汝迎妻子达荆州，消息争传解我忧。
鸿雁影来连峡内，鹡鸰①飞急到沙头。
峣关②险路今虚远，禹凿③寒江正稳流。
朱绂④即当随彩鹢⑤，青春不假报黄牛⑥。

① 鹡鸰（jí líng）：喻指兄弟。② 峣（yáo）关：高峻的关隘，此指蓝田关。③ 禹凿：相传大禹凿开三峡。④ 朱绂：红色的官服。⑤ 彩鹢（yì）：借指船。⑥ 黄牛：指黄牛峡，在湖北宜昌。

马度秦山〔一〕①雪正深,北来肌骨苦寒侵。

他乡就我生春色,故国移居见客心。

欢剧〔二〕提携如意舞,喜多行坐白头吟②。

巡檐③索共梅花笑,冷蕊疏枝半不禁。

〔一〕山:一作关。　〔二〕欢剧:一作剩欲。

① 秦山:指秦岭。② 白头吟:此指杜甫自己吟唱。③ 巡檐:绕着屋檐。


庾信罗含①俱有宅,春来秋去作谁家。

短墙若在从残草,乔木如存可假花。

卜筑②应同蒋诩径③,为园须似邵平瓜④。

比年病〔一〕酒开涓滴⑤,弟劝兄酬何怨嗟。

〔一〕病:一作断。

① 罗含:字君章,衡阳郡耒阳县(今湖北衡阳耒阳市)人,两晋时思想家、文学家,曾在江陵结庐而居。② 卜筑:选择好的地方造屋居住。③ 蒋诩(xǔ):汉代兖州刺史,辞官隐退后,在家门前开辟三条小路,唯与高逸之士求仲、羊仲往来。④ 邵平瓜:指广陵人邵平在青门外种瓜。⑤ 涓滴:指喝少量的酒。


## 人日〔一〕

此日此时人共得,一谈一笑俗相看。

樽前柏叶休随酒,胜里金花巧耐寒。

佩剑冲星①聊暂拔,匣琴流水自须弹。

早春重引江湖兴,直道无忧行路难。

〔一〕此题本二首,前一首已抄入五律中。

① 冲星:即冲斗,比喻人的才气超出常人。


## 宇文晁尚书之甥、崔彧司业之孙、尚书之子重泛郑监前湖

郊扉①俗远长幽寂,野水春来更接连。
锦席②淹留还出浦,葛巾欹侧③未回船。
樽当霞绮轻初散,棹拂荷珠碎却圆。
不但习池④归酩酊,君看郑谷⑤去秦缘。

① 郊扉:指湖边的住处。② 锦席:精美的酒席。③ 欹侧:指喝醉酒后连头巾都戴歪了。④ 习池:指宴饮的地方。⑤ 郑谷:指汉代隐士郑璞所隐居的谷口。


## 多病执热奉怀李尚书〔一〕

衰年正苦病侵凌,首夏何须气郁蒸①。
大水淼茫炎海②接,奇峰硉兀火云升。
思沾道暍黄梅雨,敢望宫恩玉井冰。
不是尚书期不顾,山阴夜雪兴难乘。

〔一〕之芳。

① 郁蒸:指酷热暑湿。② 炎海:指南海炎热的地区。

## 江陵节度使阳城郡王①新楼成，王请严侍御判官赋七字句同作

楼上炎天冰雪生，高飞燕雀贺新成。
碧窗宿雾濛濛湿，朱栱②浮云细细轻。
仗钺③褰帷④瞻具美，投壶散帙有余清。
自公多暇延参佐，江汉风流万古情。

①阳城郡王：在唐代，地方节度使往往被册封为郡王，此即卫伯玉，河东安邑（今山西夏县）人，唐代大将，在边疆、平定安史之乱多立有战功。②朱栱：即红色的斗拱。③仗钺：手执斧钺一类的兵器，表示权威。④褰（qiān）帷：掀起帷幕。

## 又作此奉卫王

西北楼成雄楚都，远开山岳散江湖。
二仪①清浊还高下，三伏炎蒸定有无。
推毂②几年惟镇静，曳裾③终日盛文儒。
白头④授简⑤焉能赋，愧似相如为大夫。

①二仪：指天地。②推毂（gǔ）：推着车前进。推车是古代帝王任命将帅的隆重礼遇。③曳裾：摆弄衣襟，此代指在权贵富家门下做食客。④白头：杜甫自称。⑤授简：指卫伯玉邀请杜甫作诗。

## 暮归

霜黄碧梧白鹤栖,城上击柝①复乌啼。
客子②入门月皎皎,谁家捣练③风凄凄。
南渡桂水缺舟楫,北归晴川多鼓鼙④。
年过半百不称意,明日看云还杖藜。

① 击柝(tuò):打更,在夜晚到点敲击报时。② 客子:杜甫自称。③ 捣练:捣洗煮过的熟绢。④ 鼓鼙(pí):军中所用的鼓,此代指战乱。

## 公安①送韦二少府匡赞

逍遥公后②世多贤,送尔维舟惜此筵。
念我常能〔一〕数字至,将诗不必万人传。
时危兵革黄尘里,日短江湖白发前。
古往今来皆涕泪,断肠分手各风烟③。

〔一〕常能:一作能书。

① 公安:地名,在今湖北公安。② 逍遥公后:韦匡的先祖在北周和唐中宗时都被封为逍遥公,所以说是逍遥公后。③ 风烟:指战乱。

## 留别公安大易沙门①

隐居欲就庐山远②,丽藻初逢休上人③。
数问舟航留制作,长开箧笥④拟精神。

沙村白雪仍含冻,江县红梅已放春。
先踏炉峰⑤置兰若,徐飞锡杖出风尘。

① 沙门,即和尚。② 庐山远:指东晋高僧慧远。③ 休上人:指南朝诗僧惠休,上人即对僧人的尊称。④ 箧笥(qiè sì):藏放文书、衣物的竹器。⑤ 炉峰:指庐山香炉峰。

## 晓发公安〔一〕

北城击柝复欲罢,东方明星①亦不迟。
邻鸡野哭如昨日,物色生态能几时②。
舟楫眇然自此去,江湖远适无前期。
出门转盼③已陈迹,药饵扶吾随所之。

〔一〕公自注:数月憩息此县。

① 明星:指金星,又名启明星,在天拂晓时出现。② 生态能几时:指人的生计没有多少时间。③ 转盼:转眼,很快。

## 酬郭十五判官

才微岁晚尚虚名,卧病江湖春复生。
药裹①关心诗总废,花枝照眼②句还成。
只同燕石能星陨,自得隋珠③觉夜明。
乔口橘洲④风浪促,惊帆何惜片时程。

①药裹：药包，药物。②照眼：耀眼，引人注目。③隋珠：即隋侯珠，在夜晚发光如明月，此形容郭判官的作品。④橘洲：指橘子洲，在今湖南长沙西湘江中。

## 赠韦七赞善

乡里衣冠不乏贤，杜陵韦曲未央前①。
尔家最近魁三象②，时论同归尺五天。
北走关山③开雨雪，南游花柳④塞云烟。
洞庭春色悲公子，虾〔一〕菜⑤忘归范蠡〔二〕船。
〔一〕虾：一作鲑。　〔二〕范蠡：一作万里。

①"杜陵"句：指杜、韦两家人才辈出，多有在朝中任职。未央，指汉代的未央宫，此代指唐代宫廷。②魁三象：即世代为三公的高官。③北走关山：指韦赞将要北归。④南游花柳：指杜甫自己还要在南方羁留。⑤虾菜：指鱼虾一类的菜肴。

## 燕子来舟中作

湖南为客动经春，燕子衔泥两度新①。
旧人故园尝识主，如今社日②远看人。
可怜处处巢君〔一〕室，何异飘飘托此身。
暂语船樯还起去，穿花贴〔二〕水益沾巾。
〔一〕君：一作居，非。　〔二〕贴：一作落。

①两度新：指杜甫第二次来到此地。②社日：指每年立春后

的第五个戊日,人们在这一天祭神祈祷丰收。

## 小寒食舟中作

佳辰①强饮〔一〕食犹寒,隐几②萧条戴鹖冠③。
春水船如天上坐,老年花似雾中看。
娟娟戏蝶过闲幔,片片轻鸥下急湍。
云白山青万余里,愁看直〔二〕北是长安。

〔一〕饮:一作饭。　〔二〕直:一作西。

① 佳辰:指小寒食节,于寒食节的次日。② 隐几:倚靠的几案。③ 鹖冠:用鹖羽制作的冠帽,此指隐者之冠。

## 长沙送李十一〔一〕

与子避地西康州〔二〕①,洞庭相逢十二秋。
远媿尚方②曾赐履,竟非吾土倦登楼。
久存胶漆应难并,一辱泥涂③遂晚收。
李杜齐名真忝窃④,朔云寒菊倍离忧。

〔一〕衔。　〔二〕钱注:西康州,乃同谷县。武德元年,以县置西康州。

① 避地西康州:因躲避战乱而寓居他处。西康州,即今甘肃成县。② 尚方:官职名,古代负责管理皇帝御用器物的官员。③ 泥涂:比喻卑贱的地位。④ 忝窃:谦辞,指惭愧获得名声。

# 李义山七律

---

一百十七首

## 锦瑟[一]①

锦瑟无端②五十弦,一弦一柱思华年。
庄生晓梦迷蝴蝶,望帝春心托杜鹃。
沧海月明珠有泪,蓝田日暖玉生烟。
此情可待成追忆,只是当时已惘然③。

〔一〕此篇朱氏定为悼亡之诗。

① 锦瑟:装饰华美的瑟,一种弦乐器,通常为二十五弦。② 无端:何故,怨怪之词。③ 惘然:惘然若失的惆怅心情。

## 重过圣女祠[一]①

白石岩扉②碧藓滋,上清③沦谪得归迟。
一春梦雨④常飘瓦,尽日灵风⑤不满旗。
萼绿华⑥来无定所,杜兰香⑦去未移时。
玉郎⑧会此通仙籍,忆向天阶⑨问紫芝〔二〕。

〔一〕圣女祠,集中凡三见,程氏以为皆刺当时女道士者。
〔二〕萼绿华降羊权家,杜兰香数诣张硕,皆以仙女而与男子交际,所以深讥之也。

① 圣女祠:位于今陕西宝鸡。② 岩扉:指山洞的门。③ 上清:即上清宫,道教的神仙洞府。④ 梦雨:指朦胧细雨。⑤ 灵风:指神灵之风。⑥ 萼绿华:传说中的一名仙女。⑦ 杜兰香:传说中的一名仙女,被渔女收养在湘江边,后被仙童携带上天。⑧ 玉

郎：神话中的仙官，掌管神仙的仙籍。⑨ 天阶：神话传说通往天界的天路。

## 题僧壁〔一〕

舍生行道有前踪，乞脑剜身结愿重。
大去便应欺粟颗①，小来兼可隐针锋。
蚌胎未〔二〕满思新桂②，琥珀初成忆旧松〔三〕。
若信贝多③真实语，三生同听一楼钟。

〔一〕集中有《赠田叟》诗，第六句云："交亲得路昧平生。"程氏谓此篇亦是彼诗之意，穷途以求故人，倾身纳交，而弃我如遗，犹之舍生求佛，而卒无所得。 〔二〕未：一作永。 〔三〕旧松似指令狐楚，谓己少时赖以奖借成名。

① 粟颗：谷物颗粒。② 新桂：指月亮。③ 贝多：一种树木，古代印度多以贝多的叶子书写佛经。

## 潭州〔一〕

潭州官舍暮楼空，今古无端入望中。
湘泪浅深滋竹色①，楚歌②重叠怨兰丛。
陶公战舰③空滩雨，贾傅承尘破庙风。
目断故园人不至，松醪一醉与谁同。

〔一〕大中元年，郑亚廉察桂州，义山为从事。是年，李德裕贬潮州。程氏以为义山经过潭州时，闻德裕之贬，而作是诗也。

①"湘泪"句：指舜帝的两妃子娥皇、女英因舜帝离世而痛哭，眼泪染上竹子变成竹斑。②楚歌：指屈原等楚国作家所创作的《楚辞》。③陶公战舰：指东晋陶侃率领舰队平定叛军陈恢。④松醪（láo）：用松脂、松花酿造的酒。

## 赠司户①刘蕡〔一〕

江风吹浪动云根，重碇②危樯③白日昏。
已断燕鸿初起势，更惊骚客④后归魂。
汉廷急诏〔二〕谁先入，楚客高歌自欲翻。
万里相逢欢复泣，凤巢西隔九重门。

〔一〕程氏以为义山为桂州判官时，尝自桂林奉使江陵，又使南郡。蕡贬柳州司户，当在此时。或道途舟次相遇，而赠此诗。
〔二〕诏：一作召。

① 司户：官职名，管理地方上的人口、钱粮。② 碇（dìng）：船只停靠时使船身固定不移的大石。③ 危樯：高耸的船只。④ 骚客：诗人，此是李商隐自称。⑤ 凤巢：指中书省。

## 南朝

玄武湖中玉漏催①，鸡鸣埭②口绣襦回。
谁言琼树③朝朝见，不及金莲④步步来。
敌国⑤军营漂木柿⑥，前朝神庙锁烟煤。
满宫学士皆颜色，江令当年只费才。

① 玄武湖：位于今江苏南京。② 鸡鸣埭：玄武湖北堤名，行到湖北堤时鸡鸣叫，因此得名。③ 琼树：玉树，此形容陈后主宠幸张丽华美貌。④ 金莲：南朝齐废帝用黄金制成莲花贴放在地上，叫宠妃在上面行走，即步步生莲。⑤ 敌国：指隋朝。⑥ 木柿（fèi）：木头的碎屑。

## 送崔珏往西川[一]①

年少因何有旅愁，欲为东下更西游。
一条雪浪吼巫峡，千里火云烧益州②。
卜肆③至今多寂寞，酒垆从古擅风流。
浣花笺纸桃花色，好好题诗咏玉钩。

〔一〕崔珏，字梦之，大中进士。

① 西川：即成都。② 益州：古代行政区划，辖域包括今四川、贵州、重庆。③ 卜肆：为人占卦、测算的铺子。

## 饮席戏赠同舍[一]

洞中屐响省分携①，不是花迷客自迷。
珠树重行怜翡翠，玉楼双舞羡鹍鸡。
兰回旧蕊②缘屏绿，椒缀新香和壁泥。
唱尽阳关无限叠，半杯松叶③冻颇黎。

〔一〕同舍，盖妓席惜别者。

① 分携：指分离、离开。② 兰回旧蕊：花朵重新开放。③ 松叶：一种酒名，用松叶酿成。

## 令狐八拾遗〔一〕见招送裴十四归华州①

二十中郎②未足希〔二〕，骊驹③先自有光辉。
兰亭④宴罢方回去，雪夜诗成道韫归。
汉苑风烟吹客梦，云台洞穴接郊扉。
嗟予久抱临邛⑤渴⑥，便欲因君问钓矶⑦。

〔一〕令狐八拾遗：绹。　〔二〕希：一作稀。　○二十中郎，用谢万事。郄方回为王羲之妻舅，谢道韫为王凝之妻。裴十四当是携家同行，但不知与令狐氏是何等姻亲耳。

① 华州：今陕西华县。② 中郎：即中书郎，官职名，负责草拟诏书，并委派到地方执行任务。③ 骊驹：黑色的马。④ 兰亭：指东晋王羲之的兰亭集会。⑤ 临邛（qióng）：指西汉时临邛令王吉，与司马相如交善。⑥ 渴：指司马相如有消渴疾。⑦ 钓矶：指姜太公钓鱼的地方。

## 寄令狐学士〔一〕①

秘殿②崔嵬拂彩霓，曹司③今在殿东西。
赓歌④太液⑤翻黄鹄，从猎陈仓获碧鸡。
晓饮岂知金掌迥，夜吟应讶玉绳⑥低。
钧天⑦虽许人间听，阊阖⑧门多梦自迷〔二〕。

〔一〕绚。　〔二〕《唐书》：绚夜对禁中，烛尽，帝以金莲华炬送还。"夜吟"句，美其恩遇之隆也。

① 令狐学士：即令狐绹，京兆华原（今陕西耀县）人，唐代宰相、诗人。② 秘殿：指禁秘的宫殿。③ 曹司：即官署。④ 赓歌：指与帝王相唱和。⑤ 太液：指太液池，汉长安的宫池名。⑥ 玉绳：天上的星名。⑦ 钧天：天界的仙乐。⑧ 阊阖（chāng hé）：天门。

## 哭刘蕡

上帝深宫〔一〕闭九阍①，巫咸②不下问衔冤。
广陵③别后春涛隔，湓浦④书来秋雨翻。
只有安仁⑤能作诔⑥，何曾宋玉解招魂。
平生风义⑦兼师友，不敢同君哭寝门〔二〕。

〔一〕宫：一作居。　〔二〕程注：本集诗云："去年相送地，春色满黄陵。"广陵当为黄陵之讹。

① 九阍（hūn）：指重重的宫门。② 巫咸：指神巫。③ 广陵：即黄陵，在今湖南湘阴。④ 湓（pén）浦：即江州，在今江西九江。⑤ 安仁：指西晋的文学家潘安，擅长写悼文。⑥ 诔（lěi）：叙述死者生前事迹，哀悼死者的一种文体。⑦ 风义：情义，情谊。

## 荆门西下

一夕南风一叶危，荆云〔一〕回望夏云时。
人生岂得轻离别，天意何曾忌崄巇①。

骨肉书题安绝徼②,蕙兰蹊径失佳期。

洞庭湖阔蛟龙恶,却羡杨朱泣路歧③。

〔一〕荆云:疑作荆门。

①崄巇(xiǎn xī):指险峻崎岖的山地。②绝徼(jiào):绝塞,极远的边塞。③"却羡"句:化用《列子·杨朱篇》载杨朱临歧路而哭泣,因为其路可南可北,没有固定方向之典故。此是李商隐寄托身世之感。杨朱,战国时魏国人,先秦时著名思想家、哲学家。

## 少年〔一〕

外戚平羌第一功,生年二十有重封。

直登宣室①螭头②上,横过甘泉③豹尾④中。

别馆觉来云雨梦,后门归去蕙兰丛。

灞陵夜猎随田窦⑤,不识寒郊自转蓬。

〔一〕此刺当时勋戚子弟。

①宣室:汉代未央宫的宣室殿。②螭(chī)头:指宫殿前雕有蛟龙头型的石阶。③甘泉:指汉代的甘泉宫。④豹尾:指天子的属车。⑤田窦:指田蚡、窦婴,前者为汉武帝的舅舅,封武安侯;后者为窦太后的侄子,封魏其侯,都是汉代景帝、武帝时著名的外戚大家。

## 药转〔一〕

郁金堂北画楼东,换骨神方上药通。

露气暗连青桂苑①,风声偏猎紫兰丛。

长筹未必输孙皓,香枣②何劳问石崇。

忆事怀人兼得句,翠衾归卧绣帘中。

〔一〕程注云:此篇淫媟之辞,朱竹垞以为"药转"字出道书,如厕之义也。

① 青桂苑:指富贵人家的华美园苑。② 香枣:古代富贵人家如厕时用枣子塞鼻子以屏蔽臭味。

## 隋宫①

紫泉宫殿锁烟霞,欲取芜城②作帝家。

玉玺不缘归日角③,锦帆④应是到天涯。

于今腐草无萤火,终古垂杨有暮鸦。

地下若逢陈后主⑤,岂宜重问后庭花。

○唐人讳渊,紫泉即紫渊,谓长安也。芜城,扬州也。刺隋锁长安之宫殿,而欲家于扬州。

① 隋宫:指隋文帝在扬州建造的行宫。② 芜城:指扬州。③ 日角:额角突出,古人认为这种相貌乃帝王之像,此借指唐高祖李渊。④ 锦帆:装饰华丽的龙船,指隋炀帝的船队。⑤ 陈后主:指南朝陈末代君主陈叔宝。

## 二月二日①

二月二日江上行,东风日暖闻吹笙。

花须柳眼各无赖②,紫蝶黄蜂俱有情。

万里忆归元亮③井,三年从事亚夫营④。

新滩〔一〕莫悟〔二〕游人意,更作风檐夜雨声〔三〕。

〔一〕滩:一作春。 〔二〕悟:一作讶。 〔三〕夜雨:一作雨夜。程注:三年从事,当是随郑亚在岭南。

① 二月二日:按照蜀地的传统习俗,该日为踏青节,出外游景。② 无赖:用拟人的手法,形容花草柳树肆意生长,繁茂旺盛。③ 元亮:指陶渊明。④ 亚夫营:指周亚夫驻军的细柳营,此指代柳仲郢的军幕。亚夫,指汉代名将周亚夫,帮助汉景帝平定七国之乱。

## 杜〔一〕工部蜀中离席

人生何处不离群,世路干戈惜暂分。

雪岭①未归天外使②,松州③犹驻殿前军。

座中醉客延醒客,江上晴云杂雨云。

美酒成都堪送老④,当垆⑤仍是卓文君。

〔一〕杜:一作辟。 〔二〕朱鹤龄以为拟杜工部之诗。雪岭、松州等,俱切老杜肃代朝事。程梦星以为柳仲郢镇东蜀,辟义山为判官检校工部郎中。诗作于是时,题当为"辟工部"。国藩按,工部郎中,京朝之官,非幕府之官也,检校工部则可,辟工部则不可,朱说近之。

① 雪岭:指大雪山,在今四川康定境内。② 天外使:指来往吐蕃的使者。③ 松州:今属四川阿坝藏族羌族自治州。④ 送老:安度晚年。⑤ 当垆:卖酒的人。

## 梓州罢吟寄同舍

不拣花朝①与雪朝②,五年从事霍嫖姚〔一〕③。
君缘接座④交珠履,我为分行近翠翘⑤。
楚雨含情皆有托,漳滨⑥卧病竟无憀⑦。
长吟远下燕台去,惟有衣香染未销。

〔一〕霍嫖姚,喻柳仲郢。

① 花朝:指繁花盛开的时节,代指春天。② 雪朝:大雪纷飞的时节,代指冬天。③ 霍嫖姚:即霍去病,此代指柳仲郢,唐代大臣,多有善政。④ 接座:邻近主人的位置而坐,表示礼遇。⑤ 翠翘:一种形似翠鸟羽毛的首饰,代指歌姬。⑥ 漳滨:指汉末文学家刘桢,李商隐以刘桢作比说自己身体多病。⑦ 无憀(liáo):无聊。

## 无题二首

凤尾①香罗薄几重,碧文圆顶夜深缝。
扇裁月魄羞难掩,车走雷声语未通。
曾是寂寥金烬②暗,断无消息石榴红。
斑骓③只系垂杨岸,何处西南任好风。

① 凤尾:指华美的细纹。② 金烬:指灯烛的灰烬。③ 斑骓:指青色、白色毛相杂的骏马。

重帏深下莫愁堂,卧后清宵细细长。
神女生涯原是梦,小姑居处本无郎。
风波不信菱枝弱,月露谁教桂叶香。

直道相思了无益,未妨惆怅是清狂。

○二诗言世莫已知,已亦誓不复求知于世。托辞于贞女,以自明其波澜不起之意。


# 昨日[一]①

昨日紫姑②神去也,今朝青鸟③使来赊。
未容言语还分散,少得团圆足怨嗟④。
二八月轮蟾影破,十三弦柱⑤雁行斜。
平明钟后更何事,笑倚墙边[二]梅树花。

〔一〕此冶游惜别之诗。 〔二〕边:一作匡。

① 昨日:此诗取句首二字为题,其实也是一首无题诗。② 紫姑:传说中的女神,湘西一带称其为厨神,具有先知之灵,此处代指深爱的女子。③ 青鸟:神话中为西王母传信的神鸟。④ 怨嗟:埋怨哀叹。⑤ 十三弦柱:指古筝的弦柱。


# 汴上送李郢之苏州[一]

人高诗苦滞夷门①,万里梁王②有旧园。
烟幌③自应怜白纻[二]④,月楼谁伴咏黄昏。
露桃涂颊依苔井,风柳夸腰住水村。
苏小小⑤坟今在否,紫兰香径与招魂。

〔一〕李郢,字楚望,大中进士,为侍御使。 〔二〕纻:一作苎。

① 夷门：战国时魏国都城大梁的东城门，此指代汴上，即今河南开封。② 梁王：指汉景帝之弟梁孝王刘武。③ 烟幌（huǎng）：形容薄如云雾的帷幔。④ 白纻（zhù）：此指吴越一带的歌舞。一指吴越一带所产细而白的布。⑤ 苏小小：南朝齐时钱塘一带的名妓。

## 赠郑谠处士

浪迹江湖白发新，浮云一片是吾身。
寒归山观随棋局，暖入汀州逐钓轮〔一〕。
越桂留烹张翰鲙①，蜀姜供煮陆机莼②。
相逢一笑怜疏放，他日扁舟有故人。

〔一〕轮：一作纶。

① 张翰鲙（kuài）：指西晋的张翰因思念故乡的鲈鱼而辞官回乡之事。② 莼（pò）：指苴（jū）莼，即蘘（ráng）荷，一种草本植物，嫩芽可食用。此指莼羹。据《世说新语》载，陆机拜访王武子，陆机说江东有"千里莼羹"。

## 复至裴明府所居

伊人①卜筑自幽深，桂巷杉篱不可寻。
柱上雕虫②对书字，槽中秣马③仰听琴。
求之流辈岂易得，行矣关山方独吟。
赊取松醪一斗酒，与君相伴洒烦襟。

①伊人：此人，这人。②雕虫：指诗文辞赋。③秣马：即饲养的马。

## 览古

莫恃金汤①忽太平，草间霜露古今情。
空糊〔一〕赪壤②真何益，欲举黄旗竟未成③。
长乐瓦飞④随水逝，景阳钟⑤堕失天明。
回头一吊箕山客⑥，始信逃尧不为名。

〔一〕糊：一作存。

①恃（shì）金汤：指凭借牢固的城池。②赪（chēng）壤：红色的土壤。③竟未成：相传东吴君主孙皓迷信黄旗是君临天下的祥瑞，发兵攻打晋朝，最后被晋所灭。④长乐瓦飞：指南朝宋废帝刘子业快速败亡之事。⑤景阳钟：指南朝齐武帝在景阳山上放置一口大钟，每日报时。⑥箕山客：指上古时推辞尧帝禅让的许由。

## 子初郊墅〔一〕

看山对酒君思我，听鼓离城我访君。
腊雪已添墙下水，斋钟不散槛前云。
阴移竹柏浓还淡，歌杂渔樵断更闻。
亦拟村南买烟舍①，子孙相约事耕耘。

〔一〕五律有《子初全溪作》，朱氏、程氏未著子初何人。

①烟舍：指乡野间的农屋。

## 汉南书事[一]

西师万众几时回，哀痛天书近已裁。
文吏何曾重刀笔①，将军犹自舞轮台②。
几时拓土成王道③，从古穷兵④是祸胎。
陛下好生千万寿，玉楼长御白云杯。

〔一〕朱注：大中三年二月，吐蕃三州七关来降。诏泾原等五镇出兵应援，又令百姓开垦三州七关土田，其山南、剑南没蕃州县，亦令收复。四年，发诸道兵讨党项无功，上颇厌用兵。此诗当作于其时。

①刀笔：指官府的文书。②轮台：汉代西域国名，此指代边疆。③王道：指帝王仁德的治理方式。④穷兵：指穷尽民力去打仗。

## 当句有对[一]

密迩[二]①平阳②接上兰③，秦楼鸳瓦汉宫盘④。
池光不定花光乱，日气初涵露气干。
但觉游蜂饶舞蝶，岂知孤凤忆离鸾。
三星⑤自转三山⑥远，紫府程遥碧落宽。

〔一〕此诗朱氏以为讥恩幸之争进，程氏以为刺贵游女冠之作。　〔二〕迩：一作尔。

①密迩：靠近。②平阳：汉代平阳公主的宫观，此指唐公主居住的灵都观。③上兰：汉上林苑中的观名。④汉宫盘：指汉武帝为求仙长生建造的承露盘。⑤三星：《诗经·唐风》中有"三星在天"。三星，指参宿三星，始见东方，喻指新婚。⑥三山：传说中蓬莱、方丈、瀛洲三座仙山。

## 井络①

井络天彭一掌中，漫夸天设剑为峰。

阵图②东聚燕〔一〕江口〔二〕，边栎西悬雪岭③松。

堪叹故君成杜宇④，可能先主⑤是真龙。

将来为报奸雄辈，莫向金牛⑥访旧踪〔三〕。

〔一〕朱云：燕当作爨。　〔二〕口：一作石。　〔三〕第七句是作意预警奸雄之辈，无恃蜀中之险而图割据也。

① 井络：二十八星宿之一，此代指四川的岷山之地。② 阵图：三国时诸葛亮在鱼腹浦布置八阵图。③ 雪岭：指西川松潘县一带的雪山。④ 杜宇：指古蜀国国王杜宇，号为"望帝"。⑤ 先主：指蜀汉开国君主刘备。⑥ 金牛：指秦惠王用漆金的石牛骗取古蜀国人打通通往蜀地的道路，随后为秦国灭亡蜀国创造条件之事。

## 写意〔一〕①

燕雁迢迢②隔上林，高秋望断正长吟。

人间路有潼江险，天外山惟玉垒③深。

日尚花间留返照，云从城上结层阴④。

三年已制思乡泪，更入新年恐不禁。

〔一〕程云：此东川佐幕，回思长安之作。

① 写意：抒发胸臆。② 燕雁：指燕地的大雁。③ 玉垒：指玉垒山，在四川成都都江堰市北。④ 层阴：指阳光透过花丛的光影。

## 随师东

东征①日调万黄金,几竭中原买斗心②。
军令未闻诛马谡③,捷书惟是报孙歆④。
但须鸑鷟巢阿阁⑤,岂假鸱鸮⑥在泮林。
可惜前朝玄菟郡,积骸成莽阵云深〔一〕。

〔一〕朱云:太和元年,命乌重胤等讨李同捷之叛,二年九月,命诸军讨王庭凑,久未成功。每有小胜,则虚张首虏,以邀厚赏。诗中语,正此时事也。潘耕曰:假隋炀帝以讥切,末二句则专指隋事。

① 东征:指讨伐李同捷叛军的战争。② 买斗心:指用犒赏来收买、换取将士们的斗志。③ 马谡(sù):三国时蜀汉将领,马谡不受军令扎营山中,受军法处决。④ 孙歆(xīn):三国时东吴都督。晋将王濬谎称捉住了孙歆,直到杜预擒获孙歆才知晓王濬谎报军功。⑤ 鸑鷟(yuè zhuó)巢阿阁:比喻贤人在朝。鸑鷟,即凤凰。⑥ 鸱鸮(chī xiāo):指猫头鹰,即反叛势力。

## 宋玉〔一〕

何事荆台①百万家,惟教宋玉擅才华。
楚辞已不饶唐勒,风赋何曾让景差②。
落日渚宫③供观阁,开年云梦④送烟花。
可怜庾信寻荒径,犹得三朝⑤托后车⑥。

〔一〕此诗吊宋玉所以自伤也,当系自桂林奉使江陵时作。

① 荆台:古楚国著名高台,故址在今湖北监利。②"楚辞""风赋"二句:唐勒、景差都是战国时楚国著名辞赋家,与宋玉齐名。③ 渚宫:楚国的宫殿名,故址在今湖北江陵。④ 云梦:即云

梦泽,上古时期江汉平原的湖泊群,现已分离为各种大小不一的池湖。⑤ 三朝:指庾信历经南朝梁、陈、北周。⑥ 托后车:形容帝王的文学侍从之臣。

## 韩同年①新居饯韩西迎家室戏赠〔一〕

籍籍②征西万户侯,新缘贵婿起朱楼。
一名我漫居先甲,千骑君翻在上头③。
云路招邀回彩凤④,天河迢递笑牵牛。
南朝禁脔⑤无人近,瘦尽琼枝〔二〕⑥咏〔三〕四愁。

〔一〕朱云:韩同年即畏之。 〔二〕枝:或作胲。 〔三〕咏:一作有。 ○义山与畏之同为王茂元之婿。玩诗中语,当是畏之成婚后登第,复赴泾原迎家室入京,义山登第,则已聘王氏,而尚未成婚耳。

① 同年:古代指科举考试同榜考中者。② 籍籍:形容声名显赫。③ "一名""千骑"二句:前句是说李商隐科举考试名次比韩同年前面,后句是说韩同年娶妻却比李商隐早。④ 彩凤:指韩同年的新婚妻子。⑤ 禁脔(luán):指私自占有,不允许他人共享的东西,此是李商隐自嘲。⑥ 琼枝:指李商隐自己的身体。

## 奉和太原公送前杨秀才戴兼招杨正字戎〔一〕

潼关地接古弘农①,万里高飞雁与鸿②。
桂树一枝③当白日,芸香三代继清风。
仙舟尚惜乖双美,彩服④何由得尽同。

谁惮士龙⑤多笑疾,美髭终类晋司空〔二〕。

〔一〕杨敬之,兼太常少卿,二子戎、戴,同日登科。 〔二〕朱注:太原公,王茂元也。第五句送戴,六句招戎。

① 古弘农:汉代设置弘农郡,治所在今河南三门峡灵宝市北。② 雁与鸿:指杨戴和杨戎两兄弟。③ 桂树一枝:指科举考试中第。④ 彩服:即老莱子穿彩服逗乐双亲。⑤ 士龙:即西晋文学家陆云,此代指太原公,即王茂元,李商隐的岳父。


## 圣女祠〔一〕①

松篁②台殿蕙香帱③,龙护瑶窗凤掩扉。
无质易迷三里雾,不寒长着五〔二〕铢衣④。
人间定有崔罗什⑤,天上应无刘武威⑥。
寄问钗头双白燕,每朝珠馆⑦几时归。

〔一〕此亦刺女道士之诗。 〔二〕五:一作六。

① 圣女祠:位于今甘肃武都的秦冈山上。② 篁(huáng):竹子。③ 蕙香帱:装点蕙草的帷帐。④ 五铢衣:神仙所穿的极轻的衣服。⑤ 崔罗什:《酉阳杂俎》载清河人崔罗什路过刘氏墓时,曾与平陵刘府君之妻相见。后人以此作为人神相见的典故。⑥ 刘武威:比喻风流倜傥的才子。⑦ 珠馆:天上仙宫。


## 临发崇让宅紫薇〔一〕

一树浓姿①独看来,秋庭暮雨类轻埃②。
不先摇落应为有〔二〕,已欲别离休更开。

桃绶③含情依露井,柳绵相忆隔章台④。

天涯地角同荣谢,岂要移根上苑栽。

〔一〕《西溪丛语》：洛阳崇让坊,有河阳节度使王茂元宅。临发者,将由洛阳王宅赴京也。　〔二〕应为有:一作应有待。

① 浓姿:形容花开得茂密繁盛。② 轻埃:形容雨水如尘埃一样细微绵密。③ 桃绶(shòu):即桃花。④ 章台:战国时秦国的宫殿名。


## 及第东归次灞上①却寄同年

芳桂②当年各一枝,行期未分压春期。

江鱼朔雁③长相忆,秦树嵩云自不知。

下苑④经过劳想象,东门⑤送饯又差池。

灞陵柳色无离恨,莫柱〔一〕长条赠所思⑥。

〔一〕柱:一作把。

① 灞上:在今陕西西安东,古时为战略要地。② 芳桂:即科举中第。③ 江鱼朔雁:指分居两地的朋友。④ 下苑:位于长安城内曲江边。⑤ 东门:即长安城的东城门。⑥ 赠所思:古人常以折柳条送别表示挽留之意。


## 野菊

苦竹园南椒坞边①,微香冉冉泪涓涓②。

已悲节物③同寒雁,忍委芳心与暮蝉。

细路独来当此夕,清樽相伴省他年④。

紫云〔一〕新苑移花处,不取霜栽近御筵⑤。

〔一〕云:一作微。　○朱氏云:此诗又见孙逖集,题作《咏楼前海石榴》。程氏云:此诗与《九日》诗,词旨皆同。野菊命题,即君子在野之叹。国藩按,程氏说是也。义山以官不挂朝籍为恨,故以未尝移栽御筵,不能不致怨于令狐氏耳。

①"苦竹"句:苦竹、椒坞皆比喻愁苦。②泪涓涓:指花上的露珠。③节物:指随四季而变化的景物。④省他年:回忆往事。⑤"紫云""不取"二句:李商隐喻指自己怀才不遇,沉沦困境。新苑,指中书省,不取,指不提携做官。

## 过伊仆射旧宅〔一〕

朱邸①方酬力战功,华筵俄叹②逝波穷③。

回廊檐断燕飞去,小阁尘凝人语空。

幽泪欲干残菊露,余香犹入败荷风。

何能更涉泷江④去,独立寒流吊楚宫⑤。

〔一〕伊慎,兖州人,大历间以军功封南充郡王,历官检校尚书、右仆射兼右卫子将军。　○末二句,朱氏以为义山时自桂林奉使江陵,故有此语。程氏以为,伊慎立功初在岭南,后在湖襄。愚意当从朱说。

①朱邸:指华美的府邸。②俄叹:嗟叹,感慨。③逝波穷:指人逝世。④泷江:武溪。发源湖南临武山脉。⑤吊楚宫:楚屈原自沉汨罗江,此指凭吊屈原。

## 中元①作

绛节②飘飖宫〔一〕国来,中元朝拜上清③回。
羊权须〔二〕得金条脱④,温峤终虚玉镜台⑤。
曾省惊眠闻雨过,不知迷路为花开。
有娀⑥未抵瀛洲远,青雀如何鸩鸟媒。

〔一〕宫:一作空。 〔二〕须:一作虽。 ○程云:此中元悼亡之作。首二句,言举国皆作中元,己亦朝拜上清而回。

① 中元:即中元节,也是民俗中的鬼节,每年的农历七月十五。② 绛节:使者所持的红色符节。③ 上清:代指宫廷。④ 条脱:即手镯。⑤ 玉镜台:《世说新语》载温峤(qiáo)丧妻后,姑家刘氏有一女未嫁,温峤想娶其女,但又怕刘氏不同意,便谎称给刘女找了一门婚事,并以玉镜台下礼,实际自己娶之。⑥ 有娀(sōng):上古时期的国家。

## 银河吹笙〔一〕

怅望银河吹玉笙,楼寒院冷接平明①。
重衾②幽梦他年断,别树羁雌③昨夜惊。
月榭故香因雨发,风帘残烛隔霜清。
不须浪④作缑山⑤意,湘瑟秦箫⑥自有情。

〔一〕程云:此亦为女冠而作。

① 平明:拂晓黎明的时候。② 重衾(qīn):两重被子,比喻男女私会。③ 羁雌:即失去伴侣的雌鸟。④ 浪:随意。⑤ 缑(gōu)山:即缑氏山,在河南偃师东南。此代指入山访道求仙。⑥ 湘瑟秦箫:指以乐传情。湘瑟,指舜帝的妃子,溺水后成为湘夫人,在水中鼓瑟。秦箫,指秦穆公之女在云端吹箫。

## 与同年李定言曲水①闲话戏作

海燕参差沟水流②，同君身世属离忧。
相携花下非秦赘③，对泣春天〔一〕类楚囚。
碧草暗侵穿苑路，珠帘不卷枕〔二〕江楼。
莫惊〔三〕五胜埋香骨，地下伤春亦白头。

〔一〕春天：一作风前。　〔二〕枕：去声。　〔三〕惊：一作经。　○程云：此由校书郎出补宏农尉时作。

① 曲水：即长安城内的曲江。② "海燕"句：指男女分离。海燕参差，化用卓文君故事，比喻男女分开。沟水流，亦指男女分离。③ 秦赘：先秦时秦国有风俗，男子成年后即要分家，富裕的男子独立成户，贫苦的男子即入赘别家，因以秦赘指代赘婿。

## 闻歌

敛笑凝眸意欲歌，高云不动碧嵯峨①。
铜台②罢望归何处，玉辇③忘还事几多。
青冢④路边南雁尽，细腰宫⑤里北人过。
此声肠断非今日，香灺〔一〕⑥灯光奈尔何。

〔一〕灺：斜上声。　○程氏以此诗为宫妓流落在人间者而作。考唐德宗尝命陆贽草诏，使浑瑊访求奉天所失裹头内人，其事可证。观细腰句，似在江陵时所作。

① 嵯峨（cuó é）：形容山势高耸险峻。② 铜台：指铜雀台，由汉末时曹操所建，在今河北邯郸临漳县西南。③ 玉辇：皇帝的车驾。④ 青冢：指王昭君的陵墓。⑤ 细腰宫：指代楚国宫廷，相传楚灵王好细腰。⑥ 香灺（xiè）：指蜡烛的灰烬。

## 赠华阳宋真人兼寄清都刘先生

沦谪千年别帝宸①,至今犹谢蕊珠人。
但惊茅许②同仙籍,不道刘卢③是世亲。
玉检赐书迷凤篆④,金华⑤归驾冷龙鳞⑥。
不因杖屦逢周史⑦,徐甲何曾有此身。

○此诗朱氏以宋真人为女道士。程氏谓义山以刘比周史,而自比于徐甲,推服至矣。《义山文集》有云"志在玄门",宋真人必道侣也。

① 帝宸(chén):指帝王的宫殿。② 茅许:指茅盈和许迈。茅盈,西汉景帝时咸阳人,十八岁上恒山修道,采药医人,为道教茅山派的创始人。许迈,东晋人,在临安西山修道求仙。③ 刘卢:指晋代的刘琨、卢谌。④ 凤篆(zhuàn):道家所用的文字。⑤ 金华:指金华玉女,道教中的女神。⑥ 冷龙鳞:神灵以驾龙而行。⑦ 周史:指老子。

## 楚宫

月姊①曾逢下彩蟾②,倾城③消息隔重帘。
已闻佩响知腰细,更辨弦声觉指纤。
暮雨自归山悄悄,秋河不动夜厌厌④。
王昌且在墙东住,未必金堂得免嫌。

① 月姊:指嫦娥。② 彩蟾:即月亮。③ 倾城:形容女子美貌非常。④ 夜厌厌:指夜晚静悄悄。

## 和友人戏赠二首

东望花楼会〔一〕不同,西来双燕信休通。
仙人掌①冷三霄露,玉女②窗虚五夜风。
翠袖自随凹雪转,烛房③寻类外庭④空。
殷勤莫使清香透,牢合金鱼锁桂丛⑤。

〔一〕会:《英华》作事。

① 仙人掌:指汉武帝为了访道求仙,建造铜仙人以托举承露盘。② 玉女:指仙女。③ 烛房:指内室。④ 外庭:在外的厅堂。⑤ 桂丛:比喻女子的居所。

迢递青门有几关,柳梢楼角见南山①。
明珠可贯须为佩,白璧堪裁且作环。
子夜②休〔一〕歌团扇掩,新正③未破剪刀闲。
猿啼鹤怨〔二〕终年事,未抵熏炉〔三〕一夕间。

〔一〕休:一作欲。 〔二〕怨:《英华》作望。 〔三〕熏炉:《英华》作炉香。

① 南山:指终南山。② 子夜:午夜,半夜。③ 新正:指农历正月。

## 题二首后重有戏赠任秀才

一丈红蔷①拥翠筠,罗窗②不识绕街尘③。
峡中寻觅长逢雨④,月里依稀更有人⑤。

虚为错刀⑥留远客,枉缘书札损文鳞⑦。
遥知小阁还斜照,羡杀乌龙⑧卧锦茵。

① 红蔷:即红蔷薇。② 罗窗:代指女子。③ 绕街尘:指前来寻觅女子的任秀才。④ 逢雨:指女子已有新欢。⑤ 更有人:指月亮上除了嫦娥还有其他人(即吴刚),谓女子已有其他人。⑥ 虚为错刀:虽以金错刀相赠,并无真情。⑦ 文鳞:指鱼,即以鱼腹寄文书。⑧ 乌龙:指狗。相传晋代张然养一狗名乌龙,妻子和人私通,并想杀害张然,张然便让狗咬伤私通者。

## 重有感〔一〕

玉帐牙旗①得上游〔二〕,安危须共主君忧。
窦融②表已来关右〔三〕,陶侃军宜次石头〔四〕③。
岂有蛟龙④愁失水〔五〕,更无鹰隼⑤与高秋。
昼号夜哭兼幽显⑥,早晚星关雪涕收〔六〕。

〔一〕前篇《有感》二首五言排律未抄,专咏甘露之变。 〔二〕上游,谓茂元在泾原。 〔三〕谓刘从谏三疏。 〔四〕谓茂元。 〔五〕愁:一作曾,一作长。 〔六〕文宗太和九年十一月二十一日,甘露之变,宦官既杀宰相王涯、贾𫗧、舒元舆等。时郑注为凤翔节度使,为监军所杀。王茂元在泾原,萧弘在鄜坊,勒兵以备非常。昭义节度使刘从谏三上疏,问王涯等罪名。义山欲茂元入清君侧之奸,故有此诗。

① 玉帐牙旗:指大帅主营中的大旗。② 窦融:扶风郡平陵县(今陕西咸阳)人,两汉之际名臣、军阀。③ 石头:即石头城,今南京。④ 蛟龙:比喻天子。⑤ 鹰隼:指辅佐天子的能臣猛将。⑥ 幽显:指阴间的鬼和阳间的人。

## 春雨

怅卧新春白袷衣①,白门②寥落意多违。
红楼③隔雨相望冷,珠箔④飘灯独自归。
远路应悲春晼晚⑤,残宵犹得梦依稀。
玉珰⑥缄札⑦何由达,万里云罗一雁飞。

○此借春雨怀人,而寓君门万里之感。朱云:玉珰缄札,犹今所云侑缄。

① 白袷(jiá)衣:即白夹衣,为唐代人的休闲着装。② 白门:金陵城的别称,即现在的南京。③ 红楼:华丽的楼台,多是女子所居。④ 珠箔:形容雨丝稠密。⑤ 晼(wǎn)晚:指夕阳西下的晚景。⑥ 玉珰:指玉做的耳坠。⑦ 缄札:书信。

## 楚宫

湘波如泪色漻漻①,楚厉〔一〕②迷魂逐恨遥。
枫树夜猿愁自断,女萝③山鬼④语相邀。
空归腐败犹难复,更困腥臊⑤岂易招。
但使故乡三户⑥在,彩丝⑦谁惜惧长蛟。

〔一〕厉:一作疠,古通。　○宋申锡为宦官所诬,贬开州司马,卒于贬所。开州属山南道,本楚地。程氏以为此诗吊宋申锡而作。

① 漻漻(liáo):形容水清冽澄澈。② 楚厉:指屈原投江化为鬼魂。③ 女萝:指攀援而升的藤蔓。④ 山鬼:传说中的山林鬼精。⑤ 困腥臊:指屈原投江后被鱼虾所食。⑥ 三户:指楚国人。⑦ 彩丝:即用彩色条绳捆绑的粽子。

## 宿晋昌亭闻惊禽〔一〕

羁绪①鳏鳏②夜景侵,高窗不掩见惊禽。
飞来曲渚烟方合,过尽南塘树更深。
胡马嘶和榆塞③笛,楚猿吟杂橘村砧④。
失群挂木知何限,远隔天涯共此心。

〔一〕《长安图经》:自京城启夏门,北入东街,第二坊曰晋昌坊。　○末四句言失群之胡马,挂木之楚猿,与此惊禽之心相同,即与义山之羁绪亦同也。

① 羁绪:指旅行他乡的思绪。② 鳏鳏(guān):因哀愁而不眠。③ 榆塞:泛指边关要塞。④ 村砧:指村子里的捣衣声。

## 深宫

金殿销香〔一〕闭绮栊〔二〕①,玉壶②传点〔三〕咽铜龙。
狂飙不惜萝阴薄,清露偏知桂叶浓。
斑竹岭③边无限泪,景阳宫④里及时钟。
岂知为雨为云处〔四〕,只有高唐十二峰⑤。

〔一〕销香:《鼓吹》作香销。　〔二〕栊:一作笼。　〔三〕点:一作响。　〔四〕处:《鼓吹》作意。　○此诗朱氏以为宫怨。

① 绮栊(lóng):指雕刻华美的窗户。② 玉壶:指用以计时的壶状滴漏。③ 斑竹岭:代指湖南一带。斑竹,指湘妃泪染竹子的故事。④ 景阳宫:南朝宫殿名。⑤ 高唐十二峰:即巫山十二峰,位于重庆巫峡两岸。

## 题白石莲花寄楚公[一]

白石莲花①谁所共,六时②常捧佛前灯。
空庭苔藓饶霜露,时梦西山老病僧。
大海龙宫无限地,诸天雁塔几多层。
漫夸鹙子③真罗汉,不会牛车是上乘。

〔一〕《续高僧传》:楚,南闽人,俗姓张氏。初投开元寺昙蔼师,后参黄檗山禅师。

① 白石莲花:指用白石凿成的莲花坐台。② 六时:佛教将一天分为六时,即晨朝、日中、日没、初夜、中夜、后夜。③ 鹙(qiū)子:指佛的大弟子舍利弗。

## 安定城楼[一]①

迢递②高城百尺楼,绿杨枝外[二]尽汀洲。
贾生③年少虚垂泪[三],王粲春来更远游④。
永忆江湖归白发⑤,欲回天地入扁舟⑥。
不知腐鼠成滋味,猜意鹓雏竟未休⑦。

〔一〕泾州保定郡,本安定郡。此义山在王茂元泾原幕中时作。 〔二〕外:一作上。 〔三〕泪:一作涕。

① 安定城楼:位于今甘肃泾川北。② 迢递:高耸且绵延不断的样子。③ 贾生:指贾谊。④ 更远游:王粲曾在春日作《登楼赋》,此是李商隐自比。⑤ 归白发:指隐居。⑥ 入扁舟:指春秋末期范蠡帮助越王灭吴后,乘扁舟泛湖归隐。⑦ "不知""猜意"二句:《庄子·秋水》载,庄子拜访好友惠子,惠子怕庄子来争抢其魏国的相位,庄子便以腐鼠比喻权位,表示自己根本不屑一顾。

## 隋宫守岁

消息东郊木帝①回，宫中行乐有新梅。
沉香甲煎〔一〕为庭燎②，玉液琼苏③作寿杯。
遥望露盘疑是月，远闻鼍鼓④欲惊雷。
昭阳⑤第一倾城客，不踏金莲不肯来。

〔一〕煎：去声。○程注：中宗二年十二月晦，敕中书门下与学士、诸王、驸马入阁守岁，设庭燎，置酒奏乐。胡注：隋炀帝淫侈，每除夜，殿前设火山数十，尽沉香木根。每一山，烧沉香数车，香闻数十里。火光暗，则以甲煎沃之，焰起数丈。一夜之间，用沉香二百余乘，甲煎二百余石。

① 木帝：即东帝，主管春天。② 庭燎：指厅堂中照明的火炬。③ 玉液琼苏：均指美酒。④ 鼍(tuó)鼓：用猪婆龙（即鳄鱼）皮制作成的鼓。⑤ 昭阳：指汉成帝宠妃赵飞燕居住的宫殿。

## 利州①江潭作〔一〕

神剑飞来不易销，碧潭珍重驻兰桡②。
自携明月③移灯疾，欲就行云散锦遥。
河伯④轩窗通贝阙，水宫帷箔卷冰绡。
此时燕脯无人寄，雨满空城蕙叶凋。

〔一〕原注：感孕金轮所。○武后自册为金轮皇帝，父士彟为利州都督，生后。此诗在利州，咏武后也。三四句，即潭中之景，寓怀古之意。五六七句，均以龙比武氏。

① 利州：唐代行政区划，在今四川广元。② 兰桡(ráo)：对木舟的美称。③ 明月：此指夜明珠，夜晚能自发光。④ 河伯：指

黄河的河神,名冯夷。

## 茂陵①

汉家天马出蒲梢②,苜蓿榴花遍近郊。
内苑③只知含〔一〕凤觜④,属车无复插鸡翘⑤。
玉桃偷得怜方朔⑥,金屋修〔二〕成贮阿娇⑦。
谁料苏卿⑧老归国,茂陵松柏雨萧萧。

〔一〕含:一作衔。　〔二〕修:一作妆。　○朱云:按史,武宗好游猎及武戏,亲受道士赵归真法箓,又宠王才人,欲立为后。此诗全是托讽。

① 茂陵:即汉武帝的陵墓,在今陕西咸阳兴平市东北。② 蒲梢:古代骏马名。③ 内苑:此指宫中的侍从。④ 凤觜:即凤嘴。⑤ 鸡翘:皇帝的车驾上插有羽毛装饰的旗帜。⑥ "玉桃"句:西晋张华《博物志》载东方朔三次窃王母蟠桃,故传说东方朔是神仙降人间。王桃,指仙桃。⑦ 贮阿娇:指汉武帝金屋藏娇。⑧ 苏卿:指苏武,作为使者出使匈奴,后遭到扣押,几十年后才得以归国。

## 泪

永巷①长年怨绮罗,离情终日思风波。
湘江竹上痕无限,岘首碑②前洒几多。
人去紫台秋入塞③,兵残楚帐夜闻歌④。
朝来灞水桥边问,未抵青袍⑤送玉珂⑥。

○前六句，泪凡六种，固已可伤；末二句，以青袍寒士，而送玉珂贵客，其泪尤可悲也。

①永巷：指宫廷中囚禁有罪宫女的地方。②岘首碑：指百姓为了纪念羊祜而在岘首山建了一座碑。③秋入塞：指王昭君告别汉宫和亲匈奴。④夜闻歌：指西楚霸王项羽被困垓下，夜里听闻四面楚歌。⑤青袍：借指寒士。⑥玉珂：指达官贵人。

## 十字水期韦潘侍御同年不至，时韦寓居水次故郭汾宁〔一〕宅

伊水溅溅①相背流，朱栏画阁几人游。
漆灯②夜照真无数，蜡炬晨炊③竟未休。
顾我有怀同大梦，期君不至更沉忧。
西园④碧树今谁主，与近高窗卧听秋。

〔一〕宁：一作阳。

①溅溅：形容水流急速。②漆灯：鬼灯。③蜡炬晨炊：指西晋时石崇为了炫富，将蜡烛当作柴火来烧。④西园：借指富家贵族的园林。

## 流莺

流莺漂荡复参差，渡陌临流不自持①。
巧啭②岂能无本意，良辰未必有佳期。
风朝露夜阴晴里，万户千门开闭时。

曾苦伤春不〔一〕忍听,凤城③何处有花枝④。

〔一〕忍:一作思。　　○末句亦自恨官不挂朝籍之意。

① 不自持:不能控制自己。② 巧啭(zhuàn):鸟雀婉转悠地鸣叫。③ 凤城:指京师长安城。④ 花枝:指栖息之所。

## 出关①宿盘豆馆②对丛芦有感〔一〕

芦叶梢梢③夏景深,邮亭④暂欲洒尘襟。
昔年曾是江南客,此日初为关外心。
思子台⑤边风自急,玉娘湖上月应沉。
清声不远行人去,一世荒城伴夜砧⑥。

〔一〕盘豆馆,在湖城县西二十里。

① 关:指潼关,关中地区的东大门。② 盘豆馆:在河南三门峡灵宝市境内。③ 梢梢:形容风吹沙沙的声音。④ 邮亭:即驿馆,可供人休息。⑤ 思子台:巫蛊之祸发生后,汉武帝为了纪念枉死的太子刘据,建造了归来望思之台。⑥ 夜砧:夜晚的捣衣声。

## 和韩录事①送宫人入道〔一〕

星使②追还不自由,双童③捧上绿琼辀④。
九枝灯⑤下朝金殿,三素云⑥中侍玉楼。
凤女⑦颠狂成久别,月娥⑧孀独好同游。
当时若爱韩公子,埋骨成灰恨未休。

〔一〕朱云：张籍、王建、戴叔伦、元稹、于鹄、项斯皆有作。

① 录事：官职名，主管文簿、记录等工作。② 星使：即下凡的天使。③ 双童：指玉童和玉女。④ 琼辀（zhōu）：精美的车驾。⑤ 九枝灯：一种古灯，外观如同分叉的树枝。⑥ 三素云：指紫色、白色、黄色三种颜色的云彩。⑦ 凤女：此指宫女。⑧ 月娥：此指女道士。

## 七月二十九日崇让宅宴作

露如微霰①下前池，月过回塘万竹悲。
浮世本来多聚散，红蕖②何事亦离披。
悠扬归梦惟灯见，濩落③生涯独酒知。
岂到白头长只尔，嵩阳松雪有心期。

○程云：集中有《七月二十八日夜与王郑二秀才听雨梦后作》七古一首，叙见知于王茂元，而归结悼亡之意。此诗仅后一日，所言亦复凄惋，疑七月二十八九为义山悼亡之日。

① 微霰：细小的雪粒。② 红蕖（qú）：红色的荷花。③ 濩（huò）落：即阔落，沦丧失意。

## 赠从兄阆之

怅望人间万事违，私书幽梦约忘机①。
荻花村里鱼标②在，石藓庭中鹿迹微。
幽径定携僧共入，寒塘好与月相依。

城中猘犬③憎兰佩④,莫损幽芳久不归〔一〕。

〔一〕鱼标、鹿迹,言处处有机事、机心也。

① 忘机:指没有投机取巧的心思,与世无争的心态。② 鱼标:卖鱼时所设立的标记牌子。③ 猘(zhì)犬:猛犬,狂犬。④ 兰佩:借指品行高洁之士。

## 行至金牛驿寄兴元渤海尚书〔一〕

楼上春云水底天,五云章色破巴笺①。
诸生个个王恭柳②,从事人人庾杲莲③。
六曲屏风江雨急④,九枝灯檠〔二〕⑤夜珠圆。
深惭走马金牛路,骤和陈王⑥白玉篇⑦。

〔一〕朱云:渤海尚书,高元裕也。 〔二〕檠:去声。〇首二句,忆渤海公所居之胜景,而写入诗笺,以寄义山。

① 巴笺:蜀地产的优质纸。② 王恭柳:即晋代的王恭,字孝伯,史书记载王恭"濯濯如春月柳",后世以"王恭柳"比喻貌美之人。③ 庾杲莲:即庾杲之,南朝齐人,曾为王俭的长史,而当时人将王俭府比作莲花池,后世就以"庾杲莲"比喻高官的幕僚。④ 江雨急:比喻才思敏捷。⑤ 灯檠(qíng):古代的照明工具。⑥ 陈王:指曹植。⑦ 白玉篇:指华美的文辞。

## 筹笔驿

猿〔一〕鸟犹疑畏简书①,风云常为护储胥②。
徒令上将③挥神笔,终见降王走传车。

管乐④有才真〔二〕不忝,关张⑤无命欲〔三〕何如。

他年锦里经祠庙⑥,梁父吟成恨有余。

〔一〕猿:一作鱼。 〔二〕真:朱本作终。 〔三〕欲:一作复。

① 简书:指军令。② 储胥:指军营中的栅栏。③ 上将:军中主帅,即诸葛亮。④ 管乐:指管仲、乐毅。管仲作为齐国相国,辅助齐桓公成就霸业;乐毅作为燕国主帅,联合五国军队几乎灭亡齐国。诸葛亮隐居南阳时,曾自比管仲、乐毅。⑤ 关张:指关羽、张飞,蜀汉大将。⑥ 祠庙:指成都锦里的武侯祠。

## 即日

一岁林花即日休,江间〔一〕亭下怅淹留。

重吟细把真无奈,已落犹开未放愁①。

山色正来衔小苑,春阴只欲傍高楼。

金鞍②忽散银壶漏〔二〕③,更醉谁家白玉钩④。

〔一〕间:一作门。 〔二〕漏:一作滴。

① 放愁:排遣忧思。② 金鞍:指装饰华丽的坐骑。③ 银壶漏:指计时的滴漏。④ 白玉钩:借指弯月。

## 九成宫①

十二层城阆苑②西,平时避暑拂虹霓③。

云随夏后双龙尾,风逐周王八骏〔一〕蹄。

吴岳晓光连翠巘④，甘泉晚景上丹梯。

荔枝卢橘沾恩幸，鸾鹊天书湿紫泥〔二〕⑤。

〔一〕骏：一作马。　〔二〕送荔枝者而被天书恩幸，亦"一骑红尘妃子笑"之意。

① 九成宫：原是隋朝的仁寿宫，位于今陕西宝鸡麟游县。② 阆（làng）苑：传说中神仙居住的居所，此借指帝王的宫苑。③ 虹霓：彩虹。④ 巘（yǎn）：指群山中的小山头。⑤ 紫泥：皇帝的诏书。

## 咏史

历览前贤国与家，成由勤俭破由奢。

何须琥珀方为枕，岂得真〔一〕珠①始是车。

运去不逢青海马②，力穷难拔蜀山蛇③。

几人曾预南薰曲，终古苍梧④哭翠华。

〔一〕得真：一作待珍。　○此篇朱氏以为因文宗而发。按，三四句咏文宗之俭，如史所称，衣必三浣是也。五句以马喻贤才，伤时无良臣也。六句以蛇喻宦官，盘结而不能去也。末句言己为文宗开成二年进士，曾与众仙同咏霓裳也。

① 真珠：即珍珠。② "运去"句：指唐代国势衰微，积重难返。青海马，比喻辅国的贤臣。③ 蜀山蛇：比喻奸佞小人。④ 苍梧：借指唐文宗李昂的陵寝章陵。

## 无题〔一〕

昨夜星辰昨夜风，画楼〔二〕①西畔桂堂东②。

身无彩凤双飞翼，心有灵犀③一点通。

隔座送钩④春酒暖，分曹⑤射覆⑥蜡灯红。

嗟余听鼓应官去，走马兰台⑦类断〔三〕蓬。

〔一〕本二首，其二七绝，未抄。　〔二〕楼：一作堂。〔三〕断：一作转。○此篇程注以为出秘书省调宏农尉时所作。三四句，出为外吏而不忘禁省也。五六句，言省垣朋游之乐。末句"兰台"，朱氏以为义山为王茂元所辟，得侍御史事。

① 画楼：指装饰华美的高楼。② 桂堂：即华美的厅堂。③ 灵犀：指相爱的双方的心灵感应和精神共鸣。④ 隔座送钩：古代一种游戏，将钩子藏在手中，隔座位传送，让人猜钩子所在，猜中为胜者。⑤ 分曹：分组。⑥ 射覆：把东西放在盖子下让人猜。⑦ 兰台：即秘书省，中央管理国家藏书的机构。


## 无题二首

来是空言①去绝踪，月斜楼上五更钟。

梦为远别啼难唤，书被催成墨未浓。

蜡照半笼②金翡翠，麝熏③微度绣芙蓉④。

刘郎⑤已恨蓬山远，更隔蓬山一万重。

① 空言：空话，指对方没有遵守约定。② 蜡照半笼：指蜡烛光隐隐约约，不能彻底照明。③ 麝熏：指麝香的气味。④ 芙蓉：锦绣的帐子。⑤ 刘郎：即刘晨，东汉传说人物，相传他和阮肇采药时遇仙女，被邀至家中，并招为婿。

飒飒东风细雨来，芙蓉塘①外有轻雷。

金蟾②啮锁烧香入，玉虎③牵丝④汲井回。

贾氏窥帘韩掾少⑤，宓妃⑥留枕魏王才⑦。

春心莫共花争发，一寸相思一寸灰。

○此二诗，程氏以为在王茂元幕府时作。本四首，第三首五律，第四首七古，未抄。

① 芙蓉塘：荷塘。② 金蟾：大门上类似金蛤蟆的门饰。③ 玉虎：用玉装饰的辘轳，用以提水。④ 丝：指辘轳上的绳子。⑤ 韩掾少：西晋贾充的女儿，从后帘窥见韩寿俊秀，便以身相许。⑥ 宓（fú）妃：指洛河水神，此指曹丕的皇后甄氏。⑦ 魏王才：指曹植。相传曹植爱慕甄氏，甄氏死后曹植还写了《洛神赋》隐表思念。

## 赴职梓潼①留别畏之员外同年〔一〕

佳兆联翩遇凤凰②，雕文羽帐紫金床。

桂花香处同高第③，柿叶翻时独悼亡④。

乌鹊失栖长不定，鸳鸯何事自相将。

京华庸蜀⑤三千里，送到咸阳见夕阳〔二〕。

〔一〕畏之名瞻，韩偓之父，开成二年与义山同年进士。　〔二〕时韩留京师。按，前四句，似韩与义山同时娶妻，同年登第，而义山旋即悼亡。朱云义山与畏之为僚婿，意或然与？

① 梓潼：今属四川绵阳。② 联翩遇凤凰：指李商隐和韩瞻都娶了王茂元的女儿。③ 同高第：指同年科举中第。④ "柿叶"句：指秋季时李商隐妻子已经亡故。⑤ 庸蜀：蜀地。

## 王十二兄与畏之员外相访见招小饮,时予以悼亡日近①不去,因寄〔一〕

谢傅②门庭旧末行,今朝歌管属檀郎③。
更无人处帘垂地,欲拂尘时簟竟床。
嵇氏幼男④犹可悯,左家娇女⑤岂能忘。
秋〔二〕霖腹疾⑥俱难遣,万里西风夜正长。

〔一〕朱云:王十二必茂元之子,义山娶茂元女,疑所悼即王氏也。 〔二〕秋:一作愁。 ○首句义山自谓;檀郎谓韩也。

① 悼亡日近:李商隐妻子刚去世不久。② 谢傅:即东晋的谢安,此指代李商隐岳父王茂元。③ 檀郎:即潘安,人称檀郎。此指代韩瞻。④ 嵇氏幼男:指晋代嵇康之子嵇绍,幼年丧母。此指代李商隐的儿子李衮师。⑤ 左家娇女:以左思的女儿指代李商隐之女。⑥ 腹疾:指腹泻。


## 曲池

日下①繁香不自持,月中流艳与谁期。
迎忧急鼓疏钟断,分隔休灯灭烛时。
张盖欲判〔一〕江滟滟②,回头更望柳丝丝。
从来此地黄昏散,未信河梁是别离。

〔一〕判:同拚。 ○此似冶游惜别之诗。

① 日下:此指皇帝治下的首都。② 江滟滟(yàn):形容江波浮动荡漾。

## 留赠畏之〔一〕

清时无事奏明光,不遣当关①报蚤霜②。
中禁词臣③寻引领,左川归客自回肠。
郎君④下笔惊鹦鹉,侍女吹笙弄凤凰。
空寄〔二〕大罗天上事,众仙同日咏霓裳。

〔一〕原注:时将赴梓潼,遇韩朝回。三首,有七绝二首未抄。　〔二〕寄:一云当作记。　○程云:此必将赴梓潼,往谒畏之,值其朝回,而不一见,故有慨乎言之耳。朱云:左川即东川。愚按,此必自东川奉使入京一次,故自称曰归客,与前留别畏之诗非一时也。

① 当关:指看门的人。② 蚤霜:凌晨降下的寒霜。蚤,同"早"。③ 中禁词臣:指翰林学士。④ 郎君:指李商隐的同年及连襟韩瞻。

## 无题

相见时难别亦难,东风无力百花残。
春蚕到死丝①方尽,蜡炬成灰泪②始干。
晓镜但愁云鬓改③,夜吟应觉月光寒。
蓬山④此处无多路,青鸟⑤殷勤为探看。
○程云:此诗似邂逅有力者,望其援引入朝而作。

① 丝:同"思",即思念、想念。② 泪:指蜡烛燃烧时滴落的蜡脂。③ 云鬓改:指年华老去。④ 蓬山:传说中海上的仙山,指思念爱人死后居住的地方。⑤ 青鸟:神话中西王母的信使。

## 碧城三首

碧城①十二曲阑干，犀②辟尘埃③玉辟寒。
阆苑④有书多附鹤⑤，女床无树不栖鸾。
星沉海底⑥当窗见，雨过河源隔座看。
若是晓珠明又定，一生长对水晶盘⑦。

① 碧城：传说中道教原始天尊所居的地方，后指道人修行之地。② 犀：指插着犀角簪的女道人。③ 辟尘埃：指一尘不染，非常干净。④ 阆（làng）苑：指道观。⑤ 附鹤：道教传道以飞鹤传书。⑥ 星沉海底：指天快亮了。⑦ 水晶盘：指圆月。

对影闻声已可怜，玉池荷叶正田田。
不逢萧史①休回首，莫见洪崖②又拍肩。
紫凤③放娇衔楚佩④，赤鳞狂舞拨湘弦⑤。
鄂君⑥怅望舟中夜，绣被焚香独自眠。

① 萧史：春秋时人，善吹箫，后来娶秦穆公之女，二人最后成仙而去。② 洪崖：传说中的仙人，乃黄帝臣子伶伦的仙号。③ 紫凤：传说中的神鸟，借指所想念的女道士。④ 楚佩：指定情信物。⑤ 湘弦：代指女道士。⑥ 鄂君：指代男主人公。

七夕来时先有期，洞房①帘箔至今垂。
玉轮顾兔初生魄，铁网珊瑚②未有枝。
检与神方教驻景〔一〕，收将凤纸③写相思。
武皇内传④分明在，莫道人间总不知。

〔一〕景：音影。　○《居易录》引胡震亨云：唐公主多自请出家，与二教人媟近。义山同时，如文安、浮阳、平恩、邵阳、永嘉、永安、义昌、安康诸主，皆丐为道士，筑观于外。史即不言他丑,颇著微词。《碧城》三首,盖刺之也。

① 洞房:指女性的居所。② 铁网珊瑚:一种铁制的网兜,沉入海底以捞取珊瑚。③ 凤纸:即金凤纸,道家作青词时所用。④ 武皇内传:指《汉武内传》,神话志怪小说,此代指艳情。

## 对雪二首〔一〕

寒气先侵玉女扉①,清光旋透省郎②闱③。
梅花大庾岭头发,柳絮章台④街里飞。
欲舞定随曹植马⑤,有情应湿谢庄衣⑥。
龙山万里无多远,留待行人二月归。

〔一〕原注:时欲之东。

① 玉女扉:指女性闺房的窗户。② 省郎:即中央中枢的属官。③ 闱:宫门。④ 章台:即章华台,春秋时楚国离宫。⑤ 曹植马:即白马,曹植曾创作《白马篇》。⑥ 谢庄衣:谢庄,南朝宋大臣,谢灵运之侄,用衣服收集雪,以示祥瑞。

旋扑珠帘过粉墙,轻于柳絮重于霜。
已随江令夸琼树,又入卢家妒玉堂。
侵夜可能争桂魄①,忍寒应欲试梅妆②。
关河冻合东西路,肠断斑骓③送陆郎④。

① 桂魄:指月亮。② 梅妆:即梅花妆,古代女子的一种妆饰。③ 斑骓:古代一种青白色相杂的骏马。④ 陆郎:指南朝陈

后主宠臣陆瑜。

## 蜂

小苑华池烂漫①通，后门前槛思无穷。
宓妃腰细才胜露，赵后身轻欲倚风②。
红壁寂寥崖蜜尽，碧帘迢递雾巢空。
青陵③粉蝶休离恨，长定相逢二月中。

① 烂漫：形容花开得繁盛灿烂。② "宓妃""赵后"二句：皆以人代蜂。宓妃，洛河水神。赵后，指汉成帝宠妃赵飞燕。③ 青陵：即青陵台，相传战国时韩凭之妻何氏在青陵台殉情。

## 辛未七夕

恐是仙家好别离，故教迢递作佳期。
由来碧落①银河畔，可要金风玉露时②。
清漏③渐移相望久，微云未接过来迟。
岂能无意酬乌鹊，惟与蜘蛛乞巧④丝。

① 碧落：指天界、天空。② 金风玉露时：指牛郎织女相会。③ 清漏：夜晚滴漏清晰的滴答声。④ 乞巧：七夕节也叫乞巧节，古代妇女会在庭院摆上瓜果，向织女星祈祷，祈求精巧的织布技术。

## 玉山

玉山①高与阆风②齐，玉水清流不贮泥。
何处更求回日驭③，此中兼有上天梯④。
珠容百斛⑤龙休睡，桐覆千寻⑥凤要栖。
闻道神仙有才子，赤箫吹罢好相携。

○程注：此诗亦望恩干进之意。国藩按，此人盖居势要而有才望者。三四句，皆就山取譬。山能回日驭，谓其能回天眷也。山有上天梯，谓其接引甚易也。神仙，言其居要地。才子，言其负时望也。

① 玉山：指神山。② 阆风：指阆风巅，位于昆仑山的山巅，相传是神人所居，此指玉阳、王屋两座大山。③ 回日驭：神话中太阳神羲和驾着六龙车载着太阳飞行，形容山之高峻，连羲和都得驾车回走。④ 上天梯：形容山之高犹如登天的梯子。⑤ 百斛（hú）：形容数量极多。⑥ 千寻：形容极深。

## 牡丹〔一〕

锦帷初卷卫夫人，绣被犹堆越鄂君①。
垂手乱翻②雕玉佩，招〔二〕腰争舞郁金裙。
石家蜡烛何曾剪③，荀令香炉可待熏④。
我是梦中传彩笔，欲书花叶寄朝云。

〔一〕程云：此艳诗也。以其人为国色，故以牡丹喻之。
〔二〕招：朱云当作折。　○首句原注：《典略》云：夫子见南子在锦帏之中。

① 越鄂君：汉刘向《说苑·善说篇》载，鄂君子皙泛舟河中，

被划桨的越女歌声吸引,便用绣被覆盖其人。② 垂手乱翻:形容舞姿。③ 何曾剪:指西晋的石崇以蜡烛为柴,此形容牡丹之红如同蜡烧。④ "荀令"句:此指牡丹之色天然而成,不用熏染。荀令,指汉末名臣荀彧。

## 一片

一片非烟隔九枝,蓬峦①仙仗俨云旗②。
天泉水暖龙吟细,露畹③春多凤舞迟。
榆荚散来星斗转,桂花寻去月轮移。
人间桑海④朝朝变,莫遣佳期更后期。

○程氏以此为幽期密约之诗。国藩按,此当致书友人,求为京朝一官,如陈咸致书于陈汤,得入帝城,死不恨也。前四句,言帝城风景可望而不可即。后四句,言春去秋来,日月易逝,时事变迁,无使我更失望也。

① 蓬峦:即蓬山,神仙所居住的地方。② 云旗:画有各种图案的旌旗。③ 露畹:带有露水的花圃、池园。④ 桑海:指桑田沧海,形容世事变化很大。

## 酬崔八早梅有赠兼示之作

知访寒梅过野塘,久留金勒①为回肠。
谢郎②衣袖初翻雪,荀令③熏炉更换香。
何处拂胸资蝶粉④,几时涂额藉蜂黄⑤。
维摩一室虽多病,亦要天花作道场。

○程云：此酬崔八挟妓之诗。崔八者，东川同幕之崔福也。义山在东川，清修梵行，不染情缘，故崔诗有"梵王宫地罗含宅，赖许时时听法来"之句。

① 金勒：指马。② 谢郎：指谢安，此代指崔八。③ 荀令：指荀彧，此代指崔八。④ 蝶粉：指唐人宫妆。⑤ 蜂黄：古代妇女涂额的黄色妆饰，也称花黄。

## 促漏①

促漏遥钟动静闻，报章②重叠杳〔一〕难分。
舞鸾镜匣收残黛，睡鸭香炉换夕熏③。
归去定〔二〕知还向月，梦来何处更为云。
南塘渐暖蒲堪结，两两鸳鸯护水纹。

〔一〕杳：一作字。　〔二〕定：一作岂。　○此诗高棅以为拟深宫怨女而作。程氏以为托词于闺情，亦怨令狐绹之不见答耳。

① 促漏：短促的滴漏声。② 报章：酬答的书信或诗文。③ 夕熏：指黄昏。

## 马嵬〔一〕

海外①徒闻更九州，他生未卜此生休。
空闻虎旅②传宵柝③，无复鸡人④报晓筹⑤。

此日六军同驻马,当时七夕笑牵牛。
如何四纪为天子⑥,不及卢家有莫愁⑦。
〔一〕本二首,其一七绝,未抄。

① 海外:借用唐白居易《长恨歌》,指杨玉环死后魂归海外仙山。② 虎旅:跟随唐玄宗入蜀的禁军。③ 宵柝:指军中打更报时的声音。④ 鸡人:皇宫报时的卫士。⑤ 筹:计时的用具。⑥ 四纪为天子:一纪为十二年,四纪即四十八年。唐玄宗在位四十五年,约等于四纪。⑦ 卢家有莫愁:莫愁为古代一洛阳女子,后嫁入卢家,婚姻幸福。

## 可叹

幸会东城宴未回,年华忧共水相催。
梁家①宅里秦宫②入,赵后③楼中赤凤④来。
冰簟且眠金镂枕,琼筵不醉玉交杯⑤。
宓妃⑥愁坐芝田馆,用尽陈王八斗才⑦。
○此诗程氏以为叹彼姝所遭非耦。起句、结句,盖曾与义山目成而不及乱也。愚谓此亦刺戚里之为女道士者。

① 梁家:指东汉人梁冀家。② 秦宫:指梁冀的家仆,与梁妻孙寿私通。③ 赵后:指赵飞燕。④ 赤凤:燕赤凤,汉宫侍者。⑤ 玉交杯:古代婚礼,新婚夫妇需要交换酒杯喝酒。借指美酒。⑥ 宓妃:传说中洛水女神。借指魏文帝曹丕甄皇后。⑦ 陈王八斗才:指曹植才高,南朝谢灵运称颂曹植:"天下才有一石,曹子建独占八斗。"陈王,曹植最后封地于陈称陈王。

## 富平少侯①

七国②三边③未到忧,十三身袭富平侯。
不收金弹抛林外④,却惜银床⑤在井头。
彩树⑥转灯珠错落,绣檀回枕玉雕锼。
当关不报侵晨客,新得佳人字莫愁。

○此亦讥勋戚子弟。

① 富平少侯:西汉景帝时张安世被封为富平侯,其孙子则被称为富平少侯。② 七国:以汉代的"七国之乱"比喻唐朝的藩镇割据。③ 三边:战国时燕赵秦与匈奴接壤,此比喻唐朝面临的边患。④ 金弹抛林外:指汉武帝宠臣韩嫣喜欢弹丸,便以金子为弹,射出被童子所拾。⑤ 银床:指井上的辘轳。⑥ 彩树:华美的灯柱。

## 赠赵协律①晢

俱识孙公②与谢公③,二年歌哭处还〔一〕同。
已叨④邹马⑤声华末,更共刘卢⑥族望通。
南省⑦恩深宾馆⑧在,东山事往妓楼空。
不堪岁暮相逢地,我欲西征君又东。

〔一〕还:一作皆。　　○第四句原注:愚与赵俱出今吏部相公门下,又同为故尚书安平公所知,复皆是安平公表任。按,吏部相公,令狐楚也,时为当路所轧,置之散地,故曰"宾馆"徒在。安平公,崔戎也,以太和八年六月卒,故曰"妓楼"已空。

① 协律:即协律郎,官职名,属太常寺,管理宫乐。② 孙公:即晋代的孙绰。③ 谢公:指谢安。④ 已叨:叨附,谦词。⑤ 邹马:指汉代的邹阳和司马相如。⑥ 刘卢:指晋代的刘琨和

卢谌。⑦ 南省：尚书省。⑧ 宾馆：东阁，古代宰相招致、款待宾客的地方。

## 正月崇让宅〔一〕①

密锁重关掩绿苔②，廊深阁迥此徘徊。
先知风起月含晕，尚自露寒花未开。
蝙拂③帘旌终展转，鼠翻窗网④小惊猜。
背灯独共〔二〕余香语，不觉犹歌起夜〔三〕来。

〔一〕王茂元故宅。　〔二〕共：一作立。　〔三〕起夜：一作夜起。柳恽有《起夜来》曲。

① 崇让宅：指李商隐岳父王茂元的住宅。② 掩绿苔：暗指宅院荒僻，无人居住，连庭院的小路已很久没人行走，长满青苔。③ 蝙拂：即蝙蝠。④ 窗网：即窗纱。

## 曲江

望断平时翠辇①过，空闻子夜鬼悲歌。
金舆②不返倾城色③，玉殿犹分下苑波。
死忆华亭闻唳鹤④，老忧王室泣铜驼⑤。
天荒地变心虽折，若比伤春意未多。

○太和九年正月，郑注言秦中有灾，宜兴土工厌之。乃兴曲江之役。是年十一月，因甘露之变，遂罢曲江亭馆。此诗所以慨也。按，天荒地变，王室之公忧也；伤春，义山之私戚也，当别有感耳。

①翠辇：装饰翠鸟羽毛的皇帝车辇。②金舆：皇帝的车舆。③倾城色：指皇帝的嫔妃。④华亭闻唳鹤：借用陆机临死所叹的故事，比喻感慨世事无常，后悔入仕。⑤泣铜驼：西晋灭亡时，西晋大将索靖指着宫门前的铜驼感叹哭泣，哀铜驼将要没于荒草。

## 柳

江南江北雪初消，漠漠轻黄惹嫩条。
灞岸①已攀行客手，楚宫先骋舞姬腰。
清明带雨临官道，晚日含风拂野桥。
如线如丝正牵恨，王孙归路一何遥。

①灞岸：即灞河河岸，黄河支流渭河的支流，流经长安城的北面。

## 九日

曾共山翁①把酒时〔一〕，霜天白菊绕阶墀②。
十年泉下无人〔二〕问，九日樽前有所思。
不学汉臣栽苜蓿③，空教楚客④咏江蓠⑤。
郎君官贵施行马⑥，东阁〔三〕无因再得窥。
〔一〕时：一作卮。　〔二〕人问：一作消息。　〔三〕阁：一作阁。

① 山翁：指西晋的山简，生平嗜酒，此指代令狐楚。② 阶墀（chí）：台阶。③ 汉臣栽苜蓿：指张骞出使西域，带回苜蓿的种子，此指令狐楚招揽各路人才。④ 楚客：指屈原。⑤ 江蓠：一种香草。⑥ 行马：指阻挡人前进的栅栏。

## 赠司勋杜十三员外

杜牧司勋字牧之，清秋一首杜秋〔一〕诗①。
前身应是梁江总②，名总还曾字总持。
心铁③已从干镆④利，鬓丝休叹雪霜垂。
汉江远吊西江水，羊祜⑤韦丹尽有碑〔二〕。

〔一〕秋：一作陵，误。　〔二〕原注：时杜奉诏撰韦碑。

① 杜秋诗：指唐杜牧的《杜秋娘诗》。② 梁江总：即江总，字总持，南朝著名文学家，因为在梁朝闻名，所以称为"梁江总"。③ 心铁：指心中有韬略。④ 干镆：即干将、莫邪两柄名剑。⑤ 羊祜：西晋著名将领，曾镇守荆州，他死后百姓为其立碑。

## 天平①公座②中呈令狐令公③，时蔡京在坐，京曾为僧徒，故有第五句

罢执霓旌上醮坛④，慢妆⑤娇树⑥水晶盘。
更深欲诉蛾眉敛，衣薄临醒玉艳寒。
白足禅僧思败道，青袍御史拟休官。
虽然同是将军客⑦，不敢公然子细看。

① 天平：指天平军节度使，治所在今山东东平。② 公座：指公家宴会。③ 令狐令公：指令狐楚。④ 醮（jiào）坛：道士的法坛。⑤ 慢妆：指淡妆。⑥ 娇树：形容舞女的美貌。⑦ 将军客：李商隐自称。

## 题道静院①，院在中条山，故王颜中丞所置。虢州②刺史舍官居此，今写真存焉

紫府③丹成化鹤群，青松手植变龙文④。
壶中别有仙家日⑤，岭上犹多隐士云。
独座遗芳成故事，褰帷⑥旧貌似元君。
自怜筑室灵山下，徒望朝岚与夕曛。
〇程云：此退居永乐时作。

① 道静院：在永乐县境内，即今山西芮城永乐镇。② 虢（guó）州：今属河南灵宝。③ 紫府：仙人所居的地方，此指道观。④ 龙文：形容松树皮上遒劲的树纹。⑤ "壶中"句：相传东汉方士费长房，一日见一老翁拿葫芦卖药，后随老翁一起进入葫芦，只见葫芦中别有洞天。⑥ 褰（qiān）帷：指刺史。

## 题小松〔一〕

怜君孤秀①植庭中，细叶轻阴满座风。
桃李盛时虽寂寞，雪霜多后始青葱。
一年几变〔二〕②枯荣事，百尺方资柱石功③。

为谢西园车马客④,定悲摇落尽成空。

〔一〕松:一作柏。　〔二〕变:一作度。

① 孤秀:形容松树孤傲挺拔。② 一年几变:指植物随着一年四季而变化。③ 柱石功:用作栋梁之材。④ 车马客:欣赏风景的游人。

## 行次昭应县①道上,送户部李郎中充②昭义攻讨〔一〕③

将军大旆④扫狂童⑤,诏选名贤赞武功⑥。
暂逐虎牙⑦临故绛,远含鸡舌⑧过新丰。
鱼游沸鼎⑨知无日,鸟覆危巢岂待风。
早勒勋庸燕石上⑩,伫光纶绋⑪汉庭中。

〔一〕程注:《唐书·百官志》,天下兵马元帅、副元帅、都统、副都统以下官属,只有行军长史、行军司马等官,不闻别有攻讨也。再按,《百官志》:招讨幕职,长史从三品,司马从四品。然则李郎中所充,当是行军司马,再上亦不过长史。题下当有行军长史、行军司马等字,殆亦脱之耳。

① 昭应县:今陕西临潼。② 充:临时担任。③ 昭义攻讨:讨伐昭义镇的叛军。④ 大旆(pèi):军中大旗。⑤ 狂童:对敌人的蔑称。⑥ 赞武功:赞助军事。⑦ 虎牙:军营主将。⑧ 鸡舌:即丁香,相传汉代尚书郎朝奏必须口含丁香。⑨ 鱼游沸鼎:指叛军如同热锅上的鱼,时日无多。⑩ "早勒"句:指东汉大将窦宪抗击匈奴,于燕然山刻石铭功而还。这里是祝李郎中出师顺利。⑪ 纶绋(fú):皇帝奖赏的诏令。

## 水斋①

多病欣依有道邦,南塘晏起想秋江。
卷帘飞燕还拂水,开户暗虫犹打窗。
更阅前题〔一〕已披卷②,仍挂昨夜未开缸。
谁人为报故交道,莫惜鲤鱼时一双③。

〔一〕题:一作头,非。

① 水斋:临水的房舍。② 披卷:读书。③ 鲤鱼时一双:化用古诗"客从远方来,遗我双鲤鱼",指代书信。


## 奉同诸公题河中任中丞新创河亭四韵之作〔一〕

万里谁能访十洲①,新亭云构②压中流。
河鲛纵玩难为室③,海蜃遥惊耻化楼④。
左右名山穷远目,东西大道锁轻舟。
独留巧思传千古,长与蒲津⑤作胜游⑥。

〔一〕程云:文集有任侍御宪,中丞或即任宪。

① 十洲:泛指海上的仙山。② 云构:形容高大的建筑物。③ "河鲛"句:河鲛纵情玩乐也造不出河亭这样的居室。④ "海蜃"句:海蜃能化成楼而惊异河亭壮丽耻不及此。⑤ 蒲津:即蒲津关,又称临晋关,古代重要的津渡和隘口,位于今陕西大荔东。⑥ 胜游:游览名胜地。

## 过故府中武威公交城旧庄感事〔一〕

信陵亭馆①接郊畿②，幽象遥通晋水祠③。
日落高门喧燕雀，风飘大树撼〔二〕熊罴④。
新蒲似笔思投日⑤，芳草如茵忆吐时⑥。
山下祇〔三〕今黄绢字⑦，泪痕犹堕⑧六州⑨儿。

〔一〕朱云：武威公，王茂元也。交城县属太原府，隋分晋阳县置。　〔二〕撼：一作感。　〔三〕祇：音支，一作只。

① 信陵亭馆：指战国时魏国信陵君的孤宅，此比喻王茂元在交城的旧府邸。② 交畿：即今陕西吕梁交城县。③ 晋水祠：即晋祠，位于今山西太原。④ 熊罴（pí）：指府内的石雕猛兽。⑤ 思投日：指班超投笔从戎。⑥ 忆吐时：借用汉代丙吉的典故，指对待下人宽容。⑦ 黄绢字：此夸耀王茂元的文采。⑧ 泪痕犹堕：指羊祜坠泪碑的典故。⑨ 六州：王茂元曾担任六个州的节度使。

## 赠田叟

荷蓧①衰翁似有情，相逢携手绕村行。
烧畬②晓映远山色，伐树暝传深谷声。
鸥鸟忘机③翻浃洽④，交亲得路昧平生⑤。
抚躬道直诚感激，在野无贤心自惊。

○程云：此借忘机之田叟，形排挤之故人。

① 荷蓧（tiáo）：担着耕田的竹器。② 烧畬（shē）：把荒草烧成灰烬后耕种。③ 鸥鸟忘机：典出战国时列御寇《列子》，即有人住在海边，与鸥鸟相亲，比喻人无名利心，与自然相近。④ 浃洽：和睦，融洽。⑤ "交亲"句：指亲戚朋友发达富贵、仕途得意而感

情淡漠得像陌生人一样。

## 赠别前蔚州①契苾使君〔一〕

何年部落到阴陵②，奕〔二〕世③勤王国史称。
夜掩牙旗④千帐雪，朝飞羽骑一河冰。
蕃儿襁负来青冢⑤，狄女壶浆出白登⑥。
日晚鹎鵊泉⑦畔猎，路人遥识〔三〕郅都⑧鹰。

〔一〕原注：使君远祖，国初功臣也。《唐书》：契苾何力内附，以功封凉国公。 〔二〕奕：一作三。 〔三〕识：一作认。

① 蔚州：唐行政区划，在今山西大同丘灵县。② 阴陵：阴山，位于今内蒙古中部。③ 奕世：累世。④ 牙旗：指将军旗。⑤ 青冢：指王昭君墓。⑥ 白登：即白登山，在今山西大同。⑦ 鹎鵊（pì tí）泉：位于今内蒙古五原县。⑧ 郅都：汉景帝时酷吏，人称"苍鹰"，曾镇守雁门关，威慑匈奴。

## 和人题真娘①墓〔一〕

虎丘山下剑池边，长遣游人叹逝川。
罥树②断丝悲舞席，出云清梵想歌筵。
柳眉空吐效颦叶，榆荚③还飞买笑钱。
一自香魂招不得，只应江上独婵娟。

〔一〕原注：真娘，吴中乐妓，墓在虎丘山下寺中。

① 真娘：本名胡瑞珍，唐代吴中地区一歌伎，因安史之乱流落于苏州，被诱骗至妓院成为一名妓女，才色双绝，很快名噪一时。最后为保贞洁悬梁自尽。② 罥（juàn）树：用绳索挂于树，指真娘悬梁自尽。③ 榆荚：其果实像古代的铜钱串。

## 人日即事

文王①喻复今朝是，子晋吹笙②此日同。
舜格有苗旬太远，周称流火③月难穷。
镂金作胜④传荆俗⑤，剪彩⑥为人起晋风。
独想道衡⑦诗思苦，离家恨得二年中。

① 文王：指周文王姬昌。② 子晋吹笙：子晋即仙人王子乔，喜欢吹笙。③ 流火：指农历七月，大火星渐渐西下，表示天气逐渐要转冷。④ 胜：妇女的首饰。⑤ 荆俗：指楚地的风俗。⑥ 剪彩：剪裁装饰品。彩为立春日的一种首饰。⑦ 道衡：指隋代诗人薛道衡。

## 春日寄怀

世间荣落①重逡巡②，我独丘园③坐④四春。
纵使有花兼有月，可堪无酒又无人。
青袍⑤似草年年定，白发如丝日日新。
欲逐风波千万里，未知何路到龙津⑥。

○程云：此大中元年作，义山自会昌四年移居永乐，至此凡四年也。此后，遂出应郑亚之聘矣。

①荣落：显耀和衰败。②逡（qūn）巡：顷刻，快速。③丘园：乡里，家园。④坐：将要。⑤青袍：指八、九品官员穿的官服。李商隐时任秘书省正字，乃正九品。⑥龙津：即龙门，位于山西河津。

## 和刘评事①永乐②闲居见寄

白社③幽闲君暂居，青云④器业我全疏。
看封谏草归鸾掖⑤，尚贲⑥衡门待鹤书。
莲耸碧峰关路近，荷翻翠扇水堂虚。
自探典籍忘名利，欹枕⑦时惊落蠹鱼⑧。

①评事：官职，属大理寺，专职推理案件。②永乐：即永乐县，在今山西运城芮城县。③白社：指隐士居住的地方。④青云：比喻高官厚禄。⑤鸾掖：门下省的别称。⑥贲（bì）：装饰。⑦欹（qī）枕：斜倚枕头。⑧蠹（dù）鱼：又称衣鱼，一种小虫，专门啃食书籍衣物。

## 和马郎中移白菊见示

陶诗只采黄金实①，郢曲新传白雪英。
素色不同篱下发，繁花疑自月中生。
浮杯小摘②开云母③，带露全移缀水精。
偏称含香五字客④，从兹得地始芳荣。

①黄金实：指菊花。②小摘：指花没有完全盛开。③云母：

形容白菊如同白云母一样。④ 五字客：西晋郭颁《魏晋世语》载，司马景王不满中书令虞松所作的表，直到中书郎锺会更定五字后，才确定下来。此将马郎中比作五字客。

## 喜闻太原同院崔侍御台拜，兼寄在台三二同年之什

鹏鱼何事遇屯同①，云水升沉②一会中。
刘放③未归鸡树④老，邹阳⑤新去兔园⑥空。
寂寥我对先生柳⑦，赫奕⑧君乘御史骢⑨。
若向南台⑩见莺友，为处传垂翅度春风。

○程云：此亦退居太原时作。

① 屯同：指同样艰难的开始。② 升沉：指宦海沉浮。③ 刘放：三国时曹魏大臣，历经四朝，年老致仕。④ 鸡树：代指中书省。⑤ 邹阳：西汉文学家，梁孝王刘武的门客。⑥ 兔园：梁孝王的私人园林，用来招揽门客。⑦ 先生柳：陶渊明曾在家门前种植五棵柳树。⑧ 赫奕：显赫。⑨ 御史骢：指东汉御史桓典，刚正不阿，常乘一匹骢马。⑩ 南台：即御史台。

## 无题

万里风波一叶舟，忆归初罢更夷犹①。
碧江地没②元相引，黄鹤沙边亦少留。
益德冤魂终报主③，阿童高义镇横秋④。
人生岂得长无谓，怀古思乡共白头。

○程云：观起句、结句，所谓初罢者，乃大中年间梓州府罢将归郑州之时也。

① 夷犹：犹豫。② 地没：指远处水天相接的地方。③ "益德"句：指张飞的英魂报答刘备。益德，即翼德，蜀汉名将张飞。④ 阿童：即西晋大将王濬，曾从益州南下灭吴。

## 回中①牡丹为雨所败二首〔一〕

下苑他年未可追，西州②今日忽相期。
水亭暮雨寒犹在，罗荐③春香暖不知。
舞蝶殷勤收落蕊，佳人惆怅卧遥帷。
章台④街里芳菲伴，且问宫腰⑤损几枝。

〔一〕回中在安定高平，其中有宫。

① 回中：秦朝曾建有回中宫，在今甘肃平凉泾川。② 西州：指安定郡，约在今甘肃平凉一带。③ 罗荐：指丝绸褥子。④ 章台：战国时楚国古宫名。⑤ 宫腰：指楚灵王喜好细腰的女子。

浪笑①榴花不及春，先期②零落更愁人。
玉盘③迸泪伤心数，锦瑟惊弦④破梦频。
万里重阴非旧圃，一年生意属流尘⑤。
前溪舞罢君回顾，并觉今朝粉态⑥新。

○程云：此二首乃叹长安故妓流落回中者，牡丹特借喻耳。

① 浪笑：空笑。② 先期：早于预定的时间。③ 玉盘：指白牡丹。④ 惊弦：指雨水打在牡丹花上。⑤ 属流尘：指花谢后埋于尘土。⑥ 粉态：形容牡丹娇嫩的形态。

# 杜牧之七律

## 五十五首

## 长安杂题长句六首

觚棱①金碧照山高,万国珪璋②捧赭袍③。
舐笔和铅欺贾马④,赞功论道鄙萧曹⑤。
东南楼日珠帘卷,西北天宛玉厄豪〔一〕。
四海一家无一事,将军携镜泣霜毛⑥。

〔一〕原注:《诗》曰:鞗革金厄。盖小环。

①觚棱(gū léng):宫阙上转角处的瓦脊成方角棱瓣之形,指代宫阙。②珪璋(guī zhāng):一种玉制的礼器,用于朝拜、祭祀。借指群臣。③赭(zhě)袍:即赭黄袍,天子所穿的袍服,借指皇帝。④贾马:指贾谊、司马相如。⑤萧曹:指萧何和曹参。⑥霜毛:指白发。

晴云似〔一〕絮惹低空,紫陌①微微弄袖风。
韩嫣金丸②莎覆绿,许公③鞯④汗杏粘红。
烟生窈窕〔二〕深东第,轮撼流苏下北宫⑤。
自笑苦无楼护⑥智,可怜铅椠竟何功。

〔一〕似:一作如。 〔二〕窈窕:一作窈窱。 ○"韩嫣"四句,言勋戚豪家之盛。末二句,言不游权贵之门也。

①紫陌:指京师郊野的道路。②韩嫣金丸:汉武帝时的佞臣韩嫣好弹射,常用金子制成弹丸打鸟。③许公:指宇文述,北周、隋朝名将。④鞯(jiān):衬于马鞍之下的垫子。⑤北宫:桂宫,位于未央宫之北。⑥楼护:字君卿,山东人,西汉时著名医家。

雨晴九陌铺江练①,岚嫩千峰叠海涛。

南苑草芳眠锦雉，夹城云暖下霓旄②。

少年羁络③青纹〔一〕玉④，游女花簪紫蒂桃⑤。

江碧柳深人尽醉，一瓢颜巷日空高。

〔一〕纹：一作文。　　○此首言方春景物之丽，士女冶游之盛，而己甘陋巷寂寞也。

① 江练：形容江面如同白练一般。② 霓旄（ní máo）：指彩虹。③ 羁络：指马络头。④ 青纹玉：指马络头上玉制的装饰。⑤ 紫蒂桃：桃子形状的紫色发簪。

束带谬趋文石陛①，有章曾拜皂囊②封。

期严无奈睡留癖，势窘犹为酒泥慵。

偷钓侯家池上雨，醉吟隋寺日沉钟。

九原可作吾谁与，师友琅琊邴曼容③。

○"期严"四句，自言疏慵，不宜于从公，有嵇康"七不堪"之意。

① 文石陛：即雕有文饰的石阶。② 皂囊：一种黑丝绸口袋，汉代大臣奏事时，将涉密的奏章放在里面。③ 邴（bǐng）曼容：即西汉琅琊人邴丹，字曼容，为官清廉，声望颇高，后世为清廉官吏的典范。

洪河清渭天地濬①，太白②终南③地轴横。

祥云辉映汉宫紫，春光绣画秦川明。

草妒佳人钿朵④色，风回公子玉衔声。

六飞南幸芙蓉苑⑤，十里飘香入夹城。

① 濬（jùn）：同"浚"，疏通。② 太白：指太白山，位于陕西眉县东南。③ 终南：指终南山。④ 钿朵：用金银贝玉等做成的花朵状饰物。⑤ 芙蓉苑：长安城曲江边著名园苑。

丰貂长组金张①辈,驷马文衣许史②家。
白鹿原头回猎骑,紫云楼下醉江花。
九重树影连清汉,万寿山光学翠华。
谁识大君谦让德〔一〕,一毫名利斗蛙蟆③。

〔一〕原注：圣上不受徽号。

① 金张：指汉代大臣金日磾和张安世,指代世代显贵的高官大族。② 许史：指汉宣帝时期外戚许广汉和史高。③ 斗蛙蟆：语出东汉班固《汉书》,指不足称道的胜负得失。

## 河湟①

元载相公②曾借箸③,宪宗皇帝亦留神。
旋见衣冠就东市,忽遗弓剑④不西巡⑤。
牧羊驱马虽戎服,白发丹心尽汉臣。
唯有凉州歌舞曲,流传天下乐闲人。

① 河湟：指唐和吐蕃在黄河与湟水一带的边界。② 元载相公：即元载,字公辅,凤翔府岐山县人,唐代宗时丞相。③ 借箸：指代别人出谋划策。④ 遗弓剑：代指皇帝驾崩。⑤ 不西巡：指没有收复西北失地。

## 李给事中①敏〔一〕

一章缄拜〔二〕皂囊②中,憪憪〔三〕朝廷有古风。
元礼③去归缑〔四〕氏学〔五〕,江充④来见犬台宫〔六〕⑤。

纷纭白昼惊千古,铁锧⑥〔七〕朱殷⑦总一空。

曲突徙薪人不会,海边今作钓鱼翁〔八〕。

〔一〕本二首,其二五律,未录。　〔二〕拜:一作报。
〔三〕懔懔:一作慄慄。　〔四〕缑:一作纶。　〔五〕原注:李
膺退罢归缑氏,教授生徒。给事论郑注,告满归颍阳。　〔六〕原
注:郑注对于浴室。　〔七〕铁锧:一作铁锁。　〔八〕《唐
书·李中敏传》:太和六年大旱,中敏以司门员外郎上言,请斩郑
注以快忠臣之魂。帝不省,中敏以病告归。注诛,中敏被诏,累
迁给事中。又诛仇士良不应荫子,为士良所怒,由是复弃官去。

① 给事中:官职名,唐代给事中居于门下省,专管侍从讽
谏。② 皂囊:指大臣放置秘密奏折的黑绸袋子。③ 元礼:隋朝
的虎贲中郎将,曾弑杀隋炀帝杨广。④ 江充:汉武帝晚年佞臣,
曾协助武帝发动巫蛊之祸,后被太子刘据斩杀。⑤ 犬台宫:位于
汉代上林苑的官殿。⑥ 铁锧(fū zhì):指残酷的刑法。⑦ 朱殷:
指鲜血。

## 今皇帝陛下一诏征兵,不日功集,河湟诸郡①次第归降,臣获睹圣功②,辄献歌咏

捷书皆应睿〔一〕谋期,十万曾无一镞③遗。
汉武惭夸朔方地④,周宣〔二〕⑤休道太原师。
威加塞外寒来早,恩入河源冻合迟。
听取满城歌舞曲,凉州声韵喜〔三〕参差。

〔一〕睿:一作运。　〔二〕周宣:一作宣王。　〔三〕喜:
一作远。

① 河湟诸郡:黄河与湟水之间的地带,在今青海省东北部。
② 圣功:对皇帝功业的夸耀。③ 镞(zú):箭头。④ 朔方地:

指卫青领兵收复河朔地区,此借指唐朝收复河湟地区。⑤周宣:指周宣王姬静,在位时曾多次讨伐夷狄。

## 奉和白相公圣德和平,致滋休运①,岁终功就,合咏盛明,呈上三相公长句四韵〔一〕

行看腊破②好年光,万寿南山对未央。
黠戛③可汗修职贡④,文思天子复河湟。
应须日驭西巡狩,不假星弧北射狼。
吉甫⑤裁诗歌盛业,一篇江汉美宣王⑥。

〔一〕宣宗大中二年,收复河湟,白敏中进诗,同时马植、魏扶、崔铉皆进诗。三相公,谓马、魏、崔也。"圣德和平"四句,盖白公题中语。

①休运:国运。②腊破:指腊月将尽春天将回。③黠戛:即黠戛斯汗国,唐朝晚期至五代中国西北方的游牧民族政权,位于蒙古高原和中亚一带。④职贡:指朝贡。⑤吉甫:指周宣王贤臣尹吉甫,据传是《诗经》的裁定者和编撰者。⑥宣王:即周宣王。

## 闻庆州①赵纵使君与党项②战,中箭身死,辄书长句

将军独乘铁骢马③,榆溪战中金仆姑④。
死绥⑤却是古来有,骁将自惊今日无。
青史文章争点笔,朱门歌舞笑捐躯。
谁知我亦轻生者,不得君王丈二殳⑥。

① 庆州：唐行政区划，在今甘肃庆阳和宁夏南部一带。② 党项：中国古代生活在西北的少数民族。③ 铁骢马：指铁甲战马。④ 金仆姑：一种箭名。⑤ 死绥：指战争打败，将军应该被治罪。⑥ 丈二殳（shū）：一种兵器，长一丈二尺，顶端有尖有棱。


## 街西①长句

碧池新涨浴娇鸦，分〔一〕锁长安富贵家。
游骑偶同人斗酒，名园相倚杏交花。
银鞦②骠裹③嘶宛马，绣鞯璁珑④走钿车⑤。
一曲将军何处笛，连云芳草〔二〕日初斜。
〔一〕分：一作深。　〔二〕草：一作树。

　　① 街西：古代长安以朱雀门大街为界，大街西边即属于长安县。② 银鞦（qiū）：指豪华的拴在驾辕牲口臀部周围的草带。③ 骠裹（yǎo niǎo）：指古代的一种骏马。④ 璁珑（cōng lóng）：形容明亮高洁。⑤ 钿（diàn）车：指金宝镶嵌的车子。


## 李侍郎于阳羡①里富有泉石，牧亦于阳羡粗有薄产，叙旧述怀，因献长句四韵

冥鸿②不下非无意，塞马归来是偶然。
紫绶③公卿今放旷，白头郎吏尚留连。
终南山下抛泉洞，阳羡溪中买钓船。
欲与明公操杖履，愿闻休去是何年。

①阳羡：指现在的江苏宜兴。②冥鸿：指高飞的鸿雁，喻指隐居之士。③紫绶：指古代授予高级官僚的印组。


## 赠李处士长句四韵

玉函怪牒①锁灵篆②，紫洞③香风吹碧桃。
老翁四目牙爪利，掷火万里精神高。
霭霭祥云随步武④，累累秋冢叹蓬蒿。
三山朝去应非久，姹女当窗绣羽袍。

①怪牒：古代专门记载怪异事件的书简。②灵篆：指道教的符箓、经书。③紫洞：指隐居修行的地方。④随步武：指效法贤人。


## 送国棋王逢

玉子纹楸一路饶①，最宜檐雨竹萧萧。
羸形暗去春泉长②，拔〔一〕势横来③野火烧。
守道④还如周柱史〔二〕⑤，鏖兵⑥不羡霍嫖姚⑦。
浮生〔三〕七十更万日，与子期于局上销。

〔一〕拔：一作猛。 〔二〕柱史：一作伏柱。 〔三〕浮生：一作得年。 ○牧之是时年四十二三，若得至七十，犹有万日。

①"玉子"句：指对弈时让他人一子。玉子纹楸（qiū），指

围棋的棋子和棋盘。②"赢形"句:这里比喻棋局势态由坏转好。③拔势横来:棋盘上攻取对方的关键棋子。④守道:下棋时稳固己方阵线。⑤周柱史:代指老子,意为如同老子修道气定神闲。⑥鏖(áo)兵:激战。⑦霍嫖姚:即霍去病,用兵勇猛。

## 道一大尹、存之学士、庭美学士简于圣明,自致霄汉,皆与舍弟昔年还往。牧支离穷悴,窃于一麾书美歌诗,兼自言志,因成长句四韵,呈上三君子

九金神鼎①重丘山,五玉诸侯②杂佩环。
星座通霄狼鬣暗,戍楼吹笛〔一〕虎牙闲。
斗间③紫气龙埋狱,天上洪炉帝铸颜④。
若念西河〔二〕旧交友,鱼符应许出函关⑤。

〔一〕笛:一作角。　〔二〕河:一作湖。

①九金神鼎:相传大禹收九州之金铸造九鼎,象征自己为天下共主的地位。②五玉诸侯:指诸侯祭祀时用的五种玉器,即璜、璧、璋、珪、琮。③斗间:指北斗之间。④铸颜:指培养人才。⑤出函关:指老子西出函谷关,借指辞官隐居。

## 洛阳长句二首

草色人心相与闲,是非名利有无间。
桥横落照虹堪画,树锁千门鸟自还。
芝盖①不来云杳杳②,仙舟③何处水潺潺。

君王谦让泥金事④,苍翠空高万岁山。

① 芝盖:指如同芝草外形的皇帝车盖。② 杳杳:形容渺远。③ 仙舟:指东汉时郭太从洛阳还乡,李膺送他过河,岸上众人以为他们状如神仙,此指皇帝不临幸洛阳。④ 泥金事:指汉武帝封禅时,玉制牒册等都用金绳缠绕,金泥封定。

天汉东穿白玉京①,日华浮动翠光生。
桥边游女佩环委,波底上阳金碧明。
月锁名园孤鹤唳,川酣秋梦凿龙声。
连昌②绣岭③行宫在,玉辇④何时父老迎。

① 白玉京:指虚无缥缈的天帝居所。② 连昌:河水名,洛水的一条支流。此处指连昌宫。③ 绣岭:指绣岭宫,在陕西临潼的骊山上。④ 玉辇:代指帝王。

## 洛中监察病假满送韦楚老拾遗归朝[一]

洛桥风暖细翻衣,春引仙官去玉墀①。
独鹤初冲太虚日,九牛新落一毛时。
行开教化期君是,卧病神祇②祷我知。
十载丈夫堪耻处,朱云③犹掉直言旂④。

〔一〕韦寿朋,字楚老。

① 玉墀(chí):宫殿前的台阶,借指朝廷。② 神祇(qí):泛指天地间的神灵。③ 朱云:汉代官员,为人狂直,多次上书抨击朝政。④ 旂(qí):古代一种带铃铛的旗子。

## 故洛阳城有感

一片宫墙当道危,行人为尔去迟迟。
罼圭苑①里秋风后,平乐馆②前斜日时。
锢〔一〕党岂能留汉鼎③,清谈空解识胡儿。
千烧万战坤灵死,惨惨终年鸟雀悲。

〔一〕锢:一作钩。

① 罼(bì)圭苑:同"毕圭苑",乃东汉灵帝时期在洛阳修建的园苑。② 平乐馆:位于上林苑的一座观苑,汉高祖所建,汉武帝又进行扩建。③ "锢党"句:指发生在东汉末年的"党锢之祸",当时的清流士大夫不满宦官专政,世家大族李膺联合太学生反对宦官,结果遭到宦官疯狂反扑和屠戮。岂能留汉鼎,指不能改变汉朝衰亡的国运。

## 润州①二首

向〔一〕吴亭②东千里秋,放歌曾作昔年游。
青苔寺③里无马〔二〕迹,绿水桥边多酒楼。
大抵南朝皆旷达,可怜东晋最风流。
月明更想桓伊④在,一笛闻吹出塞愁。

〔一〕向:一作句。　〔二〕马:一作鸟。

① 润州:即今江苏镇江。② 向吴亭:在今江苏镇江丹阳南。③ 青苔寺:形容寺院幽深。④ 桓伊:字叔夏,安徽濉溪临涣镇人,东晋将领、名士,善于吹笛。

谢朓诗中佳丽地，夫差①传里水犀军。
城高铁瓮②横强弩〔一〕，柳暗朱楼多梦云。
画角③爱飘江北去，钓歌长向月中闻。
扬州尘土试回首，不惜千金借与君。

〔一〕原注：润州城，孙权筑，号为铁瓮。

①夫差：春秋末期吴国末代君主，越国灭吴，夫差自刎。②铁瓮：指润州城。③画角：一种来自中国西北的乐器，声音凄厉高亢，军中使用，以警戒指挥。

## 西江怀古〔一〕

上吞巴汉控潇湘，怒似连山净镜光。
魏帝①缝囊②真戏剧，苻坚投箠③更荒唐。
千秋钓艇〔二〕歌明月，万里沙鸥弄夕阳。
范蠡清尘④何寂寞，好风唯属往来商。

〔一〕注家谓楚人指蜀江为西江，谓从西而下也。愚按诗中魏帝、苻坚等语，殊不似指蜀中者。六朝、隋、唐皆以金陵为江东，历阳为江西，厥后，豫章郡夺江西之名，而历阳等处不甚称江西矣。此西江，或指历阳乌江言之。 〔二〕艇：一作舸。

①魏帝：指魏武帝曹操。②缝囊：指曹军用沙袋填长江以入侵东吴。③苻坚投箠（chuí）：指"投鞭断流"的典故，相传苻坚当初征伐大军进攻南朝，人数之多，投下的鞭子都能阻塞河流。苻坚：前秦皇帝。④清尘：指清高的风范。范蠡帮助越王勾践灭亡吴国后，坚决辞官不做，归隐江湖，因此说他"清尘"。

## 题宣州开元寺水阁，阁下宛溪、夹溪居人

六朝文物草连空，天淡云闲〔一〕今古同。
鸟去鸟来山色里，人歌人哭水声中。
深秋帘幕千家雨，落日楼台一笛风。
惆怅无因见〔二〕范蠡，参差烟树五湖东。

〔一〕闲：冯本作开。　〔二〕见：一作逢。

## 宣州送裴坦判官往舒州①时牧欲赴官归京

日暖泥融雪半销，行人〔一〕芳草马声骄。
九华山②路云遮寺，清弋江③村柳拂桥。
君意如鸿高的的，我心悬旆正摇摇。
同来不得同归去，故国逢春一〔二〕寂寥。

〔一〕行人：一作人行。　〔二〕一：一作正。

① 舒州：即今安徽安庆潜山县。② 九华山：位于安徽池州青阳县西南，是中国四大佛教名山，因为其九座山峰形似莲花，故名。③ 清弋（yì）江：即今青弋江，源出安徽黟县黄山北麓，流经宣城，于芜湖市区入长江。

## 自宣城赴官上京

潇洒江湖十过秋①，酒杯无日不淹留〔一〕②。
谢公城③畔溪惊梦，苏小④门前柳拂头。

千里云山何处好,几人襟韵⑤一生休。
尘冠挂却⑥知闲事,终拟〔二〕蹉跎访旧游。

〔一〕淹:一作迟。淹留:一作封侯。 〔二〕拟:一作把。

① 十过秋:指十余年。② 淹留:停滞,流连。③ 谢公城:指宣城,历史上谢朓曾任宣城太守。④ 苏小:苏小小,南朝齐的钱塘名妓。⑤ 襟韵:指人的胸怀风度。⑥ 尘冠挂却:指辞官归隐。


## 登池州九峰楼①寄张祜②

百感中来不自由,角声孤起夕阳楼。
碧山终日思无尽,芳草何年恨即〔一〕休。
睫在眼前长〔二〕不见,道非身外更〔三〕何求。
谁人得似张公子,千首诗轻万户侯。

〔一〕即:一作始。 〔二〕长:一作犹。 〔三〕更:一作欲。

① 九峰楼,位于今安徽贵池东南的九华门。② 张祜(hù):字承吉,今邢台清河人,唐代诗人。


## 齐安郡①晚秋〔一〕

柳岸风来影渐疏,使君家似野人居。
云容水态还堪赏,啸志歌怀亦自如。
雨暗残灯棋散后〔二〕,酒醒孤枕雁来初。

可怜赤壁争雄渡②,唯有蓑翁坐钓鱼。

〔一〕黄州黄冈县。　〔二〕散后:一作欲散。

① 齐安郡:即黄州,在今湖北黄冈。② 争雄渡:指东汉末年爆发的曹操与刘备、孙权联军的赤壁之战,孙刘联军击败曹操,奠定三分天下的格局。

## 九日齐安登高〔一〕

江涵秋影雁初飞,与客携壶上翠微①。
尘世难逢开口笑,菊花须插满头归。
但将酩酊酬佳节,不用登临叹〔二〕落晖。
古往今来只如此,牛山②何必泪〔三〕沾衣。

〔一〕齐安:一作齐山。　〔二〕叹:一作恨。　〔三〕泪:一作独。

① 翠微:指青山。② 牛山:在今山东淄博,相传春秋时齐景公曾游牛山而哭泣。

## 池州李使君没①后十一日,处州新命始到,后见归妓感而成诗

缙云②新命诏初行,才是孤魂寿器〔一〕③成。
黄壤不知新雨露,粉书空〔二〕换旧铭旌。
巨卿哭处云空断〔三〕,阿鹜④归来月正明〔四〕。
多少四年遗爱事,乡间⑤生子李为名〔五〕。

〔一〕寿器：一作受气。　〔二〕空：一作唯。　〔三〕用《后汉书·范式传》。　〔四〕用《魏志·朱建平传》。　〔五〕《后汉书·任延传》：为九真太守，民无嫁娶礼法，延移书属县，使省禄以助聘。同时相娶者二千余人。其产子者咸曰："使我有是子者，任君也。"多名其子为任。

① 没：指去世。② 缙（jìn）云：今属浙江丽水。③ 寿器：指生前预制的棺木。④ 阿鹜：代指妻妾。⑤ 乡间：乡里民间。

## 见刘秀才与池州妓别

远风南浦①万重波，未似生离别恨多。
楚管能吹柳花怨②，吴姬争唱竹枝歌③。
金钗横处绿云④堕，玉箸凝时红粉和。
待得枚皋⑤相见日，自应妆镜笑蹉跎。

① 南浦：南边的水滨，古代多指送别之地。② 柳花怨：泛指思念伤感之曲。③ 竹枝歌：原本是巴渝一带的小曲，后被刘禹锡改以新词，咏三峡风光及男女恋情。④ 绿云：指女子乌黑浓密的头发。⑤ 枚皋：汉代辞赋家枚乘之子，亦是西汉著名的文学家，才思敏捷，长期为汉武帝的文学侍从。

## 即事〔一〕

因思上党①三年战，闲咏周公七月诗。
竹帛未闻书死节②，丹青空见画灵旗③。

萧条井邑④如鱼尾,早晚干戈识虎皮。
莫笑一麾东下计,满江秋浪碧参差。
〔一〕黄州作。

①上党:隶属今山西长治,位于太行山麓。②死节:甘于为忠诚而死。③灵旗:指战旗。④井邑:城镇村落。

## 寄李起居①四韵

楚女梅簪白雪姿,前溪碧水冻醪②时。
云罍③心凸知难捧,凤管簧寒不受吹。
南国剑眸能盼眄④,侍臣香袖爱欹垂⑤。
自怜穷律穷途客,正怯〔一〕孤灯一局棋。
〔一〕怯:一作劫。

①起居:即起居郎,官职名,属于门下省,主要负责记载皇帝日常言行和国家大事。②冻醪(láo):指秋季酿造,过冬后在春天饮用的酒。③云罍(léi):指装饰有云状花纹的酒壶。④盼眄(miǎn):顾盼,盼望。⑤欹(qī)垂:形容醉舞下垂的样子。

## 八月十二日得替后移居霅溪①馆,因题长句四韵

万家相庆喜秋成②,处处楼台歌板声③。
千载鹤归④犹有恨,一年人住岂无情〔一〕。
夜凉溪馆留僧话,风定苏潭看月生。

景物登临闲始见,愿为闲客此闲行。

〔一〕冯注:牧之于大中四年七月至湖州,五年八月得替,恰及一年。

① 霅(zhà)溪:河水名,在今浙江湖州。② 秋成:指秋季收获。③ 歌板声:歌唱时拍着板子。④ 鹤归:指辽东太守丁令威化鹤归乡。

## 柳长句

日落水流西复东,春光不尽柳何穷。
巫娥①庙里低含雨,宋玉宅〔一〕②前斜带风。
莫将〔二〕榆荚共争翠,深感杏〔三〕花相映红。
灞上③汉南④千万树,几人游宦⑤别离中。

〔一〕宅:一作门。 〔二〕莫将:一云不嫌。 〔三〕感杏:一云与桃。

① 巫娥:即巫娥,巫山神女。② 宋玉宅:传说位于湖北秭归。宋玉,战国时楚国辞赋家。③ 灞上:即今白鹿原,在陕西西安。④ 汉南:指湖北汉江南部一带。⑤ 游宦:指远离家乡在外做官。

## 早雁

金河①秋半虏弦开,云外惊飞四散哀〔一〕。
仙掌月明孤影过,长门②灯暗数声来。
须知胡骑纷纷在〔二〕,岂逐春风一一回。

莫厌[三]潇湘③少人处，水多菰米岸莓苔。

〔一〕雁为房弦所惊而来，落想奇警，辞亦足以达之。　〔二〕一作"虽随胡马翩翩去"。　〔三〕莫厌：一作好是。

① 金河：位于今内蒙古呼和浩特，此处泛指北方边境。② 长门：指长门宫，汉代宫殿，陈阿娇被废后位后幽禁在此。③ 潇湘：泛指湖南中部、南部一带。


## 送刘秀才归江陵

彩服鲜华觐①渚宫②，鲈鱼新熟别江东。
刘郎③浦夜侵船月〔一〕，宋玉亭春弄〔二〕袖风。
落落④精神终〔三〕有立，飘飘才思杳无穷。
谁人世上为金口，借取明时⑤一荐雄。

〔一〕刘郎浦，在石首县。　〔二〕弄：一作满。　〔三〕终：一作将。

① 觐（jìn）：朝拜。② 渚宫：楚国的古宫名，在今湖北江陵。③ 刘郎：指刘秀才。④ 落落：形容高傲不合群。⑤ 明时：指政治清明的时代。


## 湖南正初招李郢秀才〔一〕

行乐及时时已晚，对酒当歌歌不成。
千里暮山重叠翠，一溪寒水浅深清。

高人以饮为忙事,浮世除诗尽强名①。

看著白蘋芽欲吐,雪舟相访胜闲行。

〔一〕李郢,字楚望,大中进士,长安人,唐末避乱岭表。冯注云:李郢有《和湖州杜员外冬至日白蘋洲见忆》诗,与牧之此诗用韵并同,此"湖南"当是"湖州"之误。

① 强名:指虚名。

## 怀钟陵①旧游四首〔一〕

一谒征南②最少年,虞卿③双璧截肪鲜④。

歌谣千里春长暖,丝管高台月正圆。

玉帐军筹⑤罗俊彦⑥,绛帷环佩立神仙。

陆公⑦余德机云⑧在,如我酬恩合执鞭。

〔一〕汉之豫章郡,隋改为县,唐改钟陵县,后改南昌县。○征南,指沈传师也,传师太和元年卒,子枢、询皆登进士第,询历清显至礼部侍郎,故以机、云比之。

① 钟陵:位于今江西南昌。② 征南:晋代羊祜被封为征南大将军。③ 虞卿:即虞信,战国时期名士,擅长规划谋略,多次主张赵国联合其他国家抗击秦国。④ 肪鲜:形容玉石的白润。⑤ 军筹:用兵的筹策。⑥ 俊彦:指杰出人才。⑦ 陆公:指三国时吴国大将陆逊。⑧ 机云:即陆机、陆云的合称。

滕阁中春绮席①开,柘枝②蛮鼓③殷晴雷。

垂楼万幕青云合,破浪千帆阵马来。

未掘双龙牛斗气,高悬一榻栋梁材。

连巴控越知何事〔一〕,珠翠沉檀④处处堆。

〔一〕事:一作有。

① 绮席:华美的宴席。② 柘枝:指柘枝舞,唐代西北少数民族的一种舞蹈。③ 蛮鼓:南方的一种大鼓。④ 沉檀:古代妇女化妆用的一种颜料,涂在嘴唇上。

十顷平湖堤柳合,岸秋兰芷①绿纤纤。
一声明月采莲女,四面朱楼卷画帘。
白鹭烟分光的的②,微涟风定翠淊淊〔一〕③。
斜晖更落西山影,千步虹桥④气象兼。

〔一〕冯注云:字书无"淊"字。《广韵》:湉,徒兼切,水声,疑此淊即湉也。

① 兰芷:指兰草与白芷,都是香草。② 光的的:形容明亮显著。③ 淊淊:即湉湉(tián),形容水面平静无波澜。④ 虹桥:指彩虹。

控压平江十万家,秋来江静镜新磨①。
城头晚鼓雷霆后,桥上游人笑语多。
日落汀痕千里色,月当楼午一声歌。
昔年行乐秾桃②畔,醉与龙沙拣蜀罗〔一〕。

〔一〕冯注:《通典》:南昌有龙沙。《水经注》:龙沙,沙甚洁白,高峻而陁,有龙形。国藩按,此诗之意,谓沙之白细,就中可拣出蜀罗也,以比就红粉队中拣选绝色,盖携妓夜游之诗。

① 镜新磨:形容水面如同磨平的镜子一般。② 秾桃:指美艳的桃花。

**商山麻涧**

云光岚彩①四面合，柔柔〔一〕垂柳十余家。
雉飞鹿过芳草远，牛巷鸡埘②春日斜。
秀眉老父对樽酒，茜袖③女儿簪野花④。
征车自念尘土计，惆怅溪边书细沙。

〔一〕柔：一作桑。

① 岚彩：指山林中像云彩一样的雾气。② 鸡埘（shí）：鸡窝。
③ 茜（qiàn）袖：红色的衣袖。④ 簪野花：将花插在头上。


**商山富水〔一〕驿〔二〕**

益戆①由来未觉贤，终须南去吊湘川②。
当时物议③朱云④小，后代声华白日悬。
邪佞每思当面唾，清贫长欠一杯钱。
驿名不合轻移改⑤，留警朝天者惕然。

〔一〕水：一作春。　〔二〕原注：驿本名与阳谏议城同姓名，因此改为富水驿。

① 益戆（zhuàng）：《汉书·汲黯传》载汲黯多次直谏汉武帝，被斥曰益甚戆。比喻直臣的忠言敢谏。② 吊湘川：指汉代贾谊被贬长沙。贾谊有《吊屈原赋》。③ 物议：指众人的议论。④ 朱云：汉元帝时人，曾任杜陵令、槐里令，好勇直言。⑤ "驿名"句：富水驿原名阳城驿，与唐德宗朝耿直的忠臣、谏议大夫阳城同名。后人避名讳，改富水驿。此指杜牧看法不改驿名。

## 题武关①

碧溪留我武关东,一笑怀王迹自穷②。
郑袖③娇娆酣似醉,屈原憔悴去如蓬④。
山墙谷堑依然在,弱吐强吞定已空。
今日圣神家四海,戍旗长卷夕阳中。

① 武关:故址在陕西商南县。② "一笑"句:怀王应秦昭王邀请赴会,入武关时被秦军截击扣留,要求割地,怀王不从,最终客死秦国。怀王,指楚怀王熊槐。③ 郑袖:楚怀王的宠妃,张仪通过贿赂郑袖成功让怀王放过自己。④ 去如蓬:指屈原被人所谗遭到流放。

## 咏歌圣德远怀天宝,因题关亭长句四韵

圣敬文思业太平〔一〕,海寰天下唱歌行。
秋来气势洪河①壮,霜后精神泰华②狞〔二〕。
广德者〔三〕强朝万国,用贤无敌是长城。
君王③若悟治安论,安史④何人敢弄兵。

〔一〕宣宗徽号曰圣敬文思和武光孝皇帝。 〔二〕狞:一作宁。 〔三〕者:一作有。

① 洪河:指黄河。② 泰华:指泰山。③ 君王:指唐玄宗李隆基。④ 安史:即安禄山、史思明,唐代边镇大将、节度使,联手发动安史之乱。

## 寄浙东韩乂评事①

一笑五云溪上舟〔一〕,跳丸日月②十经秋。
鬓衰酒减欲谁泥,迹辱魂惭好自尤③。
梦寐几回迷蛱蝶,文章应广畔牢愁④。
无穷尘土无聊事,不得清言解不休。

〔一〕会稽若耶溪,徐浩改为五云溪。

① 评事:官职名,属大理寺,掌管评判刑狱。② 跳丸日月:指日月轮替、时间流逝。③ 尤:怨恨,责怪。④ 牢愁:指忧愁、烦恼。

## 书怀寄中朝往还〔一〕

平生自许少尘埃①,为吏尘中势自回〔二〕。
朱绂②久惭官借与③,白题〔三〕④还叹老将来。
须知世路难轻进,岂是君门不大开。
霄汉⑤几多同学伴,可怜头角尽卿材⑥。

〔一〕往还,犹云旧游。　〔二〕回,犹云变易也。　〔三〕题:一作头。

① 少尘埃:指不被俗世所累。② 朱绂:红色的官袍,代指官位。③ 官借与:即借绯。唐代五品官穿绯衣,不到五品而特许穿绯衣,故称借与。④ 白题:指白头。⑤ 霄汉:云霄和银河。比喻朝廷或京都。⑥ 卿材:指公卿之材。

## 初春雨中，舟次和州①横江②，裴使君见迎，李赵二秀才同来，因书四韵兼寄江南许浑③先辈

芳草渡头微雨时，万株杨柳拂波垂。
蒲根④水暖雁初浴，梅径香寒蜂未知。
辞客倚风迎暗淡，使君回马湿旌旗。
江南仲蔚⑤多情调，怅望春〔一〕阴几首诗。

〔一〕春：一作青。　　○辞客指李、赵，使君谓裴，仲蔚指许也。

① 和州：在今安徽马鞍山市一带。② 横江：即渡口。③ 许浑：字用晦，润州丹阳（今江苏丹阳）人，晚唐著名诗人。④ 蒲根：一种水生植物。⑤ 仲蔚：即张仲蔚，陕西平陵人，晋代的高士。

## 寄澧州①张舍人②笛

发匀肉好生春岭，截玉钻星③寄使君。
檀的染时痕半月，落梅④飘处响穿云。
楼中威凤倾冠听，沙上〔一〕惊鸿掠水分。
遥想紫泥封诏罢，夜深应隔禁墙闻。

〔一〕沙上：冯作海上。

① 澧（lǐ）州：在今湖南常德澧县。② 舍人：官职名，唐代任知制诰（主掌起草旨意、颁布诏命）者也称舍人。③ 截玉钻星：指制作笛子。④ 落梅：即笛子曲《梅花落》。

## 酬张祜处士见寄长句四韵

七子①论诗谁似公，曹刘②须在指挥中。
荐衡③昔日知〔一〕文举〔二〕④，乞火无人作蒯通〔三〕⑤。
北极⑥楼台长挂梦，西江波浪远吞空。
可怜故国三千里，虚唱歌词满六宫〔四〕⑦。

〔一〕知：冯作推。 〔二〕原注：令狐相公曾表荐处士。
〔三〕无：一作何。 〔四〕原注：处士诗："故国三千里，深宫二十年。一声河满子，双泪落君前。"冯注：《唐摭言》：张祜深为令狐文公所知，公镇天平日，自草荐表，令以新旧格诗三百篇进请，宣付中书门下。祜至京师，方属元江夏偃仰内廷，上因召问祜之辞藻上下。稹对曰："张祜雕虫小技，壮夫耻而不为者。或奖激之，恐变陛下风教。"上领之，遂寂寞而归。

① 七子：指建安七子，即孔融、陈琳、王粲、徐干、阮瑀、应玚、刘桢。② 曹刘：指曹植、刘桢。③ 衡：即祢衡，东汉末年名士。④ 文举：指孔融。历史上孔融举荐祢衡出仕。⑤ 蒯（kuǎi）通：秦汉之际辩士。⑥ 北极：指北极星，代指朝廷。⑦ 六宫：指皇帝的后宫。

## 寄宣州郑谏议①

大夫官重醉江东，潇洒名儒振古风。
文石陛②前辞圣主，碧云天外作冥鸿。
五言宁谢颜光禄③，百岁须齐卫武公④。
再拜宜同〔一〕丈人行，过庭交分有无同〔二〕。

〔一〕同：一作为。 〔二〕无：一作谁。有无同：冯本作有无中，非也。

① 谏议：官职名，主掌向皇帝进谏言。② 文石陛：用文石砌成的宫廷台阶。③ 颜光禄：指颜延之，琅邪临沂（今山东临沂）人，南朝宋大臣、文学家，曾任紫金光禄大夫。后世以颜延之比喻擅长文学的官员。④ 卫武公：即卫和，姬姓，卫国第十一位国君。相传卫武公活到百岁，后世以此来祝福年高有德的人。

## 寄题甘露寺北轩

曾向〔一〕蓬莱宫①里行，北轩阑槛最留情。
孤高堪弄桓伊②笛，缥缈宜闻子晋笙③。
天接海门④秋水色，烟笼隋〔二〕苑暮钟声。
他年会着荷衣⑤去，不向山僧说〔三〕姓名。

〔一〕向：一作上。　〔二〕隋：一作鹿。　〔三〕说：一作道。

① 蓬莱宫：指海上神仙所居的仙山，此指代甘露寺。② 桓伊：字叔夏，今安徽濉溪人，东晋时名士、音乐家，善于吹笛，有"笛圣"之称。③ 子晋笙：指王子乔，善于吹笙，后得道成仙。④ 海门：镇江北面有夷山和松寥山，两山相对而立，形似大门，故称"海门"。⑤ 荷衣：指代隐士的衣服。

## 题青云馆〔一〕①

虬蟠千仞剧羊肠②，天府由来百二强③。
四皓有芝轻汉祖④，张仪无地与怀王⑤。
云连帐影萝阴合，枕绕泉声客梦凉。

深处会容高尚者，水苗三顷百株桑。

〔一〕在商洛县。

① 青云馆：位于今陕西商洛商南县境内。②"虬蟠"句：形容山间小路弯曲盘旋。③ 百二强：比喻地势险要的地方，可拒百万兵。④ 轻汉祖：指汉初商山四皓不愿应汉高祖征召出来做官。⑤ "张仪"句：指张仪以诡计戏耍楚怀王，假意给楚国六百里商、於之地，破坏齐楚之间的盟约。

## 正初①奉酬歙州②刺史邢群

翠岩千尺倚溪斜，曾得严光③作钓家。
越嶂远分丁字水④，腊梅迟见二年花。
明时刀尺⑤君须用，幽处田园我有涯。
一壑风烟阳羡里，解龟⑥休去路非赊。

○按，《外集》中尚有七律二十四首，以余辨之，皆非牧之诗也，故不录。冯注本《别集》中，又有七律二首，《补遗》中又有七律六首，均未抄。

① 正初：指正月初一春节。② 歙（shè）州：指今安徽黄山市。③ 严光：字子陵，曾同汉光武帝刘秀游学，并向其讲授治国之策，后坚决辞官不做，最后隐居富春江。④ 丁字水：睦州（今浙江淳安）东阳江，其上流即衢、婺二港，至兰溪县合流，又流至建德县东南入浙江，形如"丁"字。⑤ 刀尺：喻指裁量之权。⑥ 解龟：解去印章，指辞官。